ノーラ・ロバーツ/著
小林令子/訳

心ひらく故郷（上）
Carnal Innocence

扶桑社ロマンス
0845

大佐と彼の北軍兵士に捧げる

心ひらく故郷(上)

登場人物

ドゥウェイン・ロングストリート――ロングストリート家の長男

タッカー・ロングストリート――同二男

ジョージー・ロングストリート――同長女

デラ・ダンカン――ロングストリート家の家政婦

エダ・ルー・ヘイティンガー――タッカーのガールフレンド

オースティン・ヘイティンガー――エダ・ルーの父親

メイビス・ヘイティンガー――オースティンの妻

キャロライン・ウェイバリー――世界的に有名なバイオリニスト

バーク・トゥルースデール――ミシシッピ州イノセンスの保安官

カール・ジョンソン――同副保安官

スージー・トゥルースデール――バークの妻

マシュー・バーンズ――ＦＢＩ特別捜査官

テオドール・ルーベンスタイン――病理学者

プロローグ

二月の冷え込んだ朝、ボビー・リー・フラーは最初の遺体を発見した。発見した、と言われているが、正確には、アーネット・ギャントレーの遺骸《いがい》につまづいたのだ。いずれにしても結果は同じで、それから長い間、ボビー・リーの夢には必ず膨張した白い顔が浮かぶようになった。

前の夜にマーヴェラ・トゥルースデールと、また別れていなかったら、英文学の教室で机にかじりつき、シェイクスピアの『マクベス』と格闘するため脳を振り絞っていたはずだから、グースネック・クリークに釣り糸を垂れたりはしていなかっただろう。だが、マーヴェラとの一年半におよぶ不安定なロマンスにおける一番最近のケンカで、ボビー・リーは疲れ切っていた。だから、一日ゆっくりと休んで、考えることにしたのだ。そして、あの口の悪いマーヴェラに、自分が彼女に言いなりの腰抜けではなく、男なんだと教えてやろうと。

ボビー・リーの家の男たちは、常に支配的立場をとってきた——少なくともそう装《よそお》っていた。彼もその伝統を破るつもりはなかったのだ。

十九歳のボビー・リーは、まだ成熟した男とはいえなかった。背ばかり六フィート一インチもあったが、じゅうぶん肉がつくにはさらに数年かかるだろう。それでも細長い腕の端には、父親似の大きな労働者の手があり、さらには母親譲りの豊かな黒髪と濃いまつげを持っていた。本人はあこがれのジェームズ・ディーンを真似て、その髪を後ろへ撫《な》でつけるのが好きだった。ボビー・リーはジェームズ・ディーンこそ男の中の男で、自分と同じように、学校教育なんて我慢できなかっただろう、と考えていた。彼だったら、十二年生までのらくらと時間を過ごすかわりに、フルタイムでソニー・タルボットのモービル・サービスステーション兼軽食堂で働いていただろう。だが、ボビー・リーの母親の意見は違ったし、ミシシッピのイノセンスでは、できることなら誰も、ハッピー・フラーに逆らおうとはしなかった。

　ハッピー——彼女の子供時代にはまさにぴったりの名前だった。というのも、だれもが腰抜けになるほどの、見事な笑顔を作ることができたからだ——は、長男が落第することをけっして許さなかった。ボビー・リーもあれほど落ち込んでいなかったら、すでに進級が危うい状態だというのに、学校をさぼるような真似はしなかっただろう。だが、マーヴェラは男を——それがたとえ男の中の男でも——軽率で向こう見ずな行動へと走らせるたぐいの娘だった。

　だからボビー・リーは、陰鬱なグースネック・クリークの茶色い水に釣り糸を垂れ、うすら寒い中で色あせたデニムのジャケットを着て、体を丸めていたのだ。彼の父親が常々言っていた。男の心に手に負えないくらい激しいものがあるときは、水辺に落ち着いて、餌をつっつくものを眺めるのが最良の治療法だと。

　釣れるかどうかは問題ではない。大事なのはそこにいる、ということなのだ。

「くそっ！」ボビー・リーはぶつぶつ言って、何度もバスルームの鏡の前で練習したとおり、口を横に開いてせせら笑った。「女なんか、みんな地獄へ堕ちればいいんだ」

マーヴェラが可愛い両手で手渡してくれた悲しみなんか、ボビー・リーには必要なかった。彼のカトラスの後ろで関係をもって以来ずっと、彼女はボビー・リーを遠ざけては、自分のほうへ引き戻そうとしてきた。

ボビー・リー・フラーにとっては、まったく納得できないことだった。ふたりがケンカをしていないとき、彼女が愛情でうっとりさせてくれたとしても、ジェファーソン・デイビス・ハイスクールの込み合った廊下ですれ違うとき、彼だけに秘密をささやくように見えるあの大きな青い瞳を持っていたとしても、そして、彼女を裸にしたとき、頭がぶっ飛ばされそうになったとしても、やはり納得できなかった。

彼女を愛しているのかもしれない。彼女のほうが頭がいいのかもしれない。だからといって、ロープにつないだ豚みたいに、ひきずりまわされたりするもんか。

偉大なるミシシッピ川の小さな支流の岸に生えているアシの茂みの中に、ボビー・リーは仰向けになった。グリーンヴィルへ向かう列車の寂しい汽笛、しなやかなアシを抜けてくる湿った冬の風のささやきが聞こえた。釣り糸は垂れたきり動かない。

今朝、つつかれているのは彼の神経だけだった。

ジャクソンへ向かい、靴からイノセンスの泥を振り落とし、都会生活を始めよう。メカニックとしての腕はいい、すごくいいんだ。ハイスクールの卒業証書なんかなくたって、仕事は見つけられるだろう。ちきしょう！　マクベスなんて名前のホモ野郎のことや、鈍角三角形なんてことは知らなくたって、キャブレターは取りつけられる。ジャクソンへ行けば、修理工場で職を見つけてメカニックのトップになれるんだ。そうとも、そう遠くない将来、すべてを手に入れることができるんだ。その間、あの知ったかぶりのマーヴェラ・トゥルースデールはずっとイノセンスにいて、あの大きな青い目を真っ赤にして泣いているだろう。

そのときになったら帰ってやろう。ボビー・リーが微笑むと、ごつくて男前の顔がぱっと明るくなり、チョコレート色の目は、マーヴェラの胸をときめかせるほど優しくなった。よし、ポケットを二十ドル札で膨らませて帰ってやろう。六二年型のクラシックなキャデラック――たくさんある愛車のうちの一台――に乗り、イタリア製のスーツをめかし込み、ロングストリートの奴らよりも金持ちになって帰還するんだ。

そこへ、彼を思って嘆き暮らし、痩せて青ざめたマーヴェラ登場。ラーソンの乾物屋の前の片隅に立って、あの柔らかくてふっくらした胸の前で両手を握りしめ、ボビー・リーを見て頬を涙で濡らすだろう。

彼女が地べたにひれ伏して、嘆き悲しみ、自分がすごく嫌な女で、彼を追い払ったことをどんなに悔《く》いているかを訴えると、もしかしたら――もしかしたらだが――彼女を許すかもしれない。

空想することで、ボビー・リーの気持ちは鎮《しず》まった。陽射しが強まってきて、刺すような空気を和らげ、灰褐色の小川の水面で軽やかにダンスするにつれ、彼はふたりが再会したら、どうするかについて考えだした。

彼女をスウィートウォーターへ連れていこう。ロングストリート家が落ちぶれたら、あの美しくて、歴史ある大農園を買い取るのだ。ボビー・リーのすばらしい財産に、彼女は息をのみ、身震いするだろう。彼は紳士らしく、そしてロマンチックに彼女を抱き上げて、あのカーブを描く、長い階段を上ろう。

ボビー・リーはスウィートウォーターの一階にしか入ったことがなかったので、さらに想像は膨らんでいった。震えるマーヴェラを運んでいくベッドルームは、ベガスにあるホテルのスイートに似ている。今のところ、それがボビー・リーにとって最高級を意味していた。

赤い厚地のカーテン、湖のように大きいハート型のベッド、歩きにくいほどふかふかのカーペット。音楽が聞こえる。スタンダードだ。ブルース・スプリングスティーンかフィル・コリンズ。そう、マーヴェラはフィル・コリンズに夢中だった。

彼女をベッドに横たえよう。キスをすると、彼女は目を潤ませるだろう。彼女は何度も何度も、自分がどんなに愚かだったか、どれほど彼を愛しているかを繰り返す。生涯、彼を幸せにしたいと思っているし、何でも言うことを聞くからと。

ピンク色の乳首をした、信じられないほど白い彼女の胸へと両手を滑らせ、軽く押しつぶす。彼女はそれが好きなのだ。

彼女は柔らかい太股を開き、指を彼の肩に食い込ませながら、喉の奥からうめき声をもらす。

そして……。

釣り糸が引いた。ボビー・リーはぎくりとして、起きあがった。膨らんだ股間でジーンズにしわが寄り、思わず顔をしかめた。勃起したことに気をそらされながら、ボビー・リーが太った魚を水から引き上げると、魚は銀白色の太陽の中で暴れて逃げようとした。興奮したせいでぎこちなく、汗ばんだ両手で、獲物をアシの中へ放り投げた。

マーヴェラとまさに結ばれようとしている自分を想像したせいで、釣り糸をアシにからませてしまった。ボビー・リーはぐっと糸を引っぱりながら、自分のうかつさを軽くののしった。いい釣り糸は、釣りあげた魚と同じくらい大切だ。ボビー・リーはアシをかき分け、絡んだ糸をほどき始めた。

まだパーチがぱたぱた動いている。その濡れた動きが、耳に届いていた。にやりとしながら、手早く釣り糸を引き寄せた。だが、なにかに引っかかり、思わず悪態をついた。

錆《さ》びたミラーの缶を脇へ蹴《け》飛ばし、背が高くてひんやりとした草の中へ一歩進んだ。足が滑り、何か湿ったものにぶつかった。ボビー・リー・フラーは膝をついた。そこでアーネット・ギャントレーと対面した。

彼女の驚愕《きょうがく》の表情は、ボビー・リーの表情そのものだった。大きく見開いた目、開いた口、蒼白の頬。彼女のえぐり取られたむき出しの胸の下で、パーチが虫の息で震えている。

死んでいる、完全に息絶えているということだけで、事態はじゅうぶんに深刻だった。だが、さらに血が、霜で覆われた血だまりがあり、湿った地面に染みわたり、彼女の漂白したしなやかな髪を、黒ずんでばりばりしたものに変えていた。肌に空いたいくつものぎざぎざした穴からあふれ出した血が不気味に乾き、笑った口のようにぱっくりと切り裂かれた喉を縁取っている——ボビー・リーがかすれた動物のような声を漏らし、四つん這いになって転がるように逃げ出したのは、その血のせいだった。彼はその声が自分のものとは気づかなかった。だが、彼女の血の中に跪《ひざまず》いていることは知っていた。

ボビー・リーはよろよろと立ち上がると、新品の黒いコンバース・チャックの上に朝食のなれの果てをぶちまけた。

パーチも釣り糸も、自分の若さの一部も血塗れのアシの茂みに残したまま、ボビー・リーはイノセンスへと駆けだした。

1

夏はその意地悪なまでに凶暴な威力を発揮して、ミシシッピ州イノセンスを徹底的に打ちのめしていた。大きな変化があったわけではない。南北戦争前でさえ、イノセンスは地図上のつまらない、しみにすぎなかった。土壌は農耕に適していた——蒸し暑さ、洪水、気まぐれな干ばつに耐えられれば——が、イノセンスは繁栄する運命にはなかった。

鉄道の線路が敷かれたとき、それはどんどん北と西へ延びていき、速度と進歩を象徴する警笛は、イノセンスになんの利益ももたらさずに、ただからかうように長く響き渡った。州間道路は、鉄道より一世紀ほど後にデルタ地帯に登場したが、メンフィスとジャクソンを結び、イノセンスを土埃の中に置き去りにした。

カメラと現金をもった観光客を引きつけるような、戦場跡も自然の驚異もなかった。手厚くもてなすようなホテルもなく、クーンズ一家が経営する、小さくて、あまりに整然とした下宿屋があるだけ。南北戦争の前からある唯一の大農園、スウィートウォーターは、二百年間そうだったように、ロングストリート家が個人で所有していた。一般が関心をもったとしても、公開はされていない。

スウィートウォーターは一度、サザン・ホームズ誌に詳しく取り上げられたことがある。だがそれは八〇年代、マデリーン・ロングストリートが生きていたころだ。彼女と彼女の呑んだくれで、けちな夫が死んだ今、屋敷は三人の子供が所有し、住んでいる。三人で町のほとんどを所有していたが、彼ら自身はたいした努力はしていない。

ロングストリートの三人の後継者は、一族のすばらしく魅力的な風貌は受け継いだが、だれもその覇気《はき》は受け継いでいないと言われ、事実そうだった。眠ったようなデルタの町の人々が、憤るためのエネルギーを絞り出せたとしても、彼らに腹を立てることは難しかった。黒い髪、黄金色の瞳、見事な骨格に恵まれたロングストリートの人間は、つばを吐くより早く、木からアライグマをまんまとおびき出すことができるのだ。

ドゥウェインが父親の酒癖を受け継いでいることを、口うるさく非難する人はひとりもいなかった。もし時折車をぶつけたり、あるいはマクグリーディーの居酒屋のテーブルをいくつかぶち壊しても、しらふになると彼は必ずきちんと償いをした。ただ、年々、彼がしらふでいることは少なくなっていた。彼が行かされた評判の高いプレップスクールを、成績不良で退学になっていなかったら、今のようにはなっていなかっただろう、とだれもが口にした。あるいは、サワーマッシュをこよなく愛する酒の好みだけでなく、土地との結びつきも、父親から受け継いでいたらと。

ほかの、やや意地の悪い人は、財産が彼にしゃれた屋敷やしゃれた車を与えてくれたとしても、金で気骨を買うことはできなかったと言った。

一九八四年にシシー・クーンズと面倒なことになったとき、ドゥウェインは文句ひとつ言わずに彼女と結婚した。そして子供がふたり生まれ、サワーマッシュの空瓶が山と積まれた後、シシーが離婚を要求し、ドゥウェインはあっさりと結婚を終わらせた。激しい感情のやりとりなどいっさいなかったが、そもそもなんの感情もなかったのだ。シシーはふたりの子供といっしょにナッシュヴィルへ逃げだし、第二のウェイロン・ジェニングスになりたがっている靴のセールスマンと暮らし始めた。

一人娘で末っ子のジョージー・ロングストリートは、三十一年間の人生で二度の結婚を経験した。どちらも短期間しか続かなかったが、イノセンスの人々に、終わりのないゴシップの種をもたらした。ジョージーは、女性が最初の白髪を見つけて嘆くのと同じように、二度の経験について嘆いた。怒りと苦しさ、不安があった。そしてすべては覆い隠された。去るものは日々に疎《うと》し。

女性は白髪になろうと思ってなるわけではなく、離婚するつもりで「死がふたりを分かつまで」と口にするわけでもない。だが、そうなってしまったのだ。ジョージーが〈スタイル・ライト・ビューティ・エンポリウム〉のオーナーである親友のクリスタルによく哲学的に語ったように、イノセンスからテネシー州境までの男性すべてを試してみることで、二度の判断ミスの埋め合わせをしたがっていた。

ジョージーは、自分をふしだらだと陰で噂するおしゃべりなおばさんたちがいることは知っていた。だが、笑顔で彼女を暗がりへ誘い込み、彼女が噂よりもはるかにいい女であることを知っている男たちもいた。

タッカー・ロングストリートは恋愛を楽しんでいた。数では妹に負けるにしても、自分の割り当てというものがあったのだ。彼は一気にグラスを空けることでも有名だった——ただし、兄のように飲みたいのを抑えられなかったわけではない。

タッカーにとって、人生とは長くて退屈な道のりだった。その道を、自分のペースでできるだけ長く歩いていくことは嫌ではなかった。自分が選んだ目的地へたどり着けるのなら、遠回りすることを厭《いと》わなかった。これまでのところ、祭壇へ歩を進めるのは避けてきた——兄妹の経験から、軽い結婚嫌いになっていたのだ。タッカーは束縛されることなく我が道を進むほうがよかった。

タッカーは穏やかで、たいていの人に好かれた。金持ちに生まれたことが、一部の人には我慢ならなかったかもしれないが、彼はそれをひけらかしはしなかった。しかもとても気前がよく、それによって慕われた。借金が必要な場合は、タックに頼めることを誰もが知っていた。そこに金があり、しかも借りるのが嫌になるような厄介な気取り屋はいないのだ。もちろんあり余るほどの金があれば、それを貸すのは簡単だ、と横槍を入れる人は絶えなかった。だが、だからといって札の色が変わるわけではない。

父親のボーと違い、タッカーは一日ごとに利息を複利で増やしたり、あるいは借金をしている人の名前をぎっしり書いた小さな革張りのノートを机の引き出しにいれ、鍵をかけるようなことはしなかった。みんな、作物の代わりに自分を土に埋める日が来るまで借りていることができた。タッカーは利子を妥当な十パーセントのままにした。名前と金額はすべて彼の頭の中にあり、しばしば実際よりも低く見積もられた。

いずれにしても、彼は金儲けのためにしたのではなかった。タッカーが金のためになにかをすることはほとんどない。彼がなにかをする場合、それは第一に骨が折れないから、第二に彼のひょろ長くて心地よいほど怠惰な体の中で、気前がよくて、時折申し訳ないと思う心が脈打っているからだった。

タッカーは財産を手に入れるために、なにもしなかった。だから、それを浪費してしまうのは、なによりも簡単なことだった。自分の浪費癖について、あっさり受け入れられることもあれば、社会的な良心の呵責《かしゃく》を感じることもあった。

その良心の呵責を強く感じるといつも、タッカーは枝を広げたカシの木陰に吊したハンモックに身を横たえ、顔に帽子を乗せ、不快感が消えるまで冷たいものを飲むのだった。

タッカーがまさにそうしていたとき、ロングストリート家で三十年以上家政婦をしているデラ・ダンカンが二階の窓から、丸い顔を突きだした。

「タッカー・ロングストリート！」

うまくやり過ごせますようにと願って、タッカーは目を開けず、ハンモックに揺られていた。肌を出した平らな腹に、ディキシービールの瓶を乗せ、片手で軽くグラスを握っている。

「タッカー・ロングストリート！」デラの大声が響きわたり、木の枝から小鳥が飛び立った。

タッカーは残念でならなかった。小鳥のさえずりと、それと対照的なミツバチがクチナシの周りを飛ぶブーンという音を聞きながら、夢のようなひとときを楽しんでいたからだ。「あなたに話しているんですよ、坊っちゃん」

ため息をもらし、タッカーは目を開けた。農作業用の帽子の、ゆるやかな編み目越しの陽射しは白くて熱い。たしかに彼がデラに給料を払っているのだが、おむつを変えてもらったり、お尻を叩かれた相手に主人面をするのは無理な話だった。しぶしぶタッカーは帽子を後ろへ倒し、彼女の声の方向に目をすがめた。

デラは身を乗り出していて、頭にかぶったスカーフから、燃えるような赤毛がはみ出している。幅広でごつい彼女の顔には、いかめしく、非難するようなしわが浮かんでいた。この表情には注意しなければならないことをタッカーは学んでいた。鮮やかな三本のビーズ飾りが窓の下枠にぶつかった。

タッカーは微笑んだ。クッキーの瓶に手を入れたところを見つかった少年の、無邪気でずる賢い笑みだ。

「町へ行って、米一袋とコカコーラをケースで買ってきてくれるって言いましたよね?」

「うん、それは……」タッカーは腹の上の、まだ冷たい瓶をなぜてから、それを唇に当ててゆっくりと一口飲んだ。「たぶん言ったよ、デラ。もう少し涼しくなったら、行こうかと思ってるんだ」

「その重たいお尻を持ち上げて、さっさと行ってください。でないと、今夜のディナーには、テーブルに空の皿が並びますよ」

「暑くて食べる気なんか起こらないよ」タッカーはそっとつぶやいたが、デラは地獄耳だった。

「なんですって、坊っちゃん?」

「今行くって言ったんだよ」タッカーはダンサーのようにしなやかにハンモックから滑り降りると、歩きながらディキシービールを飲み干した。タッカーが笑顔を向け、汗に濡れてカールした髪の上で帽子を粋に傾け、黄金色の瞳に悪魔のような光を見せると、デラの気持ちは和らいだ。だから、強いて口をすぼめ、厳格に装った。

「いつかあのハンモックに根っこが生えてしまいますよ。今にわかります。二本足で立っているよりも、仰向けに寝転がっているほうがいいんだって、体が思いこんでしまいますから」

「デラ、人間は寝転がっていても、昼寝以外にいろいろとできることがあるんだよ」

うっかりデラは、大声で笑ってしまった。「私のドゥウェインをたらし込んだ、ふしだらなシシーみたいな女に、祭壇へ引きずられていく羽目にならないよう、気をつけるんですね」

タッカーはもう一度笑顔になった。「わかった」

「それから私の化粧水も買ってきてください。ラーソンの店で安売りしているんです」

「じゃあ、僕の財布とキーを投げてくれよ」

デラの頭が引っ込み、それからすぐに現れると、彼女はふたつを放り投げた。タッカーは手首を器用に動かして、ぱっと空中でつかんだ。デラは、彼が自分で装っているほど不器用でないことを思いだした。

「シャツを着なさい……裾をちゃんと中に入れてね」タッカーが十歳のときから言いつづけているように、デラが指図《さしず》した。

タッカーはシャツをハンモックから取り上げ、羽織りながら屋敷の表へ回った。屋敷の正面は、屋根つきポーチから、レースのように細かい鉄細工で覆われた二階のテラスまで、一ダースのドーリス式円柱が並んでいた。タッカーが車にたどり着く前に、もう肌に生地が張りついていた。

体を折り畳むようにして、ポルシェに乗り込んだ。この車は半年前に衝動買いしたものだが、まだ飽きていなかった。エアコンの快適さと、顔に風が吹きつける刺激とを比べた結果、屋根は下ろしておくことにした。

運転は、タッカーが機敏にこなせる数少ないことのひとつだった。タイヤの下の小石をはね飛ばし、ローギアで踏み込むと、長く曲がりくねった小道を猛スピードで走った。母が植えた、たくさんのボタン、ハイビスカス、そして真っ赤なゼラニウムの円形花壇をぐるりと回った。古いマグノリアの木々が小道の脇に並び、その強い香りが心地いい。骨白色の御影石でできた墓標をかすめるように走った。そこは大伯父のタイロンが気むずかしい馬に振り落とされ、十六歳で首の骨を折った場所だ。

その墓標は、嘆き悲しむタイロンの両親が、息子の死を悼《いた》んで建てたものだ。それはまた、タイロンが思いやりのない雌馬を自分で試し乗りをすると決めなければ、頑強な首を折ることもなく、彼の弟で、タッカーの曾々祖父がスウィートウォーターを相続し、代々伝えていくこともなかった、ということを思いださせる役目も果たしていた。

タッカーはジャクソンのコンドミニアムで暮らしていたかもしれないのだ。

その悲しみの古い石碑の脇を通り過ぎながら、悲しむべきか、感謝すべきか、タッカーにはわからなかった。

高さも幅もある門を通り抜け、マカダム道路に出ると、陽射しで柔らかくなってきたタールと、林の向こう側にある流れのゆるい川の入り江のよどんだ水の匂いがしてきた。それに加えて、強い緑の匂いがし、暦の上では夏までにまだ一週間あるが、デルタ地帯のほうがよくわかっている、とタッカーに告げていた。

彼はまずサングラスを出してかけ、適当にカセットを選んで、デッキに入れた。タッカーは五〇年代の音楽を特に好んだので、車には一九六二年以降に録音されたものはひとつもなかった。ジェリー・リー・ルイスだ。〝キラー〟のウィスキー枯れした声とすさまじいピアノが、激しい苦悩が続いていくことを歌いあげている。

スピードメーターが八〇マイルを越すと、タッカーのすばらしいテノールも加わった。指はまるでピアノの鍵盤を叩くように、ハンドルを叩いた。

上り坂をフルスピードで駆け抜けると、タッカーは左へ大きくハンドルを切った。しゃれたＢＭＷの後部に激突するのを避けるためだ。タッカーはクラクションを鳴らした。警告のためではなく、そのエレガントなエビ茶色のフェンダーを巧みによけながら挨拶したのだ。タッカーはスピードをゆるめなかったが、バックミラーに目を向けると、そのＢＭＷが、後ろ半分を出し、半分はエディス・マクネアの家へ続く小道に隠れる状態で止まったのが見えた。

ジェリー・リーがしゃがれ声の『ブレスレス』に変わると、タッカーはさっきの車とドライバーのことを、ふと考えた。ミス・エディスは二カ月ほど前に亡くなった。滅多刺しにされた二番目の遺体が、スプーク・ホロウの水中に浮かんでいるのが発見されたのと同時期だ。あれは四月のとある日で、二日前から行方不明になっていたフランシー・アリス・ローガンを探すために、捜索隊が集められていた。そのときの様子を思い出し、タッカーの顎がこわばった。ルーガーのレッドラベルを抱えて入り江を歩き回り、自分の足を吹っ飛ばしたり、あるいはなにかを発見したりしないようにと、心底願っていた。

だが彼女を発見してしまった。しかもそのとき、タッカーはバーク・トゥルースデールとともにその場に居合わせるという不運に見舞われた。

あの生き生きとしたフランシーに水や魚がなにをしたかを考えるのは、楽ではなかった。タッカーはあのかわいらしくて小柄な赤毛の娘と一、二度デートをし、寝ようと話し合ったこともあったのだ。

胃がきゅっとひきつり、タッカーはジェリー・リーのボリュームを思い切り上げた。彼はフランシーのことを考えなかった。考えられなかったのだ。彼はミス・エディスのことを考えていたし、そのほうがまだましだった。ミス・エディスは九十年近く生きてきて、眠ったまま静かにこの世を去った。

タッカーは、再建時代に作られた小さな二階建ての彼女の家が、親戚の北部の人間《ヤンキー》のだれかに遺されたことを思い出した。

イノセンスの周囲五十マイル以内にBMWを持っている人がいないことを知っていたので、そのヤンキーがやってきて、自分に遺されたものを見てみようと決めたに違いない、と判断した。

タッカーは北部からの侵入者のことを頭から追い払い、タバコを取り出し、親指の爪の長さ分、先をちぎってから、火をつけた。


半マイルほど戻ったところでは、キャロライン・ウェイバリーが車のハンドルを握りしめ、喉から飛び出しそうになった心臓が静かに戻るのを待っていた。

（バカ！　頭がおかしいんじゃないの！　信じられない！）

震える足をブレーキペダルからなんとか離すと、アクセルを軽く踏んで、雑草の伸びた細い小道へと車を入れた。

数インチ、とキャロラインは思った。あと数インチであいつと衝突するところだった！　その上、あつかましくもあいつは彼女にむかってクラクションを鳴らしたのだ。キャロラインは彼が止まるだろうと思った。止まったなら、あの人殺し野郎を怒鳴りつけることができた。そうしたら、怒りを発散させられて、少しは気分も良くなっただろう。ドクター・パラモに潰瘍と頭痛の直接の原因は感情の抑制にある、と言われてから、発散することがとても上手になった。もちろん、原因は慢性的な仕事のしすぎにもあるのだが。

だから、その両方について手を打った。キャロラインは汗ばんだ手をハンドルから離し、スラックスでぬぐった。このミシシッピ州のどことも知れぬ場所で、快適で、平穏な長期休暇をとることにした。二カ月ほどしたら――このとんでもない暑さを生き延びられたなら――春のツアーの準備を始められる。

感情の抑制についてなら、もう自分で対処していた。ルイスとした最後の見苦しいケンカはすごく開放的で、すばらしく自由で、キャロラインはボルチモアへ戻って、もう一度やりたいと思うくらいだった。

あやうく。

過去は――口が巧みで、才能豊かで、移り気なルイスは、間違いなく過去のものだ――もうすっかり葬《ほうむ》り去った。未来は、少なくとも神経と健康が回復するまでは、たいした関心事ではなかった。神童で、ひたむきな音楽家でありながら、感情に対処することの下手なキャロライン・ウェイバリーは、生まれてはじめて、甘くやさしい現在のみのために生きようとしていた。

そして今、ようやく、我が家を作ろうとしている。自分のやり方で。もう問題に背を向けたりしない。もう母の要求や期待に応じられるだろうかと不安に思ったりしない。もうほかの人たちの希望にそうためにもがき苦しんだりしない。

キャロラインは新しい地へやってきて、自分の足で立っている。そして夏の終わりまでに、キャロライン・ウェイバリーがどんな人間なのかをしっかり見極《きわ》めるつもりだ。

少し気分が落ち着くと、キャロラインはまたハンドルに手を置き、車を小道へゆっくり入れた。この小道をスキップしたような、ぼんやりとした記憶があった。遠い昔、祖父母の家を訪れた際のことだ。それは、もちろん短い訪問だった。キャロラインの母は、自分のふるさととの関係を断つために、できるかぎりのことをしたからだ。だがキャロラインは祖父を覚えていた。ある静かな朝、彼女を釣りへ連れていってくれた、大柄で赤ら顔の男を。そしてキャロラインが女の子らしく、針に餌をつけるのをいやがっていると、そのミミズは大きく太った魚を捕まえるのを待っているのだ、と話してくれたことを。

釣り糸が引いたときの震えるような興奮、そして三匹の立派なナマズを家に持ち帰ったときの畏怖《いふ》と達成感も。

祖母は針金のようにやせていて、鋼鉄のような灰色をした髪の女性で、黒い厚手の鍋で釣り上げた獲物を揚げてくれた。キャロラインの母親は一口も食べようとしなかったが、きゃしゃで、亜麻色の髪をし、細長い指と大きな緑色の瞳をもった六歳のキャロラインは、むしゃむしゃ食べた。

家が見えてくると、キャロラインの顔がほころんだ。ほとんど変わっていない。鎧戸《よろいど》のペンキは剝《は》げ、雑草が足首まで伸びているが、以前と同じ手入れの行き届いた二階屋で、居心地のよさそうな屋根付きポーチと、わずかに左に傾いた石造りの煙突がある。

目が熱くなり、キャロラインはまばたきをして涙をこらえた。悲しむなんてバカげてる。祖父母は、長くて満ち足りた人生を送った。気がとがめるのも愚かだ。二年前に祖父が亡くなったとき、キャロラインはコンサートツアーの真っ最中で、マドリードにいて、契約上身動きがとれなかった。葬式のために戻ってくることは、不可能だったのだ。

キャロラインは祖母に、都会へ移ることを勧めようとした。本当に努力したのだ。そうすれば、彼女もツアーの合間にすぐに会いに来られるから、と。

だが祖母は頑として言うことをきかなかった。家を離れるという考えを笑い飛ばした。七十年前に花嫁としてやってきた家。子供を生み、育てた家。彼女の全人生を送った家なのだ。

そして彼女がこの世を去ったとき、キャロラインはトロントの病院にいて、神経症から回復の途上にあった。祖母が亡くなったことも、葬式の一週間後まで知らされなかった。

だから、罪の意識を感じるなんて、バカげているのだ。

それでも車の中に座り、顔にエアコンの穏やかな風を受けながら、キャロラインは感情に溺れそうになっていた。

「ごめんなさい」キャロラインは死者に話しかけた。「ここにいなくて、ごめんなさい。ずっとそばにいられなくて」

ため息をつきながら、ハニーブロンドのつややかな髪をかきあげた。車の中に座って、くよくよしていたってどうしようもない。荷物を運んで、家をきれいにして、落ち着けるようにしなくてはならない。ここはもう彼女のものだし、手放すつもりはなかった。

車のドアを開けると、熱気が彼女の肺から酸素を奪った。その勢いにあえぎながら、キャロラインは後部座席からバイオリンケースを持ち上げた。楽器と楽譜の入った重たい箱をポーチに運ぶと、もうぐったりしていた。

まだ三往復しなければならなかった。スーツケースと、三十マイルほど北にある小さな店に寄って買った食料品の袋が二つ、そして最後にオープンリール式のテープレコーダーを運んで、ようやく終わった。

荷物をすべて並べると、鍵の束を取り出した。それぞれにタグがついている。正面玄関、裏口、屋根裏、金庫、フォードのピックアップ。キャロラインが正面玄関の鍵を選ぶと、鍵の束が音楽のようにじゃらじゃら音をたてた。

ドアは、古い扉らしくきしみながら開き、使われていなかったせいで埃をかぶった薄暗がりが表れた。

キャロラインはまずバイオリンを持ちあげた。食料品などよりも、はるかに大切なことは言うまでもない。

少しとまどい、そしてはじめて寂しさを感じながら、中へ足を踏み入れた。

まっすぐに伸びた廊下がキッチンへ続いていることは知っていた。左手には階段があり、三段あがると九十度曲がっている。手すりは黒っぽく、がっしりとしたオーク材で、今はうっすらと埃に覆われている。

階段のすぐ下にテーブルがあり、そこには古めかしい黒いダイヤル式の電話と、空っぽの花瓶が置いてある。キャロラインはそこにケースを置くと、活動を開始した。

黄色い壁と、白枠にガラス扉のキャビネットのあるキッチンへ、食料品を運んだ。家の中はまるでオーブンみたいだったので、まず食料をしまったのだ。さいわいなことに、冷蔵庫はぴかぴかだった。

葬式の後、近所の女性たちが掃除をしてくれたと聞いていた。この土地の親切が本物であることは、キャロラインにもわかった。二カ月分の埃の下、勤勉なクモが隅っこに張ったレースのような巣の下には、かすかだがライゾールのにおいが残っている。

ゆっくり玄関へ戻ると、ハードウッドの床に靴音が響いた。居間をのぞくと、小さなポイントクッションと、時代物らしい、大きなRCA製コンソール型テレビがあった。リビングには、色あせたセイヨウバラが壁を飾り、〝揃いの〟家具は埃に覆われてぼやけている。そして祖父の小部屋にはケースに入った狩猟用ライフルと射撃用ピストル、大きくて、袖がすり切れた安楽椅子がある。

スーツケースを持ち上げると、キャロラインは部屋を選ぶために、二階へ向かった。感傷と実用性から、祖父母の寝室に落ち着くことに決めた。どっしりとした四柱と新郎からの贈り物だったキルトが、安らぎを与えているようだ。足下にあるシーダーのチェストには秘密が隠されているかもしれない。壁を彩っている小さなスミレとバラは心を慰めてくれるだろう。

スーツケースを脇に置き、細長いガラスドアからベランダへ出た。そこからは、祖母のバラや、雑草を押し分けて生えている多年草が見えた。ライブオークやサルオガセモドキがもつれあった向こう側で、岩か倒木に水が当たる音が聞こえる。熱のかすみを抜けた遠くには、力強いミシシッピ川が茶色くうねっているのが見えた。

鳥のさえずりが聞こえた。熱気を通してシンフォニーが響いてくる。カケスやウタスズメ、カラスやヒバリの声、野生の七面鳥のがらがら声も混じっているようだ。

キャロラインは一瞬、夢を見た。華奢な体つきで、美しい手とかげりのある瞳をもち、あまりに影の薄い女性。

次の瞬間、景色も香りも音も薄れて消えた。彼女は母の居間にいて、オルミュル時計の小さなチクタクいう音とシャネルの香りがする。まもなく、彼女の最初のリサイタルに出かけるところだ。

「あなたには最高の演奏を期待しているのよ、キャロライン」母の声はなめらかで、ゆっくりとして、意見をはさむ余地はなかった。「最高でいてほしいの。目指すのはそれ以外にないのよ。わかる?」

ぴかぴかのエナメルの靴の中で、キャロラインのつま先が神経質に丸まった。彼女はまだ五歳だった。「はい、ママ」

今度は客間にいて、二時間も練習しているキャロラインの腕は痛くなっていた。外では太陽がさんさんと輝いている。キャロラインの目に、木に止まったコマドリが見えた。コマドリのせいでキャロラインはくすくす笑い、手を止めた。

「キャロライン!」母の声が階段の上から響いた。「練習時間はまだ一時間あるのよ。練習もしないで今度のツアーの準備ができると思っているの? さあ始めなさい」

「ごめんなさい」キャロラインはため息をついて、バイオリンを持ち上げた。十二歳の肩には、鉛のおもりのように感じられた。

舞台裏では、初日の不安と闘っていた。そして疲労とも。延々と続くリハーサル、準備、移動でくたくただった。この単調な繰り返しをもうどれだけ続けているだろう。私は十八歳、それとも二十歳だった？

「まあ、キャロラインったら、もっと頬紅をつけなさい。死人みたいだわ」あのいらいらしてハンマーでたたきつけるような声がして、緊張した指が彼女の顎《あご》を持ち上げる。「せめて熱心なふりぐらいできないの？　あなたを今の地位につけるのに、お父様と私がどんなにがんばったかわかってる？　どれだけの犠牲を払ってきたか？　それなのにあなたときたら、開幕十分前だというのに、鏡に向かって考え込んでいるんだから」

「ごめんなさい」

キャロラインはいつも謝っていた。

トロントの病院のベッドに横たわり、病《や》み、疲れ、恥じていた。

「ツアーの残りをキャンセルしたって、どういうこと？」母の憤慨して張りつめた顔が大きくのしかかっている。

「最後まで続けられないの。ごめんなさい」

「ごめんなさいですって！　謝ってなんになるの？　自分のキャリアを台無しにして、ルイスにはとても許されないような迷惑をかけたのよ。彼に仕事の上で縁を切られるだけじゃなくて、婚約を破棄されても驚かないわ」

「彼は別の人といっしょにいたの」キャロラインの声は弱々しかった。「幕が上がる直前に見たのよ――ドレッシングルームで。彼は別の人といたわ」

「どうってことはないでしょう。仮にそうでないとしても、悪いのはあなたよ。最近のあなたの振る舞いといったら……幽霊みたいに歩き回ったり、インタビューをキャンセルしたり、パーティに行くのをいやがったり。私がこんなに尽くしてきた報いがこれなの？　マスコミや世間の憶測やあなたに突き落とされたこの窮地に、どう対処しろっていうの？」

「わからないわ」目を閉じて、すべてを締め出すと、少し楽になった。「ごめんなさい。ただ、もう私には無理なの」

できない、とキャロラインは思い、目を開けた。ただ、もう続けられないのだ。他人が望むような人間ではいられない。今はもう。この先も二度と。キャロラインは自分勝手で、恩知らずで、わがままで……母親にののしられたようなひどい人間なのだろうか？　今はどうでもよかった。今大事なのは、ここにいる、ということだけだった。

十マイルほど離れた場所で、タッカー・ロングストリートはイノセンスの中心部へと疾走し、埃をまき散らした。ジェド・ラーソンの太ったビーグル犬ニュイサンス《厄介者》はびっくりして、乾物屋の縞模様の日除けの下にあるコンクリートに骨を落とした。

ニュイサンスが片目を開けたときに、ぴかぴかの真っ赤な車が自分にむかって突進してきて、わずか十八インチの所に急停車するのを見たときの彼の気持ちを、キャロライン・ウェイバリーなら理解できただろう。

悲鳴を上げて、犬は起き上がり、安全地帯へと飛び退いた。

タッカーはくすくす笑いながら、ニュイサンスに向かって声をかけ、舌を鳴らし、口笛を吹いたが、犬は逃げ続けた。ニュイサンスは真っ赤な車を心底憎んでいて、タイヤにおしっこが届く距離にさえ近づこうとはしなかった。

タッカーはポケットに鍵束を落とした。デラのために米とコークと化粧水を手に入れたら、戻ってハンモックに寝そべるつもりだった——あのハンモックこそ、賢明な男が暑くて風がそよともない午後にいるべき場所だ。だが妹の車が見えた。〈チャット・アンド・チュウ〉の正面にある二台分のスペースに、斜めに駐車している。

運転したせいでのどが渇いたので、背の高いグラスでレモネードを飲むのもいい、と思いついた。ひょっとしたら、冷やしたハックルベリーパイも。

後に、タッカーはこのささやかな寄り道を大いに後悔することになる。

ロングストリート家は〈チャット・アンド・チュウ〉のオーナーだ。ほかにも〈ウォッシュ&ドライ・ランドロマット〉、〈イノセンス・ボーディング・ハウス〉、〈フィード・アンド・グレイン〉、〈ハンターズ・フレンド・ガンショップ〉、その他一ダース以上の借地も所有している。ロングストリート家の人間は賢明——あるいは怠け者——なので、それぞれのためにマネジャーを雇っていた。ドゥウェインは借家に一応の関心があって、毎月一日になると回って歩き、小切手を集めたり、言い訳を聞いたり、必要な修理のリストを書き留めたりした。だが、望もうと望むまいと、帳簿をつけるのはタッカーだった。一度、そのことについてタッカーが延々と文句を言った結果、ジョージーが引き受けたことがあった。彼女は見事なまでにめちゃくちゃにしてくれて、それを正すのにタッカーは何日もかかった。

本当はそんなに嫌だったわけではない。帳簿付けは涼しい夜に、冷たい飲み物を片手にしながらこなすことができる。数字が得意な彼にとっては、難しいというよりも面倒な雑事というだけだった。

〈チャット・アンド・チュウ〉はタッカーのお気に入りの場所のひとつだ。この食堂には大きな窓があり、バザーと学生芝居とオークションを知らせるポスターが貼りっぱなしになっている。

店内に入ると、床にはリノリウムタイルが張られ、古くなって黄ばみ、ハエのしみのような茶色い斑点で汚れている。ブースはすりきれた赤いビニール張りで、裂けたり破れたりしていた茶色のビニールの上に、半年前にタッカーが張り替えをしたものだ。だがその赤はすでにオレンジに色あせていた。

薄板を張ったテーブルには、何年もの間に人々がさまざまなメッセージを彫っていた。〈チャット・アンド・チュウ〉の伝統のひとつだ。イニシャルをハートに矢を突き刺した絵と組み合わせたものが一番多いが、「ヘイ!」とか「やっちまえ!」なんて刻み込む輩もいた。中にはよっぽど機嫌が悪かったのか「くそったれ、死んじまえ」というのもある。

この店を管理しているアーリーン・レンフルーがそのメッセージにひどく気分を害したため、タッカーは金物屋から電動研磨機を借りてきて、不快な言葉をぼかした。

ブースにはそれぞれにジュークボックスがあり、ノブを回して、メニューをめくることができるようになっている——いまだに二十五セントで三曲聞けた。アーリーンはカントリー音楽が好きだったので、ジュークボックスもほとんどがそうだったが、タッカーはなんとか五〇年代のロックやR&Bを数曲、潜り込ませていた。

大きなカウンターには一ダースのスツールが並び、すべてが同じようにあせた赤いビニール張りだ。三段になった透明のドーム型ケースには今日の特製パイが納められている。タッカーの目が、ハックルベリーパイを見て、うれしそうに輝いた。

ぱらぱらといた客たちと、手を振ったり声をかけたりして挨拶を交わした後、タッカーはグリースと煙の匂いのする中を進み、妹が座っているカウンターへ向かった。アーリーンと話に夢中になっていたジョージーは、兄の腕を軽くたたいて、そのまま話を続けた。

「だから、ジャスティンに言ったのよ。もしウィル・シヴァーみたいな男と結婚するなら、幸せでいるためには、ズボンのジッパー用に南京錠を買って、その鍵を自分だけが持つようにすることねって。彼はたまにもらしちゃうかもしれないけど、それぐらいならどうってことないわ」

アーリーンは感心したように笑い声をもらし、カウンターの輪染みを拭いた。「どうしてウィルみたいなろくでなしと結婚したいのか、あたしにはわからないわねえ」

「彼、ベッドではいつもすごいのよ」ジョージーがにやりとして片目をつぶった。「そういう噂。あら、タッカー！」ジョージーは体の向きを変えると、兄に音を立ててキスし、彼の顔の前で手をひらひらさせた。「マニキュアをしてもらったところなの。ホットショット・レッドよ。どう？」

しかたなくタッカーは彼女の長い真紅の爪を眺めた。「まるでだれかの目をえぐり出したばかりみたいだな。アーリーン、レモネードと、ハックルベリーパイにフレンチバニラを乗せてくれ」

爪に対するタッカーの評価に満足して、ジョージーは巧みに乱してある黒髪をかき上げた。「ジャスティンは私の目をえぐり出したかったでしょうね」にやりとしながらダイエットコークのグラスを持ち上げ、ストローで飲んだ。「彼女ったら美容院に居座っちゃって、彼女がダイヤモンドって呼んでるちっぽけなガラス玉をみんなに見せてるのよ。きっとウィルはあれをお祭りの射的の景品でもらったんだわ」

タッカーの黄金色の瞳がきらきらした。「ジェラシーか、ジョージー？」

彼女ははっとすると、下唇をつきだしたが、天井を見上げながら無表情を装い、フーとうなった。「彼が欲しかったら、手に入れてるわ。でも彼はベッドの外では、うんざりするほど退屈なの」ジョージーはコーラの残りをストローでかき回し、ブースにいたふたりの男に、肩越しに流し目を送った。ふたりはすぐにのぼせ上がり、ビール腹を引っ込めた。「タック、あなたも私も責任を負っているのよ。異性を引きつけずにはいられないっていう点でね」

アーリーンにほほえみかけてから、タッカーはパイに取りかかった。「ああ、我々が背負っている十字架だ」

ジョージーはマニキュアを塗りたての爪でカウンターをたたき、かちかちいう音を楽しんだ。五年間で二度の結婚と離婚へと駆り立てた落ち着かない気分が、この数週間膨れ上がっている。そろそろ動き出すときだ、とジョージーは思った。イノセンスに戻って二カ月で、ほかの場所の刺激が恋しくなっていた。だが、よそへ行って二カ月すると、なにもない、生まれた町が恋しくなるのだ。

だれかがジュークボックスに二十五セント玉を入れ、ランディ・トラヴィスが恋の苦悩について歌いだした。ジョージーは指でリズムを刻み、タッカーがハックルベリーとアイスクリームをすくうと、顔をしかめた。

「真っ昼間からよくそんなものが食べられるわね」

タッカーはまたパイをすくった。「口を開けて、飲み込むだけさ」

「それで一オンスも太らないいんだから。私なんか口に入れたものをすべてチェックしていないと、お尻がマミー・ギャントレーみたいになっちゃうのに」ジョージーは兄のアイスクリームを指ですくってなめた。「で、おなかをいっぱいにする以外に、町でなにをしているの？」

「デラの買い物さ。そういえば、マクネアの家へ車が入っていったよ」

「ふーん」ジョージーはそのニュースに関心を持ったのかもしれないが、そこへバーク・トゥルースデールが入ってきた。ジョージーはスツールの上で体をもじもじさせて姿勢を正し、すらりと長い脚を組んでから、ハチミツがしたたるような笑顔を彼に見せた。「こんにちは、バーク」

「ジョージー」彼は近づいてくると、タッカーの背中をぽんとたたいた。「タック。ふたりしてなにをしているんだ？」

「ただの暇つぶしよ」ジョージーが言った。バークはがっしりとした六フィートの体にラインバッカーのような肩をもっている。角張った顎を子犬のような目が和らげていた。ドゥウェインと同年代だが、タッカーとのほうが親しく、ジョージーが求めながら手に入れなかった数少ない男のひとりだ。

バークがスツールに腰掛けると、重たいキーリングがじゃらじゃら鳴った。彼の保安官バッヂが日差しを受けて鈍くきらめいた。「暑すぎて、ほかにはなにもできないからな」アーリーンがアイスティーを置くと、バークはぼそぼそと礼を言い、息もつかずに一気に飲み干した。

彼の喉仏が上下するのを、ジョージーは上唇をなめながら見つめた。

「ミス・エディスの親戚が家に移ってきたよ」こう言うと、バークはグラスを置いた。「ミス・キャロライン・ウェイバリーとかいって、フィラデルフィアの一流音楽家らしい」アーリーンが彼のグラスにアイスティーをつぎ、今度はバークも少しずつ口にふくんだ。「電話の設置と電気の接続を頼んできた」

「いつまでいるのかしら？」アーリーンはニュースに対しては、いつでも敏感だった。〈チャット・アンド・チュウ〉の経営者として、それは彼女の権利であり義務でもあった。

「聞いてない。ミス・エディスは家族のことをあまり話すほうじゃなかったけど、オーケストラかなんかといっしょに世界中を旅している孫娘がいるという話は聞いた覚えがある」

「稼ぎもいいようだ」タッカーが思いを巡らした。「十五分前に、あそこの小道へ彼女の車が入っていくのを見た。新型のBMWを運転していたよ」

バークはアーリーンが離れるのを待ってから、口を開いた。「タック、ドゥウェインのことで話がある」

タッカーの表情はおだやかで、親しげだったが、防御シールドのスイッチが入った。「どういうことだ？」

「ゆうべまた酔っぱらって、マクグリーディの店で無茶をしたんだ。一晩、留置所に泊めた」

今度はタッカーの表情も変化し、瞳が暗くなり、口元が険しくなった。「なにかの罪で告発されるのか？」

「よせよ、タック」バークは腹を立てたというより、傷ついた様子で、脚を組み替えた。「彼はろくに立つこともできず、酔っぱらって運転もできなかった。眠って、酔いを覚ましたらいいと思ったんだ。この前、夜中に彼を家へ送っていったら、ミス・デラにひどく怒られたからな」

「そうか」タッカーは力を抜いた。友人がいるし、家族もいるが、ここにいるバークはその両方だった。「今はどこにいる？」

「留置所で、二日酔いに苦しんでるよ。おまえが来てるから、連れ帰ってもらえると思ったのさ。彼の車は後で届けるよ」

「感謝する」タッカーの静かな言葉の内には落胆があった。今回、ドゥウェインの禁酒は二週間近く続いた。だが一度崩れると、当分は立ち直れないことをタッカーは知っていたのだ。タッカーは立ち上がり、財布を出した。彼の背後でドアがばたんと開き、奥の棚でグラスががたがた音をたて、タッカーは後ろに目を向けた。エダ・ルー・ヘイティンガーが見えると、まずい、と思った。

「このウジ虫、ろくでなし！」彼女が吐き出すように言い、タッカーに飛びかかった。バークが、ハイスクール時代にレシーバーでスターになったのと同じ反射神経で押さえなければ、タッカーは顔を切り刻まれていたかもしれない。

「おい、おい」バークが困ったように言っている間、エダ・ルーはヤマネコのようにあらがった。

「あんなふうに私を捨てられると思ってるの？」

「エダ・ルー」タッカーは経験から、声を低く、冷静に保った。「大きく息をしろよ。でないと自分を傷つけることになるぞ」

エダ・ルーはうなりながら、小さな歯をむき出しにした。「私はあんたを傷つけてやるわ、イタチ野郎」

バークはしぶしぶ、保安官としての行動に出た。「お嬢さん、落ち着いてくれないと、君を留置所へ入れなくてはならなくなる。おやじさんも喜びはしないだろうよ」

彼女は歯の間からシーと音を出した。「このげす野郎には指一本触れないわよ」バークが力を緩めると、エダ・ルーはするりと逃げだし、体から埃を払った。

「もし話をしたいのなら……」タッカーが切り出した。

「話をする、いいわね。今、ここでしましょう」彼女がぐるっと一回転すると、客たちはじっと見つめるか、あるいは見ていないふりをした。顔や首には汗がにじんでいる。彼女の腕で色鮮やかなプラスチックのブレスレットが音をたてた。「みんな聞いてちょうだい、いい？　このお偉いミスター・ロングストリートに言いたいことがあるの」

「エダ・ルー……」タッカーは隙を見て、彼女の腕に触れた。エダ・ルーは腕をバックハンドで振り払い、彼の歯を殴った。

「いい」タッカーは口をぬぐい、バークを手で制した。「言わせてやれ」

「ええ、言わせてもらうわ。あなたは私を愛していると言ったわ」

「僕は一度も言ったことはない」タッカーはこれには自信があった。たとえ激情の中にあっても、言葉には慎重にしていた。激情の中では特に、だ。

「私にそう思わせたわ」エダ・ルーは叫んだ。彼女がつけているパウダリースプレーは、憤慨して吹き出した熱い汗に圧倒され、甘ったるい匂いと組み合わさって、タッカーに死んだばかりのなにかを思い出させた。「あなたはうまいことを言って、私をベッドへ誘い込んだ。私こそ待ち望んでいた女だって言った。あなたは……」涙が浮かび、彼女の顔で汗と混じり合い、目の下にマスカラの固まりがくっついた。「あなたは結婚しようと言ったわ」

「まさか」タッカーは腹を立てたくなかったが、癇癪を起こしそうになっていた。「それは君の考えだ、ハニー。そして僕は、そうはならないとはっきり言ったはずだ」

「あなたが口笛を吹いて、花束を抱え、高級ワインを買って現われたら、女はどう思うと思うの？ 私のことをだれよりも思っているって言ったのよ」

「たしかに思っていた」それは事実だ。いつもそうだった。

「あなたはタッカー・ロングストリート以外のなにも、だれも思ってはいないわ」彼女はタッカーの目の前に顔を近づけ、つばきを飛ばした。今みたいに、やさしさも優美さもなくした彼女を見て、タッカーはどうして彼女を思うことができたのだろう、と思った。それにソーダを飲みながらぶらついている男たちが、互いにつつき合い、くすくす笑っているのが、たまらなく嫌だった。

「それなら、僕には近づかないほうがいいだろ？」タッカーはカウンターに札を二枚置いた。

「そんなに簡単に逃げられると思ってるの？」エダ・ルーの手が彼の腕をぎゅっとつかんだ。彼女の筋肉が震えているのが伝わってくる。「ほかの女たちみたいに、私も捨てられると思ってるの？」そんなことはさせられない。エダ・ルーは女友達みんなに、結婚をほのめかしてしまった。グリーンヴィルまで行って、ウェディングドレスを夢見心地で眺めたりした。そのことですでに町の半分の人間がにやにや笑っていることを、知っているのだ。「あなたは私に責任があるわ。約束をしたのよ」

「たとえば？」タッカーはどんどん腹が立ってきて、腕から彼女の手を引き剝がした。

「子供ができたの」破れかぶれのエダ・ルーから飛び出した言葉だった。だが、ブースからブースへと伝わるささやきを聞き、タッカーが青ざめるのを見て、エダ・ルーは満足だった。

「なんだって？」

エダ・ルーの唇によそよそしい残酷な笑みが浮かんだ。「聞こえたでしょ、タック。自分がどうするかを決めたほうがいいわね」

ぱっと顔を上げると、エダ・ルーは身を翻し、つかつかと出ていった。タッカーは口から飛び出しかかった胃袋が静かになるのを待った。

「おやまあ」ジョージーは目を見開いている客たちに満面の笑みを見せた。だがその手は、兄の手を握った。「彼女が嘘をついているのに十ドル」

動揺が収まらないまま、タッカーは妹を見つめた。「え？」

「彼女はあなた同様、妊娠なんかしていないって言ってるの。女が使う、最古のぺてんだわ。あんな手に引っかかっちゃだめよ」

タッカーは考えたかった。ひとりになって考える必要があった。「ドゥウェインを迎えに留置所へ行ってくれないか？　それからデラの買い物も頼む」

「それならいっしょに……」

だがタッカーはもう去っていた。ジョージーはため息をついて、困ったことになった、と思った。タッカーはデラの欲しいものを言わなかったのだ。

2

ドゥウェイン・ロングストリートは町の留置所にあるふたつの房のうちのひとつで、石と鉄でできた寝棚に腰掛け、傷ついた犬のようにうめいた。アスピリンを三錠飲んだが、まだ効果が表れず、頭の中でうなっているチェーンソーの一団が、ますます脳に近づいている。ドゥウェインは抱えていた頭を起こし、バークが置いていってくれたコーヒーをずるずる飲み、またすぐにしっかり抱えた。そうしていないと頭が転げ落ちてしまいそうな気がしたのだ。まあ、そうなってほしい気持ちも半分はあったが。

酔っぱらって目覚めた最初の一時間は、いつも通り、自分を嫌悪した。自分が歩き回り、へらへら笑い、またしてもあの醜い落とし穴にはまってしまったのが、不快でたまらなかった。飲んだことではない。酒を飲むのは好きだ。美しい女性からの濃厚な口づけのように、一口目のウィスキーが舌に触れ、喉をすべり、胃袋に落ち着くときの熱い感触が好きだった。二杯目を飲んだ後、頭の中に広がるおなじみの興奮が好きだった。

くそ、愛してさえいた。

酔っぱらうことも気にならなかった。いや、五、六杯引っかけた後の、ふわふわした気分については、言いたいことがある。なにもかもがすばらしく、楽しいように思えるのだ。このとき、人生が自分にとってやさしいものでないことを忘れる。そもそもたいして望んでいなかった妻と子供が、靴のセールスマンかなんかのところへ逃げたことも、ほかに行く場所がないから、町の汚い店にへばりついていることも忘れられるのだ。

そう、あのふわふわして、すべてを忘れられる時間が大好きだった。

その後になにが起こるかは、たいして気にしていない。どうなるかを考えることなく手が酒瓶に伸びるときや、味わうのをやめ、ウィスキーがそこにあり、自分もそこにいるというだけの理由から、ただ飲み続けるときは問題なかった。

しかしときおり酒のせいで自分が嫌な人間になり、相手かまわずケンカをふっかけたくなるという事実は気に入らなかった。ドゥウェインが不快な気質《たち》の人間でないことは神がご存じだ。不快な気質なのは彼の父親のほうだ。だがときおり、ほんのたまにだが、ウィスキーが彼を父親のボーのように変えてしまい、それについてはドゥウェインは後悔した。

彼が恐れているのは、自分が嫌な人間に変わったのか、それともただ静かに酔いつぶれたのかを、まったく思い出せないときがあることだ。そうなったときは決まって、二日酔いで死にそうになりながら、留置場で目覚めるというのが相場だった。

体を動かすと、頭の中の活発なきこりたちが、怒りに満ちたミツバチの大群に変身するのがわかっていたので、おそるおそる立ち上がった。窓にはまった鉄格子を通して入ってくる陽射しに目がくらんだ。ドゥウェインは片手で目を覆い、留置所から手探りで出た。バークはけっして鍵をかけたことはない。

よたよたとトイレへ行くと、腎臓を経由した一ガロンもありそうなワイルドターキーを放出した。自分のベッドを恋しく思いながら、目が焼けるような感覚がなくなるまで冷たい水を顔にかけた。

外のドアが勢いよく開いた。ひーっと声を漏らし、ジョージーに陽気に呼ばれると、悲しげな声で小さく応えた。

「ドゥウェイン？　いるの？　かわいい妹が脱獄させにきたわよ」

ドゥウェインが戸口に来て、枠に弱々しくもたれかかると、ジョージーは手入れの行き届いた眉を釣り上げた。「あら、まあ。なんて情けないありさまなの」ジョージーは近づき、真っ赤な爪で下唇をたたいた。「ねえ、そんなに血だらけの目で、どうやって見えるの？」

「僕は……」ドゥウェインは咳をして、喉のつかえを払った。「僕は車をぶつけたのか？」

「私が知っている限りでは、ノーよ。さあ、ジョージーといっしょに行きましょう」彼女は兄の腕をとった。彼が首を回すと、ジョージーはさっと後ずさった。「なんてこと。そのくさい息で、いったい何人殺したの？」舌打ちをして、バッグに手を入れると、チクタク・ミントの箱を出した。「ほら、一粒ぐらい嚙んで」ジョージーが自分で彼の口に放り込んだ。「さもないと、兄さんに息を吹きかけられたら、失神しちゃうわ」

「デラは本気で怒るだろうな」ドゥウェインはジョージーにドアへ引っ張られながら、ぶつぶつ言った。

「でしょうね。でもタッカーのことを知ったら、兄さんのことなんか忘れちゃうわよ」

「タッカー？　えい、くそ」太陽が目にはいると、ドゥウェインは後ろへよろめいた。

ジョージーは首を振ると、レンズの周りを小さなラインストーンで飾った、自分のサングラスを取り出し、ドゥウェインに渡した。「タッカーにトラブルがあって。というか、エダ・ルーは彼が彼女をトラブルに陥れたって言ってるわ。まあ、じきにわかるわよ」

「なんてこった」ほんの一瞬、彼自身の悩みは消えた。「タックがエダ・ルーを妊娠させたのか？」

ジョージーは助手席のドアを開け、ドゥウェインを乗せた。「〈チャット・アンド・チュウ〉で大騒ぎしてくれたから、町中の人間が、彼女のおなかが膨らむかどうか見ることになるわ」

「なんてこった」

「まったくだわ」ジョージーは車をスタートさせた。ラジオのスイッチを切るだけの同情心はあった。「彼女が妊娠していようといまいと、あのいやらしい雌犬をうちへ入れる前によおく考えたほうがいいわね」

ドゥウェインもまったく同感だったが、頭を支えるので手一杯だった。

タッカーは家に戻るべきでないことはわかっていた。デラが即座に説教を始めるだろう。しばらくひとりになる時間が欲しかったが、スウィートウォーターの門をくぐったら最後、そんなものは得られない。

衝動的にタッカーはハンドルを切り、汗ばんだようなマカダン道路にタイヤ痕をつけた。家まで一マイルはある草深い縁に車を残し、林の中へ歩き出した。

青葉やしっとりしたコケの陰に入っても、ぼおっとするような熱はほんの少ししか軽減されなかった。だが彼が求めていたのは、肌を冷ますことではなく、頭を冷静にすることだった。食堂にいたとき、ほんの一瞬、本当にかっとなって、なにもわからなくなった一瞬、エダ・ルーの首をつかみ、息の根を止めてやりたいと思った。

そんな衝動を覚えたこと、あるいは想像して一瞬、純粋な喜びを感じたことなど、どうでもよかった。彼女が言ったことの半分は嘘だった。だが、つまるところ、彼女が言ったことの半分は真実なのだ。

タッカーは垂れさがっている枝を脇へどけ、身を屈め、夏場にはびこる草をかき分けて、水辺へと進んだ。一羽のサギが侵入者に驚き、長く優雅な脚を折り曲げ、入り江の奥へと静かに去っていった。タッカーは蛇に警戒しながら、丸太の上に腰を下ろした。

ゆっくりとタバコを出し、少しだけ先をちぎってから、火をつけた。

昔からタッカーは水辺が好きだった。大海へ激しく流れ込む場所はそれほどでもないが、静かな日陰に包まれた池、小川のせせらぎ、川の一定したリズムが好きだった。少年のころも、釣りを口実にして、座って考え事をしたり、うたた寝をしたりして、カエルが飛び込む水音やセミの単調な鳴き声を聞いていた。

あのころは子供っぽい問題しか抱えていなかった。地理でDをとったことで叱られるかどうかとか、クリスマスにどうやって新しい自転車を手に入れようかとか。もう少し後では、バレンタインデーのダンスへ誘うのはアーネットかカロランヌか、とか。

成長するにつれ、悩み事は大きくなる。父親がセスナでジャクソンへ向かい、命を落としたときに悲しんだことを、タッカーは覚えている。だがそれも、母親が庭で倒れ、どんな医者も発作を起こした彼女の心臓を治せず、死が近いことを知ったときの、激しく呆然とするような悲嘆に比べたら、なんということもなかった。

あのとき、タッカーはよくここへ来て、その悲しみを慰めようとした。そして最後には、どんなことでもそうであるように、悲しみも薄れていった。ただし、窓から外をのぞき、彼女が──大きな麦わら帽子で顔が陰になり、シフォンのスカーフをなびかせて──開きすぎたバラをつみ取っているのが見えるのを半ば期待しているという奇妙な瞬間だけは別だ。

マデリーン・ロングストリートならエダ・ルーを好意的に見ることはなかっただろう。エダ・ルーの粗野で、俗悪で、ずる賢いところを見破っていたはずだ。そして本物の南部レディならかみそりのように刃の鋭い武器へと磨きあげることができる、うんざりするような礼儀正しさで、賛成できないことを表明していただろう。タッカーはゆっくりとタバコを吸い、煙を吐き出しながらそう思った。

彼の母は本物の南部レディだった。

いっぽう、エダ・ルーは見事に作り上げた作品だ。肉体的に言えば、大きな胸、立派な腰、その肌には毎朝毎晩欠かさずにヴァセリン・インテンシヴ・ケア・ローションをこってりと塗ってしっとりさせている。さらに熱心で、働き者の口と、精力的な手を持っていた。なんたることか、タッカーは彼女と楽しんだのだ。

タッカーは彼女を愛していなかったし、そう言ったこともない。愛の誓いなんて、女性をベッドへ誘い込むための安っぽい道具だと思っているのだ。エダ・ルーにはベッドの中でも外でも、楽しい時間を提供した。タッカーは、女性が一度脚を開いたからといって、つきあいを止めるような男ではなかった。

だが、彼女が結婚をほのめかしはじめた瞬間、タッカーは大きく後退した。まず、彼女に冷却期間を与えるために、二週間でたぶん二回デートに行ったが、セックスはまったくしなかった。そして自分に結婚の意志がないことをきっぱり言い渡した。だが、エダ・ルーのひとりよがりの目を見て、彼女が信じていないのがわかった。だから、タッカーは彼女と別れたのだ。エダ・ルーは涙ぐんだが、礼儀正しかった。それも、彼女がタッカーを取り戻せると信じていたからだ、と今はわかった。

タッカーが別の女性と会っている話をエダ・ルーが聞いたことも、もはや疑いない。それがすべてだったし、そんなことはどうでもよかった。もしエダ・ルーが妊娠しているなら、予防措置を講じたとはいえ、その相手が自分だということにタッカーは自信があった。どうしたらいいのか、自分で決めなくてはならないのだ。

オースティン・ヘイティンガーが弾を込めたショットガンをかかえて、まだ現われないのが不思議なくらいだ。オースティンは分別のある人間とは言いかねるし、ロングストリートの人間を好きだったこともない。それどころか、彼は憎んでいる。マデリーン・ラルーがボー・ロングストリートを選び、彼女と結婚したいというオースティンの夢を永遠にかなわないものにしたときからずっと憎んできたのだ。

それ以後、オースティンは卑劣で、頑固なろくでなしになった。気分が乗ると、彼が妻を殴るということはだれもが知っている。同じような体罰を彼は五人の子供にも与えていた。長子のAJは今は車両重窃盗罪でジャクソンに服役中だ。

オースティン自身も幾晩か留置所に入ったことがある。暴行未遂、暴行、治安紊乱《びんらん》——ふつうは聖書の言葉をまくしたてるか、神の名を呼びながらそうした行為に及んだ。タッカーは、オースティンがショットガンか、あるいはハムのような大きなこぶしを振り上げて追いかけてくるのも時間の問題だ、と思った。

タッカーはそれを相手にしなければならないのだ。

同様に、エダ・ルーへの責任にも対処しなければならない。責任は責任として、そのために結婚する気はタッカーにはなかった。彼女はベッドでいい腕をしているかもしれないが、水圧ジャッキとだって最後まで話をすることはできないだろう。そしてタッカーは彼女が牝ギツネのように脳たりんで狡猾だということを知ってしまった。そんな相手と、生涯毎日、朝食の席で顔を合わせたくはなかった。

タッカーは自分にできること、そして正しいことをするつもりだ。金ならあるし、時間もある。彼が与えられるのはそこまでだ。それにもしかしたら、怒りが少しでも薄れたら、母親へは無理でも、子供に愛情を感じるかもしれない。

タッカーは胸の中に今のような不快感ではなく、愛情が生まれることを願った。両手で顔をこすり、エダ・ルーが消えてくれないか、と思った。タッカーを実際以上に悪人に見せるような醜態を食堂で演じた報いを受けてほしい、と思った。もし方法を考えつくことができたら……。

枝葉ががさがさいうのが聞こえ、タッカーはぱっと振り返った。エダ・ルーがつけてきたのなら、ケンカするためばかりでなく、熱意から見つけだそうとするだろう。

空き地へ足を踏み入れたとき、キャロラインは悲鳴を押し殺した。昔、祖父と一緒に釣りをした日陰に男がいる。瑪瑙《めのう》のように固い黄金色の瞳、握りしめたこぶし、引き締めた口元は、ののしっているとも冷笑しているともとれる危険な雰囲気を感じさせた。

武器になるものはないかと必死にあたりを見回し、頼れるのは自分しかいないと気づいた。

「ここでなにをしているの？」

タッカーはシャツを脱ぎ捨てるのと同じように素早く、固い殻を取り去った。

「川を眺めていただけだよ」タッカーは自分は無害だという合図になるはずの、卑下したような笑みを見せた。「人に会うとは思ってなかった」

張りつめて、身構えていた雰囲気が和らいだ。だがキャロラインは彼が無害だと納得したわけではない。彼のなめらかで、物憂げな話し方は簡単にまねることができる。男の目は微笑みかけているが、そこにはとろけるようなセクシャリティがあり、もし彼が近づいてきたら、キャロラインはすぐに逃げだすつもりだった。

「あなたはどなた？」

「タッカー・ロングストリート。この道の先に住んでいる。不法侵入だな」またしても〝なにも心配いらないよ〟といった笑顔だ。「怖がらせたならすまない。ミス・エディスは僕がこのあたりでうろつくのを気にしなかったんで、家に寄って、声をかけるなんて考えなかったんだ。君がキャロライン・ウェイバリーだね？」

「ええ」彼女は自分のこわばった返答が、相手の田舎風の礼儀に対して不作法だということに気づいた。それを和らげるために微笑んだが、よそよそしくて緊張した態度は消えない。「びっくりしたわ、ミスター・ロングストリート」

「ああ、ただのタッカーにしてくれ」彼は微笑みながら、キャロラインを値踏みした。男の子みたいにやせぎすだが、彼の母が黒いベルベットのリボンにつけていたカメオのように、白くてエレガントな顔立ちをしている。ふつうは長い髪が好みだが、ショートヘアが彼女のきゃしゃな首と大きな目によく似合っていた。タッカーは親指をポケットにつっこんだ。「僕たちはお隣さんというわけだ。このイノセンスあたりの人間は人なつこいんだよ」

この男はその魅力で、木に樹皮をぬがせることもできるだろう、とキャロラインは思った。彼のような男をもうひとり知っている。それが南部訛《なま》りだろうと、陽気なスペイン語だろうと、発せられる言葉は命取りだ。

キャロラインはうなずいた。威厳たっぷりだ、とタッカーは思った。

「私は自分の土地を見回っていたの」とキャロラインは話した。「だれかに会うなんて思っていなかったわ」

「とてもきれいな場所だよ。ちゃんと住めるようになった？　なにか必要なものがあったら、大声で叫ぶだけでいいよ」

「どうもありがとう。でも、なんとかなりそうだわ。ここに来て、まだ一時間ぐらいなの」

「知ってる。さっき町へ行く途中で、君が来たのを見かけたからね」

また当たり障りのない返事をしようとしてから、キャロラインは目を細めた。「赤いポルシェ？」

今度はゆっくりと、大きく、圧倒的な笑顔が浮かんだ。「美人だろ？」

キャロラインは目をぎらつかせて、前へ出た。「あなたって責任感のまるでない、大バカ野郎だわ。時速九十マイルは出ていたわよ」

繊細で、愛らしかったキャロラインが、怒りに頬を染めたことで、紛れもない美人に変わった。タッカーは親指をポケットに入れたままにした。女性の怒りから逃れられないのなら、それを楽しもう、という主義なのだ。

「いや。僕の記憶では八十マイルだったよ。ちゃんとした直線道路だったら百二十は出るだろうが……」

「私と衝突するところだったわ」

タッカーはその可能性について考慮しているようだったが、首を振った。「いや、僕は数え切れないほど急カーブを切っているんだ。君からは実際よりも近く見えただろうけどね。ともかく、一日に二度も驚かせたことは謝るよ」そう言いながらも、彼の目のきらめきは謝罪とは縁遠いものだった。「たいてい、美しい女性にはもっと違った印象を与えようとしているんだけどな」

キャロラインの母親が娘の頭にたたき込んだものがひとつあるとしたら、それは威厳だった。つばを飛ばして喋らないうちにぐっと自分を抑えた。「あなたには路上に出る資格はないわ。警察に報告するべきね」

ヤンキーの憤慨ぶりにタッカーはうれしくなった。「うん、そうしてくれていいよ。町へ行って、バークに話すといい。バーク・トゥルースデール、保安官だ」

「で、あなたのいとこなんでしょうね」キャロラインは歯ぎしりするように言った。

「いや、そうじゃない。彼の妹が僕のまたいとこと結婚しているけどね」キャロラインが彼を南部の田舎者だと思っているなら、満足させてやろうと思った。「あのふたりは川向こうのアーカンソーへ引っ越した。僕のいとこ？　それはビリー・アール・ラルーだ。彼は母方のいとこなんだ。彼とメギーは――それがバークの妹なんだけど――ふたりは倉庫を経営している。家具とか車とかを月極めで保管する場所さ。じつにうまくやってるよ」

「それはよかったわね」

「ご親切にどうも」タッカーのほほえみは、傍らの川の流れのようにゆるやかだった。「バークに話すとき、僕がよろしく言っていたと伝えてくれ」

タッカーの背は数インチ高かったが、キャロラインはなんとか彼を見下ろした。「お互いにそれはあまりいいことじゃないとわかってるみたいね。さあ、そろそろ帰ってくださるかしら、ミスター・ロングストリート。もしまたゆっくりと水を眺めたくなったら、別の場所を探してちょうだい」

キャロラインが背を向けて、二歩も行かないうちに、タッカーの声が――それも腹立たしいことにバカにしたような声が――聞こえた。「ミズ・ウェイバリー？　イノセンスへようこそ。今日はこれで失礼するよ、聞こえてる？」

キャロラインは歩き続けた。タッカーは分別ある男として、彼女が聞こえない距離に離れるまで待ってから、笑い始めた。

のっぴきならない状態でなかったら、あの美しいヤンキーをからかうのを定期的に楽しんでいただろう。彼女ならきっといい気分にしてくれるはずだ。

エダ・ルーは準備万端整えていた。タッカーがクリシー・フラーなんかとグリーンヴィルへ行って、ディナーと映画を楽しんだと聞いてから、怒り狂うことですべてを台無しにしてしまわないようにしていた。だが、今度ばかりは癇癪《かんしゃく》を起こしたことが有利に働いたようだ。食堂で大騒ぎをし、タッカーを公衆の面前で辱めたことで、鼻に真鍮の輪をつけたのと同じくらい確実に、彼を正気づけたのだ。

彼が鼻輪をはずしてもらうために、甘言をささやく可能性はある。タッカー・ロングストリートはボリバル郡で一番口の立つ男だ。だが、今度ばかりは自由にさせるわけにはいかない。エダ・ルーはあっという間に指輪と結婚許可証を手に入れる。そしてあの大きな屋敷へ引っ越すとき、イノセンスの町民全員の顔から、取り澄ました表情を消し去ってやるのだ。

庭では埃だらけの鶏が騒ぎ、キッチンにはいつもブタの脂のにおいのする汚い農場で育ったエダ・ルー・ヘイティンガーが、高級な服を着て、柔らかいベッドで眠り、朝食にフランス産のシャンパンを飲むようになる。

タッカーを好きなことは事実だ。だが彼女の飢えた心には彼の屋敷、彼の名前、彼の銀行口座への思いもたっぷりあった。イノセンスへ来るときには大きなピンクのキャデラックに乗ってこよう。ラーソンの店のレジで働くこともないし、彼女が軽蔑するような目で見ると、すぐに殴りかかってくる父親のいる家を出て、下宿屋で部屋を借りるため、一ペニーを惜しむ必要もなくなる。

彼女はロングストリートになるのだ。

夢物語を編み上げながら、エダ・ルーはおんぼろの七五年型インパラを路肩に止めた。タッカーが簡単な手紙で、池のほとりで会ってほしいと言ってきたことに、彼女はなんの疑問ももたなかった。喜ばしいことだと思ったのだ。エダ・ルーは恋に落ちた――彼女のどん欲な心が許す範囲でだが――のは、タッカーがとてもロマンチックだったからだ。マクグリーディの店で彼女に迫ってきた男たちのように、いきなり手を出すようなことはしなかった。彼女がデートしたほとんどの男とは違い、彼女のパンツにいつも潜り込みたがりはしなかった。タッカーは話をするのが好きだった。彼が話すことの半分もわからなかったが、エダ・ルーは彼の丁寧な言葉づかいをすてきだと思った。

それにタッカーは気前よくプレゼントをくれた。香水に花束。一度、ふたりが口げんかをしたとき、エダ・ルーは大泣きしてみせた。結果的にそれは本物のシルクのナイティで決着した。タッカーと結婚したら、望めばそんなものは引き出し丸ごとだって手に入れられる。それらを買うためのアメリカン・エキスプレスのクレジットカードも。

月が明るく照らしていたので、エダ・ルーは懐中電灯のことは考えなかった。ムードを壊したくなかったのだ。長いブロンドヘアをふわふわさせ、ちっぽけなタンクトップから、ふっくらした胸がこぼれそうになるまで、裾を引っ張った。ホットピンクのショーツが少し股に食い込んでいたが、それだけの効果はあると思った。

エダ・ルーがカードの切り方を間違えなければ、タッカーはじきにそれらを脱がせるだろう。そう考えるだけで、エダ・ルーは潤ってきた。そんな思いにさせるのはタッカーだけだ。彼に触れられていると、ときどき、彼のお金のことなどすべて忘れてしまうことさえあった。今夜、タッカーを迎え入れたかった。それは屋外でするのが刺激的だというだけでなく、絶好のタイミングでもあったからだ。運がよければ、妊娠したという彼女の主張は、夜明け前には事実になるだろう。

茂った葉やつるをかき分け、湿気とスイカズラと自分の香水の強いにおいの中を進んでいった。月明かりが漏れ、地面に模様を描き出している。田舎に生まれ、田舎に育ったエダ・ルーは、夜の音に怯えたりしない。カエルの鳴き声や水音、草ががさがさという音、セミの甲高い歌声、あるいはフクロウのホーホーという耳ざわりな鳴き声に。

黄色い目がちらっと見えた。アライグマか狐かもしれない。だが、近づくと消えてしまった。小さな被害者が草の中でキーキー鳴いている。ニューヨーカーがサイレンのありふれたもの悲しい音など気にかけないように、エダ・ルーは生き物の死ぬ音に払う関心などなかった。

ここは夜の狩人――フクロウと狐――のいる場所だ。自分を獲物だと思うほどエダ・ルーは非現実的ではない。

柔らかい地面や湿地帯の草を踏む足音は静かだった。月光が漏れて彼女に注ぎ、忠実に手入れを怠らないでいる肌を、大理石のように優雅に見せている。エダ・ルーは勝利を確信して微笑み、その顔には欲情した美しさがあった。

「タッカー?」エダ・ルーはご機嫌をとるときに使う少女のような声を出した。「遅れてごめんなさいね、ハニー」

エダ・ルーは池のほとりで立ち止まった。夜目は猫のようにいいのだが、水と岩と濃い草むらしか見えない。彼女の口がきっと結ばれ、美しさが消えた。十分か十五分、彼に冷や汗をかかせたくて、わざと遅れてきたのだ。

むっとしながら、丸太の上に腰を下ろした。ほんの数時間前にタッカーが座った場所だ。だが彼の存在は感じなかった。あるのは彼に指で合図されただけで飛んできてしまったといういらだちだけ。それも彼は直接現れず、ちっぽけなメモだけでおびき寄せたのだ。

真夜中にマクネアの池で会おう。すべてはうまくいく。ちょっとの時間、君とふたりきりになりたいだけだ。

いかにも彼らしいとエダ・ルーは思った。ふたりきりになりたいなんて、エダ・ルーをうっとりさせておいて、遅刻して怒らせるなんて。

五分、とエダ・ルーは思った。彼にはそれしか与えない。五分たったら車で道へ出て、あの見事な門をくぐり、あの大きな屋敷へと行こう。タッカー・ロングストリートに私の愛情をもてあそぶことはできない、と教えてやる。

後ろにささやくような音がして、エダ・ルーはまつげをぱちぱちさせようとしながら、首を回した。後頭部に衝撃が加わり、エダ・ルーは地面にうつぶせに倒れた。

彼女のうめき声はくぐもっていた。それはエダ・ルーの頭の中で響き、彼女の頭は鈍器でふたつに割られたみたいに感じられた。持ち上げようとした。あ、痛い、すごく痛い！　痛みを抑えるために手を持ち上げようとして、後ろ手でぎゅっと縛られていることに気づいた。

痛みの中を、はじめて震えるような恐怖感が突き抜けた。目を大きく開けて、叫ぼうとした。

だが猿ぐつわをかまされている。布と、そこから香るコロンの味がした。目をきょろきょろさせながら、手を自由にしようともがいた。

彼女は裸だった。木にもたれて体を動かすと、むき出しの背中や尻が樹皮でこすれた。手足がライブオークに結びつけられていて、足は股を開くように巧妙に縛られ、秘部がむきだしにされていた。彼女の頭にレイプという恐ろしい考えが浮かんだ。

「エダ・ルー、エダ・ルー」その声は低くかすれ、岩に金属をこすっているみたいだった。エダ・ルーは声の主を捜そうと、怯えた目玉をきょろきょろさせた。

目に入ったのは水とこんもりとした葉の固まりだけ。叫ぼうとすると、猿ぐつわでむせた。

「ずっと目をつけていた。いつになったらこんなふうにふたりになれるのかと思っていたよ。月明かりの中で裸だなんて、ロマンチックだね？　それもふたりきり、おまえと私。ふたりだけだ。さあ、セックスしよう」

恐怖に呆然としながら、エダ・ルーは陰から人が滑り出てくるのを見ていた。素肌に月の光があたっている。ぞっとした瞬間、刃渡りの長いナイフがきらっと光った。

自分になにが起ころうとしているかを知った今、エダ・ルーが感じるのは恐怖と憎悪だった。胃袋がひきつり、のたうち、口の中におう吐の味がした。だが人影が近づいてきた。うっすらと汗に覆われ、狂気のにおいがする。

エダ・ルーの懇願も祈りも猿ぐつわに消されてしまった。必死にもがくと、背中や脚に細く血が流れる。両手が彼女に触れ、ぎゅっとつかみ、撫でまわす。そして口。その飢えた口が彼女の無防備な胸に近づいてくると、恐怖におののく熱い涙が頬にこぼれ落ちた。

　汗で滑らせながら、体がこすりつけられ、エダ・ルーが自分に起こりうるとは信じたくないようなことがされた。エダ・ルーはただ泣き続け、濡れた口や進入してくる指、ナイフのなめらかな刃で触れられるたびに体は震えた。

　アーネットやフランシーになにが起こったのかを思い出したからだ。そして彼女たちもこの麻痺したような恐怖を感じただろうと、生涯最後の瞬間にこの激しい憎悪を感じたにちがいないと知ったからだ。

「欲しいんだろう、欲しいんだろう」エダ・ルーの頭の中の鈍いぶんぶんいう音をかき消すように、息切れした声が単調に繰り返した。「売女!」ナイフが回転し、ほとんど痛みもないほど繊細に、エダ・ルーの腕を切り裂いた。その傷口へどん欲な口が近づいてくると、エダ・ルーは半ば意識を失いそうになった。

「いや、だめだ」彼女の横っ面へびんたが楽しそうに飛び、意識を呼び戻した。「売女が仕事中に寝るな」短く、くすくす笑いのような声が聞こえた。ほほえむ唇が血で濡れている。エダ・ルーの生気のない目が開き、止まった。「けっこう、そのほうがいいな。おまえには見ていてほしい。いいかな?」

「お願い、お願いだから、やめて」エダ・ルーの心が悲鳴を上げた。「殺さないで。だれにも言わない、だれにも言わない、言わないから」

「だめだ!」声は興奮にかすれ、その顔が迫ってくると、エダ・ルーはそのよく知った目に輝いている狂気とともに、自分の恐怖、自分の血のにおいを感じた。「おまえはファックする価値もない」

猿ぐつわが横へぐいっと引っ張られた。甲高い悲鳴を聞くことが喜びであり、聞く必要があった。猿ぐつわは、ナイフがエダ・ルーの喉を切り裂くのと同時に切断された。

キャロラインはベッドの上にがばっと起きあがった。心臓が、バランスの悪い洗濯物をいれたメイタグ製洗濯機のようにどすんどすんと打っている。彼女は両手で心臓をつかみ、薄いシャツを裂きそうになった。

悲鳴だ、と怯えながら思った。部屋には彼女の荒い息が響いている。だれが叫んでいるの？ベッドから出かかり、明かりを手で探りながら、キャロラインは自分がどこにいるかを思いだし、枕に身を沈めた。フィラデルフィアではない。ボルチモアでも、ニューヨークでも、パリでもない。ミシシッピの田舎にいて、祖父母が使っていたベッドで眠っているのだ。

夜の音が部屋に充満しているみたいだ。カエルにコオロギにセミ。そしてフクロウ。また悲鳴が聞こえた。女性の声みたいで不気味だ。アメリカオオコノハズクと呼ばれている、とキャロラインは思い出していた。昔ここへ来た夜、やはり同じきしんだような悲鳴に目を覚ましたとき、祖母がなだめてくれたのだ。

（ただのアメリカオオコノハズクよ、パンプキンパイ。もう心配いらないわ。絨毯の中のナンキンムシみたいに安全よ）

キャロラインは目を閉じて、また聞こえるホーホーという、行儀のいいフクロウの長い鳴き声に耳を傾けた。田舎の音よ、と自分を安心させ、古い家特有のきしみを無視しようとした。じきに、車の音や遠くのサイレンのように自然に感じるようになるだろう。祖母が言ってくれたとおりだ。絨毯の中のナンキンムシみたいに安全なのだ。

3

紫色のクレマチスが白い枝編みの格子にからみついているサイドのテラスで、タッカーは椅子に腰掛けていた。後ろではハチドリがさっと飛び、大きくて柔らかい花のひとつからたっぷりと蜜を吸うためにうろついたため、虹色の翼が雨押さえをかすめた。家の中ではデラのエレクトロラックス製掃除機が忙しそうにうなっている。その音が網戸越しに聞こえ、ミツバチの音と混じっている。

ガラステーブルの下で寝そべっているのは老犬バスターで、たるんだ皮膚と古い骨の固まりだった。ときおりバスターはエネルギーをかき集めて、しっぽでどさっと音をたて、ガラス越しにタッカーの朝食をうらめしそうに眺めた。

タッカーは朝の音や匂いに、関心を払っていなかった。冷たいジュース、ホットコーヒー、トーストと同じように、ただぼんやりとしか感じていなかったのだ。

今は毎日の仕事のうちのお気に入りの作業、郵便物の仕訳をしていた。

いつものようにファッションのカタログや雑誌が一山、ジョージーに届いている。タッカーはそれを一冊ずつ、隣にある詰め物のしてある椅子に放り投げた。その都度カタログがどすんと音をたて、バスターはしょぼしょぼした目を期待しながら動かし、そして彼なりに不快そうに文句を言った。

ナッシュヴィルからドゥウェイン宛の手紙が一通来ていた。アドレスはシシーの子供っぽくて、きっちりした筆跡で書かれている。タッカーはちょっと眉をひそめ、封筒を太陽にかざしてから、脇に置いた。子供の養育費を要求しているのでないことは知っていた。家の帳簿係として、月々の小切手はタッカーが切り、二週間前に送ったからだ。

自分なりの整理方法に沿って、タッカーは請求書を別の椅子に投げ、私信はコーヒーポットの反対側に押しやり、明らかに慈善組織からだったり、こそこそと金をかすめ取ろうとするグループからの手紙は、傍らにある紙袋に落とした。

タッカーは月に一度、その袋に手をつっこんで、無作為に二通を選び出す。選ばれたグループは、それが世界野生生物基金だろうと、アメリカ赤十字だろうと、あるいはささくれ防止協会だろうと、たっぷりと寄付金を受け取る。こうすることで、ロングストリート家が慈善のための責任を果たすことになる、とタッカーは思っている。もしある組織が、ある月に数千ドルの小切手を受け取ったのに、その後何年間もなしのつぶてで困惑したとしても、それは先方の問題なのだ。

タッカーには自分の問題がある。

郵便の仕訳という単純作業は、少なくともしばらくは気持ちをそらすのに役立った。実際のところ、タッカーは次にどうすべきなのかわからなかった。エダ・ルーが話しさえしようとしないからだ。みんなの前で大ニュースを発表してから二日たつのに、まったく知らん顔をしている。タッカーに連絡をしてくるどころか、電話にも出ない。

これは不安だった。毒蛇のようにこっそり、かつ巧みに飛びかかることができる彼女の気性を知っていればなおさらだ。苦痛を待ち受けることで、タッカーはびくびくしていた。

タッカーは「当選おめでとう！」と記してある封筒を重ねた。ドゥウェインはそういうものを子供たちに送るのが好きなのだ。それから色と香りがライラックの封筒が出てきた。送り主はひとりしかあり得ない。

「ルルおばさんだ」タッカーの顔がぱっと明るくなり、重い気分が薄れた。

ルル・ロングストリート・ボイストンはジョージア・ロングストリートの出で、タッカーの祖父のいとこだ。おそらく七十代半ばのはずだが、本人はもう何年も六十五歳だと言い張っている。うんざりするほどの金持ちで、センスのいい靴を履いても身長五フィートほどしかなく、コフキコガネムシのようにむちゃくちゃな女性なのだ。

タッカーは彼女が大好きだった。手紙の宛名は「ロングストリートの家族へ」となっていたが、タッカーは封を開けた。ドゥウェインとジョージーがどこへ出かけたのか知らないが、それを待つつもりはなかったのだ。

ホットピンクのフェルトペンで書かれた最初のパラグラフを読むと、タッカーはふーっと息をついた。

ルルおばさんがやってくる。

いつもおばさんはそれしか書いてこない。だから、ディナーだけのために来るのか、それとも一カ月滞在するのか、だれにもわからないのだ。タッカーは後者であればいいと思った。気をそらすものが欲しかったからだ。

この前現れたとき、彼女はドライアイスに詰めたアイスクリームケーキを丸ごと抱え、尖った先っぽからオーストリッチの羽がつきだした紙のパーティハットをかぶっていた。その帽子を丸一週間、起きているときも寝ているときもかぶり続け、誕生日を祝っているのだ、と言った。だれかの誕生日を。

タッカーは指についたストロベリージャムをなめ、トーストの残りをバスターに投げ与えた。残りの郵便物の仕訳は後にすることにして、ドアに目を向けた。デラに、ルルおばさんの部屋を用意するように知らせなくては。

ドアを押し開けようとしたとき、オースティン・ヘイティンガーのピックアップの、不機嫌ながたがたという音が聞こえた。あんな不平不満をまき散らすような音を立てる車は、イノセンスには一台しかない。一瞬、家に入り、閉じこもることを考えた後、タッカーは振り返って、ポーチへ出ると、難局に立ち向かう覚悟をした。

オースティンが近づいてくる音に加えて、マグノリアの間に立ち上る黒い煙が見えてきた。しぶしぶため息をつきながら、タッカーはトラックが見えてくるのを待ち、ポケットからタバコを出すと、先っぽをちぎった。

一口目のタバコを味わっているとき、トラックが止まり、オースティン・ヘイティンガーが転がりでてきた。

彼は古いフォードと同じようにくすんで、大きかったが、ねじや鉄棒ではなく、腱と筋肉でできていた。油染みのできた帽子の下にある顔は、木の皮を刻んだように見える。深いしわが、クルミ色の目から放射線状に広がり、風焼けした頬を刻み、にこりともしない険しい口元を囲んでいる。

帽子の下に髪は一本もなかった。オースティンははげてはいない。毎月、床屋へ車で乗りつけて、白髪混じりの髪を剃らせているのだ。タッカーの想像では、海兵隊にいた四年間が忘れられないのだろう。『常に忠実なれ』この標語は彼の頑丈な腕に彫り込まれている。その波打つ筋肉質の腕には、アメリカ国旗も描かれている。

オースティン――彼は自分こそは神を恐れるキリスト教徒であるとしきりに言いたがる――は、踊り子のように軽々しい相手を求めたことは一度もなかった。

彼は砂利にレッドインディアンの嚙みタバコを吐き出し、小石を胸が悪くなるような黄色にした。埃まみれのオーバーオールと汗ばんだ作業用シャツ――この暑さの中でも、一番上まできっちりボタンをはめていた――に包まれた彼の胸は、雄牛のようにがっしりしていた。

運転席の後部窓に並べて掛けてあるライフルのどれも、オースティンは持ってこなかった。タッカーはこの行為を吉兆と思いたかった。

「オースティン」タッカーはステップを一段降りることで、ぎりぎりの友情の印を示した。

「ロングストリート」彼の声はコンクリートの上をさびた釘でこすったみたいだ。「うちの娘はどこだ？」

タッカーには思いも掛けない質問だったため、ただ上品にまばたきをした。「なんだって？」

「おまえは罪深い、さかりのついた野郎だ。俺のエダ・ルーをどこへやった？」

今度のセリフはタッカーの予想に少し近かった。「エダ・ルーには一昨日から会ってない。食堂で彼女が僕に食ってかかってからは」オースティンが口を開く前に、タッカーは片手を上げた。郡きっての有力な一族の一員として、言っておきたいことがまだあった。「オースティン、あんたは好きなだけ怒っていいし、きっとものすごく腹を立てると思う。だが、僕があんたの娘と寝たのは事実だ」タッカーは深々とタバコを吸った。「僕がいつ、なにをしたかについて、きっと想像がつくだろうし、あんたがそれを気に入るとは思わない。そのことであんたを責めることはできないよ」

オースティンは黄ばんだ不揃いの歯をむき出しにした。これを笑顔だと間違える人はだれもいないだろう。「おまえがあの子のまわりをうろつきだしたときに、その無用な皮を剝いでおくべきだったよ」

「たぶんな。だが、二年以上前にエダは二十一歳を過ぎたんだから、彼女は自分の好きなことをするだろうよ」タッカーはまたタバコを取り出し、先端をちぎって、脇へはじき飛ばした。

「要するに、起こってしまったことは起こってしまったことなんだよ、オースティン」

「娘を孕《はら》ませておいて、簡単に言うじゃないか」

「彼女の全面協力を得てのことだ」タッカーは両手をポケットに滑り込ませた。「彼女が妊娠中に必要なものは、すべて面倒を見るつもりだし、子供の養育についてもいっさいケチる気はない」

「おおぼらふきが」オースティンはまた吐き出した。「本当に口先がうまいよ。おまえはいつだって言葉の使い方が実にうまかった。だが、タッカー、ちゃんと聞けよ。俺は自分の面倒は自分で見るし、娘をここから連れ帰りたいんだ、今すぐ」

タッカーは軽く眉をつり上げた。「エダ・ルーがここにいると思っているのか？　彼女はいないよ」

「嘘つき！　女たらし！」彼の耳障りな声が咽頭炎にかかった伝道者みたいに、上がったり下がったりした。「おまえの魂は罪業で真っ黒だ」

「それについて反論はしない」タッカーはできるだけ気持ちよく言った。「だが、エダ・ルーはここにいない。嘘をつく理由がないし、自分の目で確かめてみたらいい。とにかく、彼女がビッグニュースを発表してから、姿を見てないし、声も聞いていないんだ」

オースティンは屋敷へ押し入ることを考えたが、自分がどれほど間抜けに見えるかに思い至った。ロングストリートのために道化役になるのはまっぴらだ。「あいつはここにいないし、町のどこにもいない。俺の考えはな、このげす野郎、おまえがあの子を人殺し病院へ連れ込んで、処理させようとしたんだ」

「エダ・ルーと僕は、そのことについてはなにも話し合っていない。もし彼女がそんなことをしたとしたら、それは彼女一人の考えでしたことだ」

タッカーは、相手がどれほど素早く動けるかを失念していた。最後の言葉を言い終わらないうちに、オースティンが前に飛び出し、タッカーのシャツをつかむと、ステップから持ち上げた。

「俺の娘のことをそんな風に言うな。おまえなんかに引っかかる前は、敬虔《けいけん》なクリスチャンだったんだ。自分を見てみろ。飲んだくれの兄と売女の妹といっしょに、でかくてきれいな家に住んでる、怠け者の腐ったブタじゃないか」タッカーの顔につばきを飛ばしながら、オースティンの顔に怒りで赤いまだらが浮かんできた。「おまえは地獄で朽ち果てるぞ、おまえらみんな、首までどっぷり罪につかったおまえらの親父のようにな」

もちろん、タッカーは話して、うまく相手の同意を引き出し、対決を避けるほうが好きだった。だが、どんなにがんばろうと、プライドや癇癪には限界点というものがあった。

タッカーはオースティンのみぞおちをこぶしで殴った。オースティンはびっくりして、シャツを握った力をゆるめた。「今度はあんたが聞け、エセ信心家。あんたが相手にしているのは僕で、家族じゃない。僕だけだ。エダ・ルーについてはちゃんとすると一度言った。二度とは言わない。もし僕のことを彼女の最初の相手だと思っているなら、あんたは思った以上に頭がどうかしてる」タッカーはますます興奮し、それが賢明でないことは知っていた。それでも困惑や不快感や恥辱は戒めよりも強かった。「それから怠け者だからって愚かだなんて思わないでくれ。彼女がやろうとしていたことなら、ちゃんとわかってるさ。もしあんたたちふたりが大声を出して、脅しさえすれば僕を祭壇へ引っ張っていけると思っているなら、考え直すんだな」

オースティンの顎の筋肉が震えた。「すると、娘はファックする価値はあるが、結婚する相手じゃないっていうんだな」

「率直に言えばね」

タッカーは素早く身を沈め、最初の一撃をかわしたが、二発目は失敗した。オースティンのハムのようなこぶしが腹に当たり、タッカーは息ができず、体を二つに折った。顔や首にパンチの雨を浴びてから、ようやく防御する力を探し出した。

血の味、血の匂いがした。それが自分の血だという事実に、タッカーの中で腐った、目もくらむような憤りが溢れだした。こぶしがオースティンの顎を連打したとき感じたのは痛みではなく、腕にはっきり伝わってくるパンチの力だった。

いい気分だった。最高の気分。

タッカーの頭の一部は、まだ研ぎ澄まされたようにはっきりと働いていた。二本の脚でしっかりと立っていなくてはならない。体格や力ではオースティンに太刀打ちできないので、敏捷さとスピードに頼らなくてはならないのだ。もし倒されて、再び立ち上がることができたとしても、骨は折れ、顔は血塗《ちまみ》れになっているだろう。

さらに、耳のすぐ下に一撃をくらい、タッカーは天使の歌声を聞いた。

げんこつが何度も骨を打った。血と汗が飛び散る。組み合っては、ふたりとも獣のように歯をむきだし、タッカーは自分が守っているのはプライドだけではなく、命も守ろうとしているのだと気づいた。オースティンの目には鈍い狂気が光り、それは激しいうなり声や嘲笑する悪態よりも、多くを物語っていた。それを見ることで、タッカーの中でパニックが蛇のようにとぐろを巻いた。

タッカーが最悪の恐怖に気づいたとき、オースティンが頭を下げ、ブルドーザーのような体で襲いかかってきた。砂利の上でタッカーが足を滑らせ、ボタンの花の中へ吹っ飛ぶと、オースティンは勝ち誇った長い叫び声を上げた。

タッカーの力は尽きた。空気が喉を通過し、肺へ流れ込もうとして、ぜいぜい音をたてるのが聞こえる。それでもまだ、彼には激しい憤りがあり、恐怖があった。起きあがろうともがきだすと、オースティンが上にのしかかり、がっしりした手がタッカーの首を絞め、もう一方の手は彼の下腹部を連打した。

オースティンの顎を押し上げ、頭を上げたり、逸らさせたり必死になってやろうとしながらも、タッカーの視界はぼやけてきた。見えるのは彼のあの目だけで、今は殺しの喜びに輝き、狂気に張りつめていた。

「悪魔のもとへ行け」オースティンは繰り返し唱えた。「悪魔のもとへ行け。もっと早く殺しておくべきだったんだ、ボー。やるべきだった」

死が近づきつつあるのを感じながら、タッカーは敵の目を攻撃した。

オースティンはのけぞると、傷ついた野良犬みたいに吠えた。彼の手が喉から離れ、タッカーはむさぼるように大きく息を吸い、焼けるように感じながらも回復した。

「頭がおかしいぞ、僕は親父じゃない」タッカーはむせて、喉を詰まらせながら、なんとか四つん這いになった。つぶしたボタンの上に朝食を吐き出してしまいそうだ。「うちの土地から出て行け」

タッカーは首を回し、オースティンの血塗れの顔を見て、満足感にぞくぞくした。受けた分のお返しは充分にしていた。これ以上望むべくもない。あとは冷たいシャワーとアイスパックとアスピリン一瓶があればいい。タッカーは体を起こして座る姿勢になろうとした。そのときオースティンの手が素早く伸びて、ボタンを囲んでいる重たい石のひとつをつかんだ。

オースティンが石を頭上に振り上げたとき、タッカーは「いい加減にしろよ」と言うのが精一杯だった。

そのときショットガンの爆音にふたりはぎくっとした。銃弾がボタンをかすめてとんだ。

「まだ弾はいっぱいあるんだよ、このろくでなし」デラがポーチから叫んだ。「銃口はあんたの役立たずの股間を狙ってるよ。その石を元のところに戻しなさい。早くしたほうがいいよ、汗で指がすべりそうだからね」

タッカーはオースティンの目から狂気が薄れていき、代わって凶暴だが、どこか健全な怒りが浮かぶのを見た。

「あんたは死なないだろうね」デラは打ち解けた感じで言った。彼女はポーチの端に立ち、三〇口径三〇薬粒のショットガンを肩に何気なく乗せ、目は油断なく、顔には恐ろしい笑みを浮かべている。「だけどこの先二十年間、ビニール袋におしっこをすることになるかもしれない」

オースティンは石を落とした。根覆《おお》いに当たったときのどすんというぞっとするような音に、タッカーの胃はひきつった。「私がこの世にきたのは、さばくためである」とオースティンが引用した。「こいつは俺の娘にやったことの報いを受けることになる」

「報いは受けることになるでしょう」デラが言った。「あの娘が彼の子を妊娠しているかどうか、いずれタッカーにもわかります。だけど、あたしは彼ほどおめでたくありませんよ、オースティン、それになにがどうなっているか見極めてからでなければ、彼は書類にサインもしないし、小切手も切りませんからね」

オースティンは脇でこぶしを握りしめ、立ち上がった。「うちの娘が嘘をついていると言うのか？」

デラのショットガンは相変わらず彼の腹部を狙っている。「エダ・ルーが分不相応にいい目にあうことはないって言ってるの。だけど、そのことで彼女を責めてはいませんよ。さあ、もう出ていきなさい。それから、ちっとでも頭があるなら、あの子をシェイズ先生のところへ連れていって、妊娠しているかどうかを見てもらうんだね。このことはちゃんと話し合いましょう、礼儀正しく。それともあんたが先に来て、あたしに吹っ飛ばされるか」

オースティンはどうしようもなく、手を握ったり開いたりした。彼の頬を、血が涙のように流れ落ちる。「また来るからな」彼は吐き出すように言うと、タッカーと向き合った。「次はおまえをかばってくれるような女はいないぞ」

オースティンはトラックへずかずかと歩いていき、猛スピードで花壇を回り、私道をがたがたと走り去った。後に黒い煙を残して。

タッカーはつぶれた花壇に座り込み、膝の間に頭を落とした。まだ立ち上がろうとしない。今はまだ。めちゃめちゃになった花の上でしばらく休憩だ。

大きく息を吐きながら、デラは銃を下ろした。注意しながらそれを横木に掛け、ポーチから降りると、石の縁をまたぎ、タッカーのそばに来た。タッカーは顔を上げ、礼を言おうとした。するとデラの手が彼の頭の側面に飛んできて、耳がわんわんと鳴った。

「デラ、なにをするんだ」

「それは自分の頭で考えるんですね」デラはまた彼をたたいた。「そのせいで、あの聖書バカがうちの周りをうろついてるんですから」今度はタッカーの頭のてっぺんに、平手が飛んできた。「お母さんの花もめちゃくちゃにしちゃって」満足げにデラは腕を組んだ。「さて、その重い腰を上げて、キッチンへ来たら、きれいにしてあげますよ」

タッカーは手の甲で口をぬぐい、手についた血をぼんやり見下ろした。「わかった」

ようやく手の震えが止まったようなので、デラはタッカーの顎を指で持ち上げた。「片目の回りが黒くなりそう」と予言した。「でも、むこうは両目ともそうなるでしょうね。あなたもなかなかでしたよ」

「まあね」そろそろとタッカーは膝立ちになった。浅く息をしながら、そっと立ち上がる。まるで放牧馬の群に踏みつぶされた気分だ。「花については、後でできるだけのことをするよ」

「お手並み拝見」デラは彼の腰に腕を回して支えながら、家へと連れていった。

タッカーにはエダ・ルーのためにいらだつつもりはなかったが、かといって胸のもやもやを消し去ることもできなかった。頭のおかしいオースティンに頭のおかしい娘の心配をさせておけばいい、と自分に言い聞かせた。きっと彼女は父親の怒りから逃げ、タッカーに罪の意識を感じさせるために、二、三日、どこかに隠れているのだろう。だがタッカーは、水に浮かんでいた可愛らしくて、小柄なフランシー、その魚のように白い肌を切り刻んだ、血の気のない傷がどんなふうだったかを、忘れることができなかった。

だからタッカーはサングラスをかけて、左目の周りに広がっている傷を隠し、ジョージーが生理痛用に飲んでいる痛み止めを二錠飲み、町へ向かった。

太陽は情け容赦なく照りつけている。アイスパックとウィスキーをそばに置いて、ベッドに寝そべっていればよかった、と思った。バークとの話が終わったら、そうすることにしよう。運がよければ、エダ・ルーがラーソンの店のカウンターに立って、タバコやアイスキャンデーやバーベキュー用の炭を売っているだろう。

だが車で通り過ぎるとき、大きな正面の窓から見通すと、メインカウンターにいるのは若くて、不器用なカーク・ラーソンで、エダ・ルーではなかった。

タッカーは保安官事務所の前に車を止めた。まわりにだれもいなかったら、痛みに耐えつつそろそろと車から降りていただろう。だが、事務所の前にはいつも三人の老人がたむろして、おしゃべりをし、天候をののしり、ゴシップを期待しており、このときも定位置についていた。麦わら帽子が彼らのごま塩頭をかくし、風焼けした頬は嚙みタバコで膨らみ、色あせた木綿のシャツは、汗でよれている。

「よお、タッカー」

「ミスター・ボニー」タッカーは最初の男に会釈した。クロード・ボニーがグループの最年長だと気づいたので、適切な行為だった。三人とも十年以上社会保障制度に頼って暮らしており、引退後の楽園としている下宿屋の前の、日除けのある歩道をなわばりとしていた。「ミスター・クーンズ、ミスター・オハラ」

四十代から歯がなくて、入れ歯嫌いのピーター・クーンズが、兄弟の孫娘にもらったバケツにガムを吐き出した。「おや、まるで意地悪女か、焼き餅焼きの亭主に出くわしたみたいじゃないか」

タッカーは苦笑してみせた。町で隠しておけることは数少ないので、頭のいい男は本当に秘密にしておきたいのはなにかを、うまく選びだすのだ。「いや、激怒したパパだよ」

チャーリー・オハラがぜいぜい喉をならしながら笑った。彼の肺気腫はちっともよくならず、本人も次の夏が来る前に死ぬと考えているから、毎日のちょっとしたジョークならなんでも歓迎するのだ。「オースティン・ヘイティンガーか?」タッカーがそうだという意味で頭を横にくいっとひねったとき、オハラがまたぜいぜい言った。「どうしようもないやつだ。前にあいつがトビー・マーチをぶちのめすのを見た——もちろんトビーは黒人の少年だから、だれもあまり気にしなかったがね。あれは六九年だな。トビーのあばら骨を折り、顔を傷だらけにしたんだ」

「六八年だ」ボニーが親友を正した。こういう問題では、正確さが重要だ。「あれは新しいトラクターを入れた年の夏だから、覚えている。オースティンは、トビーが小屋からロープを盗んだと言った。だが、そんなのはたわごとだ。トビーはいい子で、人のものを盗んだことなんかない。あばらが治ってから、わしといっしょに農場で働くことになった。あいつが面倒を起こしたことなんか一度もなかった」

「オースティンは意地の悪いやつだ」クーンズはまた吐き出した。その必要があったし、要点を強調したくもあったからだ。「朝鮮戦争へ行く前から意地が悪かったが、いっそうひどくなって戻ってきた。自分がむこうでひっしになって闘っているときに、あんたのおっかさんが結婚したのが、どうしても許せないのさ。ミス・マデリーンが欲しくてたまらなかったんだな。彼女のほうは目の前であいつが殴られていたって、振り返りもしなかっただろうに」クーンズはにやりとして歯のない口を見せた。「おまえ、あいつを義理の父親として受け入れられるかね、タック？」

「死んでもごめんだ。みんな、もうあまり無理するなよ」

三人がくすくす笑い、タッカーの気遣いに礼を言うようにぜいぜいしているうちに、タッカーは背を向けてバークの事務所のドアを押した。

保安官事務所は蒸し風呂のようで、軍から払い下げの金属製の机、回転椅子が二脚、傷だらけの木製ロッカー、バークが太い鎖につけた鍵をベルトにぶら下げているガンキャビネット、そしてバークの妻がクリスマスにプレゼントした、新しいぴかぴかのコーヒーメーカーなどがあった。木製の床には、最後に壁を塗り直したときの白いペンキの、小さな染みが点々とついている。

事務所の奥にはクローゼットサイズのトイレがあり、トイレを過ぎると金属棚と、ちょうど折り畳みベッドの広さしかない、狭い保管室がある。ここは、バークか副保安官が一晩、見張る必要のある人間が留置所にいるときに利用する。もっとも、家庭で面目を失って気持ちを落ち着けるために一晩過ごす必要のある人間に使われることのほうが多かった。

タッカーはいつも不思議に思っていた。かつては裕福だった農園主の息子のバークが、交通違反のチケットを処理したり、たまに起こるケンカを止めたり、酔っぱらいに気をつけるといった今の仕事で、どうして幸せでいられるのだろう。

だがバークは充分に満足しているようだ。同じように、まだハイスクール在学中に妊娠させてしまった娘に、結婚して十七年近くたっても満足しているようだ。彼はあっさりと保安官バッヂを身につけ、イノセンスの町の人たちは、あれこれ指図されるのを嫌うのに、彼らと充分に友好的な関係を保っている。

バークは机の上に身を屈め、眉をひそめてファイルを見ていた。頭上ではシーリングファンが、よどんだ煙と熱気をかき回している。

「バーク」

「よう、タック。今日は……」タッカーの腫れた顔を見て、バークは言葉を飲んだ。「おいおい、いったいなにに衝突したんだ？」

タッカーは顔をしかめたが、そんなささいな動きでも痛みが走った。「オースティンのこぶし」

バークはにやりとした。「あっちの様子は？」

「デラが言うにはもっとひどいって。僕は胃袋をあるべき場所に納めておくのに忙しかったんでね」

「彼女はおまえの気持ちを傷つけたくなかったんだろうよ」

それは言えてると思いながら、タッカーはすり切れた回転椅子に腰を下ろした。「たぶんな。だが、僕のシャツについていた血が、全部僕のだとは思わない。そう願うよ」

「エダ・ルーか？」

「ああ」タッカーはサングラスの下にそっと指を入れ、傷ついた目を探った。「彼の言い分では、僕はペニスを見たこともない汚れなきバージンを誘惑したんだそうだ」

「まさか」

「そんなもんさ」タッカーは気持ちを抑え、うっかり肩をすくめてしまった。「要するに、彼女は二十五歳で、僕が寝たのは彼女であって、父親じゃないってことだ」

「それを聞いてうれしいよ」

タッカーの腫れた唇に苦笑が浮かんだ。「エダ・ルーの母親は、旦那に殴られているときはいつも、目を閉じて、ジーザスに祈っているんだろうよ」タッカーはまじめになり、オースティンが、きゃしゃで惨めな目をした妻を、混乱して考えることもできないほど殴っているところを想像した。「大事なのは、バーク、僕は正しいことをしたい、ということなんだ」タッカーは息をつき、町へ来たのには別の理由があったことに気づいた。これは最初の理由のとばくちだ。「おまえとスージーの場合はうまくいったな」

「ああ」バークはチェスターフィールドの箱を取り出し、一本とって、箱を机の向こう側のタッカーに放った。「俺たちはあまりに若くて、無分別だったからな」バークはタッカーがタバコの先端を折るのを見ていた。「それに俺は彼女を愛していた。心底愛していた、あのころも、今も」バークはマッチを擦《す》り、タッカーに差し出した。「楽じゃなかったよ。卒業する前にマーヴェラが生まれ、自分の家を持てるようになるまで二年間、俺の家族と同居しなければならなかったからな。それからスージーはトミーを妊娠した」煙を吐き出し、バークは首を振った。

「五年間で子供が三人だ」

「ズボンのジッパーを上げておくことだってできたぞ」

バークは歯を見せてにやっとした。「おまえもな」

「ああ」タッカーは歯の間から煙を吐いた。「そこで今度のことが起きた。僕はエダ・ルーを愛していない。心底だろうと、どんな形だろうとな。だが責任はある。僕は彼女と結婚はできない、バーク。できないんだ」

バークはタバコの灰を、かつては青かったが、今はすすの色をした金属製の灰皿に落とした。

「結婚なんかしたらおまえはバカだ」彼は咳払いをしてから、思い切って話すことにした。「スージーから聞いたんだが、エダはもう何週間も前から、召使いのいる大きな屋敷でどうやって暮らすつもりかなんてことを吹聴していたらしい。スージーはたいして気にも留めなかったが、中にはまじめに受け止めた人もいるそうだ。彼女はスウィートウォーターでの暮らしを想定していたように思える」

それを聞いて、タッカーのプライドは深く傷ついたが、同時に安堵してもいた。つまり、自分ではなかったのか、とタッカーは思った。ロングストリートの名前だったのだ。だが、いずれは彼を愛しているかどうかが重要になるということは、彼女もわかっていたはずだ。

「ここへ来たのは、あの食堂での騒ぎ以後、彼女をつかまえられないからなんだ。オースティンがうちへ来たのは、僕が彼女を隠していると思ったからだ。町で彼女を見かけたかい？」

ゆっくりとバークはタバコをつぶした。「ここ一日か二日、俺は見てない」

「たぶん女友達のところだな」そう考えるとタッカーは落ち着いた。「要はだな、バーク、僕たちがフランシーを見つけてから……」

「ああ」バークは胃がひきつるのを感じた。

「彼女か、でなければアーネットの件でなにかわかったか？」

「なにも」首尾よくいってないことで、バークはかっと熱くなった。「主に指揮しているのは郡保安官だ。俺は検死官と仕事をしてきた。州の連中が手を貸したけど、はっきりしたものはなにもない。先月ナッシュヴィルで、女性が切り刻まれた。つながりが見つけられたら、ＦＢ

Iを呼ぶことになる」

「本当か？」

バークは黙ってうなずいた。彼は自分の町に連邦捜査官が来て、自分の仕事を引き継ぎ、都会人の目の端で彼を見て、つぶれた酔っぱらいを監禁することもできない田舎者だと思うのが気に入らなかった。

「心配なのは、フランシーを思い出させるってことなんだ」タッカーが続けた。

「訊いてまわってみよう」バークは立ち上がった。すぐにそうしたかったのだ。「おまえの言うとおり、彼女は何日か女友達のところにいて、おまえを結婚へ追いつめようと考えているんだろうよ」

「ああ」重荷をバークに渡したことでほっとすると、タッカーは立ち上がり、ドアへ足を引きずって行った。「なにかわかったら、教えてくれ」

「まっさきにな」バークもいっしょに出てきて、自分の町をゆっくりと見渡した。バークが生まれ育った場所、彼の子供たちが通りを走り、妻が買い物をする場所。だれにでも指一本で敬礼し、全員が顔見知りの場所。

「あれを見ろよ」タッカーは、キャロライン・ウェイバリーがＢＭＷから降りて、ラーソンの店へぶらぶら歩いていくのを見て、小さくため息をついた。「たっぷりある冷水みたいな女性だな。見るだけで男の喉を乾かせる」

「エディス・マクネアの親戚か？」

「そう。この間偶然会った。公爵夫人みたいに話して、見たこともないほど大きな緑の目をしている」

タッカーのいつもの兆候に気づき、バークはくすくす笑った。「もう問題なら充分に抱えてるくせに」

「そこが弱点なんだ」タッカーは少し足を引きずりながら、車へ向かった。だが気を変えると、通りを渡りはじめた。「タバコを買いに行くよ」

下宿屋へ向かうバークの顔から笑みが消えた。彼もフランシーを思い出したのだ。エダ・ルーはきっとタッカーを結婚へ追い込むために、近所にいる。彼の喉の奥にいやな感じを残していかなかったのは事実だ。

うまく馴染んできているわ、とキャロラインは思いながら焼けるような芝生を横切り、林へ向かった。この日の午後、ラーソンの店で出会った女性たちの好奇心の強さには驚いたが、彼女たちは友好的で温かかった。寂しくなったら、車で町へ行けば話し相手がいる、とわかったのはうれしいことだ。

特に気に入ったのはスージー・トゥルースデールで、ナッチェスにいる妹のためにバースデーカードを買いにきて、二十分店にいた。

もちろん、あのロングストリートという男もやってきて、女性たちといちゃつき、南部男独特の魅力を振りまいていた。彼の黒眼鏡は、けんかしたことを隠しはしなかった。そのことを訊かれると、彼は店中の女たちから同情を絞り出した。

ああいうタイプはみんなそうだ、とキャロラインは思った。もしルイスが逆むけにでもなったら、女性たちは献血の準備をしただろう。

ありがたいことにキャロラインは彼も、男も、男に関わるどんなことにもうんざりしている。タッカーの洗練された魅力を拒絶することも、彼女にはバカバカしいぐらい簡単だった。「ミズ・キャロライン」と呼ばれたことを思いだし、キャロラインは薄笑いを浮かべた。あの黒いレンズの奥で、彼の目は笑っていたに違いない。

あの手については気の毒だけど、と思いながら、キャロラインは道に覆い被さるコケをよけた。彼の手は指が長くて、手のひらが大きくて、本当にきれいなのだ。そのこぶしの皮がすりむけ、傷ついているのを見るのは残念だった。

腹立たしくなり、キャロラインはやさしい気持ちを振り払った。彼が、少し足を引きずりながら、店から出た瞬間、女たちは彼とエダ・ルーとかいう人についての噂をいっせいに始めた。キャロラインは熱気と緑のみずみずしい匂いを深く吸い込み、ほくそ笑んだ。

どうやらいい加減で、苦労知らずの我らがミスター・ロングストリートはちょっとした面倒に巻き込まれたらしい。彼のガールフレンドが妊娠して、声高に結婚を要求しているのだ。そして地元のゴシップによれば、彼女の父親というのが、すぐにショットガンに弾を装塡《そうてん》するようなタイプなのだ。

枝を指でなぞっていると、水の匂いがしてきた。フィラデルフィアからいかに離れているかがわかる。町のプレイボーイに関するおしゃべりを聞くことが、これほど心安らぎ、楽しいだなんて、どうして知り得ただろう？

キャロラインは町で過ごした三十分を楽しんだ。女たちの、子供や料理や男に関するおしゃべりを。そしてセックス。セックスは人気の話題だ。北部だろうと南部だろうと、女性が集まれば、セックスは人気の話題だ。だが、ここではとてもあけっぴろげだ。だれがだれと寝て、だれとは寝ていないとか。

暑いせいね、と思いながら、キャロラインは丸太に腰を下ろし、水を見つめ、夕暮れの音楽に耳を傾けた。

イノセンスに来てよかった、と思った。一日一日、自分が癒《い》やされていくのを感じることができる。静寂、すべてのエネルギーを焼き尽くすような激しい陽射し、コケに覆われた木々で陰になった水辺の単純な美しさ。夜の音にも、夜よりも黒い田園の闇にも慣れつつある。

昨夜は八時間、一度も目覚めることなく眠った。何週間ぶりのことだろう。しかも悩みの種である頭痛を感じずに目を覚ました。人里離れたところでの暮らし、小さな町や田舎の生活の安らかさが効いたのだ。

キャロラインがけっして生やすことを許されず、彼女の母がその存在を激しく否定するであろう根《ルーツ》が伸びはじめている。もう二度と、なにものも、だれも、それを引き抜くことはないのだ。

釣りもやってみるかもしれない。そう考えるとキャロラインは笑い、今もナマズが気に入るだろうか、と思った。体の向きを変えて、小石を拾って、水に投げてみた。そのぼちゃんという感じが気に入り、次々と石を拾い、さざ波が広がるのを眺めた。水辺で片側が平らになっている石を見つけ、キャロラインは立ち上がって、掘り出した。水を切って跳ばしてみるのは楽しいだろう。これも昔の、忘れかけていた場面だ。祖父がここに、まさにこの場所に立って、どうやって水面で石を跳ばすかを教えようとしてくれた。

思いだしたことにうれしくなり、キャロラインは身を屈め、石をつかんだ。そのとき、見られているような、なんとも奇妙な気分になった。じっと見つめられている。背筋を戦慄が走るのを感じながら、目の端になにか白いものがあることに気づいた。

キャロラインはそちらを向き、じっと見た。そして凍りついた。悲鳴さえも喉の奥で凍ってしまった。

キャロラインは見つめられていた、だがその目はなにも見ていない。ただ顔が黒っぽい水の面に浮いていて、ぞっとするようなブロンドヘアがもつれ、古木の根にからみついているだけ。キャロラインは息が詰まり、唇からは小さなすすり泣きをもらした。よろめくように後ずさりながらも、その顔から目をそらすことができない。水が顎に打ち寄せ、まっすぐな陽射しが、その平らな、生気のない目を照らしている。

キャロラインは両手で顔を覆った。そうすることでようやくその場面をさえぎり、息を吸って、叫ぶことができた。その声はあたりに響きわたり、暗い水面で跳ね、小鳥たちを木々から飛び立たせた。

4

最悪のときは過ぎた。酸っぱい吐き気はまだこみ上げてくる。だがゆっくりと息をするようにすれば、キャロラインは生ぬるい水を少し飲み下すことができた。もう一度水をすすり、深く息を吸って、バーク・トゥルースデールが林から戻ってくるのを待った。

彼はいっしょに来るようにとは言わなかった。たぶんキャロラインの顔を一目見て、彼女が十フィートも進めないとわかったのだろう。今、ポーチのステップの一番上に腰を下ろして、手の震えがなんとか収まりつつあっても、自分があの池からどうやって家へ戻ってきたのか思い出せなかった。

靴が片方ない、とキャロラインはぼんやりと気づいた。二カ月ほど前にパリで買った、紺と白のきれいなフラットシューズだ。どんよりとした目で、キャロラインは泥と草で汚れた片方の素足を見下ろした。集中するために眉をひそめて、もう一方の靴を脱いだ。なぜだか、両足とも裸足になることが大事に思えたのだ。片方だけ靴を履いてポーチに座っていたら、だれかに頭がおかしいと思われるかもしれない。おまけに池には死体が浮いている。

胃が揺れ、転がり、水さえも吐き出しそうになったとき、キャロラインは膝の間に頭を落とした。気持ち悪いのが大嫌いだった。これは長い病気から回復したばかりの人間だけが感じることのできる、強い思いだ。その弱さ、自分でコントロールできない不安定さ。

両手を握りしめ、キャロラインは全神経を集中して、ぎりぎりのところで踏みとどまった。どうして自分の気分が悪くなり、怯え、めまいを起こさなければならない？　私は生きているのだ。生きていて、五体満足で、安全だ。あの気の毒な女性とは違う。

それでも胃が落ち着いて、耳の中の鈍いうなりが薄れるまで、頭を下げたままにしていた。そこに小道を車ががたがた走ってくる音が聞こえたので、頭を上げた。汚れたステーションワゴンが伸びた雑草の間を進んでくるのを見て、キャロラインは弱々しく顔に手を当てた。

草刈りをしなければ、とキャロラインは思った。すでに塗装に傷のついている車を、草がこすっている音が聞こえる。物置に大ばさみがあるはずだ。午前中、まだ暑くならないうちにやるのがいいだろう。

ぼんやりと見ていると、ステーションワゴンが保安官の車の隣に止まった。七面鳥のような首に赤いネクタイを締めた、針金のような男が降りてきた。彼は半袖の白いシャツを着て、炭のように真っ黒に染めて変形のオールバックになでつけた髪の上に白い帽子をかぶっている。顎と目の下の皮膚がたるんでいて、かつては脂肪か液体が詰まっていたのが、重さで引っ張られてしまったみたいだ。

黒いスラックスをしゃれた赤いサスペンダーで吊し、どっしりしたぴかぴかの黒いひも靴を履いている。キャロラインは軍人を連想した。だが男の持っている傷だらけの革鞄が彼の職業を教えていた。

「君がミズ・キャロラインだね」彼の甲高い声に、別のとき、別の場所でなら、キャロラインはにっこりしただろう。男の声は、昨晩古いRCA製テレビで見たばかりの、中古車のセールスマンのように不気味に聞こえた。「私はドクター・シェイズ」と彼はいい、一番下のステップに片足を乗せた。「二十五年近く、君のおじいさんやおばあさんのお世話をしてきた」

キャロラインは几帳面にうなずいた。「はじめまして」

「どうぞよろしく」彼の医者としての鋭い目がキャロラインの顔を眺め、ショックを見てとった。「バークに呼ばれてね。ここへ向かうと言ってた」シェイズは大きな白いハンカチを取り出し、首と顔をぬぐった。彼は必要となれば素早く動くことができたが、そのゆっくりとした、気楽なペースは患者に対する医者としてのものだけではなかった。そのほうが彼は好きだったのだ。「ひどい暑さだね」

「ええ」

「中のほうが涼しいだろう。入らないか?」

「いえ、私は……」キャロラインは目隠しとなっている林のほうを、ぼんやりと見た。「待っています。彼があそこへ行って……私は水に石を放り投げていたの。彼女の顔しか見えなかった」

彼は隣に腰を下ろし、キャロラインの手を取った。四十年間医者をしてきた後でも、まだですばやく動く指が、彼女の脈を診た。「だれの顔かな?」

「知りません」彼が手を伸ばして鞄をあけると、キャロラインはこわばった。何カ月もの間、細くてぴかぴかした針と常に目を光らせている医師たちと過ごしたせいで、彼女は神経質になっていた。「なにも必要ありません。なにも欲しくないんです」彼女はぱっと立ち上がった。抑えようとしても、金切り声になってしまった。「私は大丈夫です。彼女を助けるべきだわ。彼女のためになにかできるはずよ」

「一度に一つずつだよ」信頼を示すために、彼は鞄を閉めた。「ここに腰を下ろして、すべてを話してくれないかな? ゆっくり、落ち着いて。そうすれば、なにがどうなっているかわかるからね」

キャロラインは座らなかったが、数回深呼吸するだけの落ち着きは取り戻した。また病院へ行くのはいやだった。そんなことはできない。「すみません。大騒ぎしてしまって」

「さあ、さあ、私なら気にしないよ。私の知ってる人間のほとんどは、人生の半分を大騒ぎして過ごし、残りの半分は顎の訓練をしている。さて、君になにがあったのかを話しておくれ」

「彼女はきっと溺れたんだと思います」キャロラインは落ち着いて、慎重に話した。「あの池で。彼女の顔しか見えなくて……」キャロラインの声が小さくなり、またヒステリーを起こす前に、あの残像を押しやった。「あの人、死んでいるのかもしれない」

シェイズがさらに質問をする前に、副保安官のカール・ジョンソンが林から出てきて、日に焼けた芝生を横切りはじめた。普段なら染み一つない彼の制服には泥の跡と水の染みができている。身長六フィート六インチで引き締まった筋肉質の堂々とした体軀をしている彼は、今でも軍人のように几帳面な歩き方をしている。つややかな肌は栗色だ。

彼は自分の権威を楽しみ、支配できることを重んずる男だった。今は、ランチを吐くために人目につかない場所を見つけたいと思いながら、プロとしての雰囲気を保とうとしていた。

「ドク」

「カール」

ふたりにとって、情報を交換するにはこれで充分だった。シェイズは毒づきながら、また顔をぬぐった。

「ミス・ウェイバリー、電話を貸していただけないでしょうか」

「どうぞ。あの教えていただけますか……」キャロラインの目はまた林へ、心はその向こうにあるものへと引き寄せられた。「彼女は亡くなっているんですか?」

カールは一瞬ためらった。帽子を脱ぐと、刈りたての芝生のようにきっちりとなでつけた黒い巻き毛が現われた。「ええ、そうです。保安官ができるだけ早く、あなたに話をします。ドク?」

うんざりするようにうなずくと、シェイズは立ち上がった。

「電話は玄関を入ってすぐのところにあります」キャロラインはそう言うと、ステップを上がりはじめた。「副保安官……」

「ジョンソン、カール・ジョンソンです」

「ジョンソン副保安官、彼女は溺れたんですか？」

彼はさっとキャロラインを見ながら、彼女のためにスクリーンドアを開けた。「いいえ。違います」

バークは丸太に腰を下ろし、死体から顔をそむけた。傍らにはポラロイドカメラがある。再び法と秩序の制服をまとう前に、数分必要だった。頭をはっきりさせ、胃袋を落ち着かせるために。

死体なら前に見たことがある——少年時代に父親と狩りに行ったので、その見た目や匂いのことを知っていた。最初は純粋に楽しむために父子は出かけた。その後、農業や投資に失敗すると、食卓に肉を乗せるために狩りをするようになった。

彼は人間の死を見たこともあった。最初は、農園を失ったときに自殺した父。思えば父の死のために、今のバークがあるのではないだろうか？　農場をなくし、扶養すべき妻とふたりの子供がいたため、彼は町の副保安官として契約し、その後保安官になった。父の死のむなしさと、それを招くことになった土地の残酷さを嫌う金持ちの息子は、才能を法と秩序へと捧げる道を選んだのだ。

しかし納屋でぶら下がっている父を見つけ、太い梁をこするロープの小さなきしむ音を聞いたからといって、マクネア家の池で発見したものへの準備ができていたわけではない。

あの遺体を水中から地面へと引き出すための格闘は、まだ生々しすぎた。

おかしいな、とバークは思い、深くタバコを吸い込んだ。エダ・ルーのことはけっして好きではなかったのだ。彼女には下品なところがあり、その陰険な目のせいで、彼女がオースティン・ヘイティンガーの娘に生まれたという不幸に対して感じていたかもしれない同情さえも消えていた。

だが今思い出すのは、何年も前のクリスマス、彼とスージーが町で偶然出会ったときのエダ・ルーだった。彼女はわずか十歳で、くすんだ髪を背中で縛り、継ぎを当てたドレスは、脇は持ち上がり、前は垂れ下がっていた。そしてラーソンの店のウィンドウに鼻を押しつけて、ブルーのケープとラインストーンのティアラをつけた人形をじっと見ていた。

あのころの彼女は、サンタがいることを願っている、幼い少女だった。もういないと知ってはいたが。

やぶががさがさいう音が聞こえ、バークは首を回した。「ドク」そう言いながら、煙をふーっと吐き出す。「ひどいな」

シェイズは大きな手をバークの肩において、一度ぎゅっと握ると、遺体のほうへ移動した。彼にとって死は身近なものだったし、死が老人にだけ訪れるものでないこともわかっていた。若者も病気や事故で死ぬということは、受け入れることができた。だが、この、人間を乱暴に破壊し、ばらばらにする行為は、受け入れがたいものだった。

医師はだらりとした手をそっと持ち上げ、皮膚のむけた手首を観察した。同じことを示す跡が足首にもあった。なぜだか胴体に加えられた激しい切り傷よりも、肌の破れた輪、それが意味する無力さに、彼はいっそう胸を傷めた。

「彼女は私がイノセンスに戻ってきて取りあげた、最初のころの赤ん坊だった」シェイズはため息混じりに、バークにはけっしてやることのできないことをした。手を伸ばしてエダ・ルーの瞼を閉じてやったのだ。「親にとって我が子を埋葬するのは辛いものだ。だが、医者にとってもそれは辛いものなんだ」

「やつは見事なまでに、彼女をめちゃくちゃにした」バークはなんとか言葉にした。「ほかの犠牲者と同じように」

バークはカメラを持ち上げた。もっと写真が必要だし、検死官が来る前になにかしなくてはならないのは確かだ。彼は怒りの固まりをごくりと飲み込んだ。

「彼女はむこうの、あの木に縛りつけられていた。乾いた血痕がある。木でこすってできた背中の擦り傷からもわかるだろう。洗濯用ロープが使われたな。切れっぱしがまだ残ってる」バークはカメラを下ろした。目が憤ってぎらぎらしている。「彼女はいったいこんなところでなにをしていたんだ？ 車は町に戻ってるのに」

「私にはわからんな、バーク。たいしたことは教えられない。彼女は後頭部を殴られている」シェイズの両手は、生きている患者に対するように撫でて、感触を確かめた。「ここへ引きずられてきたのかもしれないし、自分でやってきて、相手を怒らせたのかもしれない」

ひっしで気持ちを落ち着かせながら、バークはうなずいた。彼は、町中のだれもが知っていたように、エダ・ルーが怒らせた相手を知っていた。

キャロラインはポーチをうろうろしていた。もし勇気を絞り出すことができたら、池のほとりへ行って、情報を聞き出していただろう。こうして待つことに、いつまで耐えられるかわからなかった。だが、向こう側になにがあるかを知っている今、一本目の木を通り過ぎることもできないことはわかっていた。

黒っぽいセダンと白いバンが小道をゆっくり近づいてくるのが見えた。検死官だ、とキャロラインは思った。男たちがバンから降り、ストレッチャーと厚手の黒い袋を出すのを見て、キャロラインは背を向けた。その袋、その長くて黒い袋は、いらなくなったものを放り込むのに使うものと、形も大きさも大差なかった。その袋を見たことで、池にいるのは人間でもなければ女性でもなく、ビニールに入れられる侮辱に苦しむことのない、ただの遺体なのだと、否応なく思い出させられた。

苦しむのは生きている人間だ。いったい彼女の死を悲しみ、嘆き、疑問視する遺族はだれなのだろう、とキャロラインは思った。

彼女の心は痛いほど音楽を奏でたいと思った。力一杯演奏し、ほかのことすべてを消し去りたい。まだそれがやれる。ありがたいことに、まだできるのだ。ほかに逃げ場がなくなっても、音楽に逃げ込むことができる。

柱にもたれてキャロラインは目を閉じ、頭の中で演奏した。心はその豊かなメロディに満たされ、次の車ががたがたと走ってくるのに気づかなかった。

「こんにちは」ジョージーは車のドアをばたんと閉め、チェリー味のアイスキャンデーの最後の一口を食べ、ポーチへ歩き出した。「ねえ」ジョージーはもう一度声をかけ、キャロラインが顔を上げると、親しげで好奇心に満ちた笑顔を向けた。「ここは大騒ぎになってるようね」ジョージーはキャンデーの棒をなめてきれいにした。「うちへ帰ろうとしたら、車がどんどん入っていくのを見て、なにがあったのか知りたくなったの」

キャロラインはぼんやりと彼女を見た。まだ死が漂っているというのに、生き生きとして、生命に満ちあふれている人間を見るのは不思議で、腹立たしささえ感じた。「なんですって？」

「あら、気にしないで」まだ笑顔のまま、ジョージーはステップを上がった。「ただの詮索好きなの。なにかが起こっているのに、知らないなんて我慢できないのよ。ジョージー・ロングストリートよ」ジョージーは解けたアイスキャンデーで少しべとつく手を差し出した。

「キャロライン、キャロライン・ウェイバリーです」握手をしてから、キャロラインは実に本質的なマナーで、ばかばかしいくらい機械的だ、と思った。

「なにかあったの、キャロライン？」ジョージーは棒をポーチの手すりに置いた。「バークの車があったわ。彼ってかっこいいでしょ？　奥さんを裏切ったことがないのよ、十七年間一度も。結婚をあれほど真剣に考えている人なんて、見たことがないわ。まあ、そんなものよ。ドク・シェイズもいるのね」ジョージーは肩越しに込み合った小道を見た。「彼は変わり者よ。あの靴墨みたいな黒髪を膨らませて、後ろになでつけて、まるで五十年代のロックンロールの歌手みたいでしょ？　彼の話し方ってミッキー・マウスみたいだと思わない？」

キャロラインはかろうじて微笑んだ。「ええ。あら、ごめんなさい、どうぞ掛けて」

「私のことは気にしないで」ジョージーはバッグからタバコを出し、ゴールドのガスライターで火をつけた。「こんなに人が来ているっていうのに、ひとりも姿が見えないわね」

「みんなは……」キャロラインは林のほうを見た。ごくりとつばを飲み込んだ。「保安官が来るわ」

ジョージーは少し位置と体の向きを変え、肩を持ち上げた。バークに向けた生意気そうな笑顔は、彼の目を見ると薄れた。それでも声は明るかった。「まあ、バーク。妬けるわね。めったにスウィートウォーターへ会いに来てくれないのに、ここには来るなんて」

「仕事だよ、ジョージー」

「あら、まあ」

「ミス・ウェイバリー、話がしたい。中へ入りませんか?」

「もちろん、どうぞ」

バークが歩き出すと、ジョージーが彼の腕をつかんだ。彼女の顔から、からかう色は消えていた。「バーク?」

「まだ話せないんだ」バークはジョージーに帰れと言うべきだと承知していた。だが、ミス・ウェイバリーとの話が終わったら、そばに女性にいてもらいたいかもしれない、と思った。

「待っててくれるか? しばらく彼女といっしょにいてほしいんだが?」

彼の腕をつかむ手が震えた。「悪いことなの?」

「最悪だ。キッチンへ行って、俺たちに冷たいものを用意してくれ。呼ぶまでキッチンにいてくれるとありがたい」

キャロラインはバークを正面の居間にある、縞模様の長椅子へ案内した。ここに来てから忠実にねじを巻いている小さな鳩時計が、陽気にチクタク鳴っていた。その日の朝コーヒーテーブルに使ったつや出し剤と、彼女自身の汗のにおいがした。

「ミス・ウェイバリー、さぞ驚いたでしょうね。こんなときに質問するのはとても心苦しいのですが、こういうことは早く片づけるのが一番なんです」

「ええ、わかりますわ」わかるはずがない、とキャロラインは頭が狂いそうだった。死体を発見したことなど、一度もないのだ。「あの……彼女がだれか、わかったんですか?」

「ええ」

「ジョンソン副保安官でしたっけ?」キャロラインは、まるで言葉を解きほぐそうとするみたいに、喉を上下にさすった。「彼は溺れたんじゃないって言ってました」

「そうです」バークはメモ帳と鉛筆をポケットから出した。「残念です。彼女は殺されたんです」

キャロラインはうなずいた。ショックではなかった。あの大きく開いた、なにも見えない目を見た瞬間から、彼女は心のどこかでそれを知っていたのだ。「私になにをしてほしいんですか?」

「この四十八時間にあなたが見聞きしたことすべてを話してください」

「でも、なにもないんですよ。私は来たばかりで、片づけをして、落ち着けるようにしただけです」

「それはそうですね」バークは帽子を後ろへ傾け、額の汗を腕でぬぐった。「よく考えてみてください。夜に車が入ってくるのを聞くとか、なにか不思議な物音がしたなんてことはありませんでしたか？」

「いいえ……つまり、私は都会の騒音に慣れているので、ここではすべてが不思議に聞こえるんです」キャロラインはおぼつかない手で髪をといた。大丈夫よ、と自分に言い聞かせる。こうして彼らが質問し、答えているだけ、法と秩序の手順をこなしているだけだ。

「私が言いたいのは、静寂がとても騒がしく思えるっていうことなんです。鳥や虫の声も。フクロウもいますし」キャロラインは口をつぐんだ。かすかに残っていた血の気が引いていく。

「この間の晩、私がここへ来た日の夜……ああ、どうしよう」

「ゆっくりでいいですからね」

「女の人の悲鳴を聞いたと思ったんです。眠っていたのに、目が覚めて。怖くなりました。それから自分の居場所と、フクロウのことを思い出しました。あの金切り声をあげるフクロウです」キャロラインはこみ上げてくる罪の意識に、目を閉じた。「また眠りました。あれは彼女が助けを求めていたのかもしれません。なのに、眠ってしまったなんて」

「あるいはフクロウだったかもしれない。たとえ彼女だったとしても、ミス・ウェイバリー、助けることはできなかったでしょう。あなたが目を覚ましたのは何時だったかわかりますか?」

「すみません。わからないんです。時計を見ませんでした」

「あそこへはよく行くんですか?」

「二度ほど。昔、遊びに来たときに、祖父が釣りに連れていってくれた場所でした」

「僕もあそこで立派なナマズを釣ったことがあります」気楽な調子でバークは言った。「タバコは?」

「いいえ」また礼儀を思いだし、キャロラインは見回して灰皿を探した。「どうぞ、お吸いください」

バークは一本取り出し、そこで丸太のそばで見つけた一本の吸い殻のことを考えた。エダ・ルーも吸わなかった。「このへんでうろついている人間に気がつきませんでしたか? だれもあなたに会いにこなかったんですか?」

「お話ししたように、まだ来てから間がないんです。初日に出くわした人はいます。彼は私の祖母が池を見に、自由に入らせてくれていた、と言ってました」

バークは冷静を装ったが、気持ちは沈みはじめた。「それがだれか、わかりますか?」

「ロングストリートだと名乗りました。タッカー・ロングストリートと」

タッカーはハンモックに戻り、冷たいビールを腫れた目に当て、むっつりしていた。もう体は、馬に踏みつぶされたみたいではない。数マイル引きずられたような感じだった。オースティンに相対するという自分の決心を、今は大いに悔やんでいた。二、三日、グリーンヴィルか、ヴィックスバーグにでも潜んでいるほうが、はるかによかった。いったい何だって、名誉と誠実さは目を殴られるだけの価値があるなんて考えたのだろう。

もっと悪いのは、エダ・ルーがどこかで、自分が引き起こしたトラブルのことでにやにや笑っているのだろう、ということだった。考えれば考えるほど、タッカーにはオースティンに殴られるような理由はない、と確信するようになった。エダ・ルーは子供を堕ろしはしないだろう。彼女が道徳的になったとか、母性に目覚めた、というのではない。だが、もし彼女が妊娠していなかったら、タッカーを支配することはできなくなるのだ。

支配か、とタッカーはうんざりした。彼は生涯縛りつけられることになるだろう。

家族ほど支配力のあるものはない、とタッカーは思った。しかも彼の血が、エダ・ルーのお腹にいる赤ん坊の中で、彼女の血と混じり合うのだ。ふたりがもついいところも悪いところも、すべてかき混ぜられ、あとは神か運命かタイミングにより、どの遺伝子が受け継がれるか決定される。

タッカーはビールをごくごく飲み、瓶をまた目に当てた。何カ月かたたないとわからないことについて考えても、なんにもならない。全能なる神について考えたほうがましだ。

タッカーは傷ついていた。もし今度の騒ぎについて、自分のことをこれほど愚かに感じていなかったら、ドク・シェイズに電話していただろう。

自分をなだめるために、タッカーはもっと楽しいことへ思いを移した。

キャロライン・ウェイバリー。彼女は背が高くて、つややかなアイスクリームパフェのようにきれいだった。男を冷静にさせながら、もっと渇望させるタイプだ。今日の午後、ラーソンの店で彼に見せた彼女の高飛車な顔を思い出し、タッカーはにやりとした。

女王陛下が農民を見るような目。タッカーはその場で彼女にキスしたくなった。

なにかするつもりだった訳ではない。タッカーはしばらくの間、女性には近づかないつもりだ。体が痛いばかりか、運がいささか傾きつつあると考えているからだ。だが、考えるのは楽しい。彼女の声の響きが好きだった。やわらかく、少しかすれていて、その冷ややかでよそよそしい見た目とはぜんぜん違う。

彼女を手に入れるためには、なにをすればいいのだろう、とタッカーは思い、ほほえみながら、眠りに落ちた。

「タック」

タッカーは毒づき、肩を揺すっている手を振り払おうとした。急に動いたせいで、激しい痛みが戻ってきた。タッカーは悪態をつき、目を開けた。

「くそ、ここではゆっくり休むこともできないのか？」影が長くなっている。タッカーが最初に思ったのは、デラに夕食だと呼ばれなかった、ということだった。足をぐるっと回して起きあがりながら、次に考えたのは、胃袋が悲鳴をあげていて、それは結構なことだ、ということだった。「ボニー兄弟と、やつらの頭がおかしいとこがスプーク・ホロウで僕たちに飛びかかってきたときのこと、覚えてるか？」

バークは両手をポケットに押し込んだままだ。「ああ」

「あのころは若かったな」タッカーは腫れた手を握った。「なめれば治る程度しか痛まなかったような気がする。さて、中に入って、ビールでも飲まないか?」

「仕事で来たんだ、タッカー。話がある」

「話なら、飲みながらのほうがいい」だが顔を上げて、バークの顔を見ると、タッカーの笑みは消えた。「どうした?」

「ひどい。最悪だ」

タッカーは悟った。すでに話を聞いたみたいだ。「エダ・ルーだな?」バークが返事をする前に、タッカーは立って歩きだし、両手で髪をかき上げた。「くそ、なんてことに」

「タック……」

「ちょっと待ってくれ。ちきしょう」むかつきと憤りから、タッカーは木を殴った。「確かなのか?」

「ああ。アーネットや、フランシーと同じだ」

「ひどい」タッカーはざらざらした木の幹に額を預け、頭からイメージを消そうとした。エダ・ルーを愛していなかったし、好きでさえなかった。だが彼女に触れ、彼女を味わい、彼女の中へ身を沈めたのだ。驚くほどの悲しみがこみ上げてくるのを感じたが、それは彼女に対してだけでなく、望んですらいなかった子供に対するものでもあった。

「こっちへ来て、座れよ」

「いや」タッカーは木から振り返った。彼の顔が変わっている。わずかな人間しか見ることのできない険しく、危険な表情になっていた。「どこで発見されたんだ?」

「マクネアの池で、ほんの二時間ほど前に」

「ここから一マイルもないじゃないか」タッカーはまず妹、それからデラを守ることを考えた。そしてキャロライン。「彼女、キャロラインをあそこにひとりでいさせるべきじゃない」

「今はジョージーがいっしょだ。カールもいる」バークは顔をこすった。「ジョージーはミス・エディスのアップルブランデーを無理矢理飲ませた。彼女、キャロラインが遺体を発見したんだ」

「くそ」タッカーはまたハンモックに腰を下ろし、頭を抱えた。「僕たちはなにをしたらいいんだ、バーク? ここでなにが起きている?」

「おまえに訊きたいことがあるんだ、タック。だがその前に言っておきたいのは、オースティンに会いたいということだ。彼に知らせなければならないんだ」バークはタバコを差し出した。

「用心しろよ」

タッカーはタバコを受け取った。「僕がエダ・ルーを傷つけるなんて、彼が信じるはずがない。まったく」彼はマッチを擦り、それから指先が焦げそうになるまでじっと見つめた。「君だって……」タッカーはマッチを捨て、ぱっと立ち上がった。「くそっ、バーク、僕のことなら知ってるじゃないか」

バークはビールの誘いに応じていればよかったと思った。いや、口からこの不快な味を洗い流せるものならば、なんでもいい。タッカーは友達で、兄弟のように近しい存在だ。だが一番の容疑者でもある。「おまえを知っていることと、今度のことは関係ないんだ」

タッカーはこれまでに食らった、どんなこぶしよりもひどいパニックの嵐を感じた。「勝手にしろ」

「これが俺の仕事だ、タッカー。務めなんだ」いやな気分になりながら、バークは手帳を出した。「ほんの二日前、おまえとエダ・ルーはみんなの前でケンカをした。おおむねそれ以後、彼女は姿を見られていない」

タッカーはまたマッチを擦った。今度はタバコに火をつけ、それから吸い込み、煙を吐き出した。「僕の権利を読み上げて、手錠をかけるつもりか？ じゃなきゃなんだ？」

バークは腰の脇で手をぎゅっと握った。「やめろ、タッカー。俺はだれかがあの娘にやらかしたことを二時間も見てきたところなんだ。今はけしかけるな」

タッカーは手を前にだし、手のひらを見せた。だがそれを和平の印とするには、あまりに皮肉に満ちていた。「やれよ、バーク。仕事をしろ」

「食堂を出てから、エダに会うか、話すかしたかを知りたい」

「今日の午後、君のオフィスへ行き、会ってもいなけりゃ、話してもいないって、言ったじゃないか」

「食堂を出た後、どこへ行った？」

「僕が行ったのは……」タッカーは口をつぐみ、青ざめた。「くそ、マクネアの池だ」タッカーはタバコを口元へ運び始め、そして止めた。彼の黄褐色の瞳が、どんよりとした光の中できらめいた。「だが、そのことなら、君だって知ってるだろ?」

「ああ。だがおまえの口から直接聞くほうがいい」

「勝手にしろ」

バークはタッカーの胸ぐらをつかんだ。「よく聞けよ。俺だって好きでやってるわけじゃないんだ。だがFBIがやってきたら、こんなもんじゃすまない。三人の女性がナマズみたいに切り刻まれて、殺された。エダ・ルーはみんなの前でおまえを脅し、その二日後の今、死体で発見された。殺害される一日、もしかしたら数時間前に、現場におまえがいたという証人もいる」

タッカーの胃のあたりで、最初のわずかな恐怖が緊張と解け合った。「僕がマクネアの池へ数え切れないほど行っているのは、君も知ってるし、だいいち君だって同じじゃないか」タッカーはバークの手を押しのけた。「それにエダ・ルーに腹が立ったからって、殺人者になるわけじゃない。アーネットやフランシーはどうなる?」

バークの顎がこわばった。「おまえは彼女たち三人全員とデートをした」

今度は憤りではなく、純粋なショックが生まれた。「信じられないよ、バーク」タッカーはまた腰を下ろさざるをえなかった。ゆっくり、手探りしながら座った。「君だって信じられないはずだ。とんでもない」

「俺がなにを信じるかは、しなければならない質問とはなんの関係もない。一昨日の夜、おまえがどこにいたかを知らなければならないんだ」

「あら、その人なら無一文になっていたわよ、私とジン・ラミーをしていたから」ジョージーがぶらぶらと近づいてきた。彼女の頬は青ざめていたが、その険しい目はぎらぎらしていた。

「私の兄を尋問しているの、バーク？　まったく驚きだわ」ジョージーはふたりの間に入り、兄の肩に手を置いた。

「俺は仕事をしなければならないんだ、ジョージー」

「だったらさっさとおやりなさい。タックみたいに女たちに強い愛情を持っている人間なんかより、女性を憎んでいる人を捜したらどうなの？」

タッカーはジョージーの手に手を重ねた。「キャロラインといるんじゃなかったのか？」

「スージーとマーヴェラが来てくれたわ」ジョージーは肩をすくめた。「ひとつところに女が集まりすぎちゃったのよ。それに彼女なら、ともかく今はちゃんと持ちこたえているわ。あなたは家に急いで帰りたいかもしれないわね、バーク。坊やたちが家をめちゃくちゃにしてないことを確かめに」

バークは彼女の提案も、彼女の目にある怒りも無視した。「君とタッカーがトランプをしていた」

「この国では犯罪でも罪でもないでしょ？」ジョージーはタッカーの手からタバコを取り、吸った。「一時か、もしかしたら二時半まで起きていたわ。タッカーは少し酔っぱらって、私は三十八ドル勝ったの」

バークの声に安堵の波が押し寄せた。「よかった。俺だって質問するのはいやだったんだ。だがFBIが介入してきたら、また話さなければならないからな。まず俺から訊かれておいたほうが楽になるだろうと思ってね」

「そうでもなかったよ」タッカーはまた立ち上がった。「彼女はどうなる?」

「パーマーの葬儀屋へ移し、とりあえずは一晩置く、FBIが到着するまで」バークは手帳をポケットに押し込み、足を引きずるように動き出した。「できるだけオースティンには近づくなよ」

苦笑を浮かべながら、タッカーは無意識に傷ついたあばらをさすった。「それは心配ない」

気詰まりで、惨めな思いで、バークは三本のシャクナゲを見つめた。「じゃあ、行くよ。明日事務所に来て、連邦政府のやつらに直接話してもらったほうがいいかもしれない」

「わかった」タッカーはバークが歩き出すのを、ため息混じりに見送った。「おい」バークが振り返ると、タッカーは半分笑ってみせた。「よかったら、ビールの誘いはまだ生きてるぞ」

バークの肩から緊張が抜けた。「感謝するが、子供たちの様子を見に戻ったほうがよさそうだ。ありがとう」

「私っていやな人間ね、タッカー」ジョージーはため息をついた。「あの人のことはこれ以上ないほど腹が立つけど、それでも誘惑したいのよ」

タッカーは鼻先で笑いながら、妹の頭に頰を乗せた。「ただの反射作用だよ。ロングストリート家特有のね」彼女のウェストに腕を回すと、タッカーは家へと歩きだした。「ジョズ、僕は君の正直さを疑問視できる立場じゃないが、僕たちはもう何週間もジンをやってないよ」

「あら、そうだった？」ジョージーは舌で頰の内側をなぞった。「なんだか時間がまとめて消えちゃったみたいね？」彼女は体を離して、兄を見つめた。「あのほうがいいと思ったの。単純だし」

「たぶんな」タッカーは慎重に彼女の顔を両手ではさんだ。彼には必要なときには、人間をのぞき込むやり方がある。そして今、ジョージーをのぞき込む必要があった。「僕が彼女を殺したとは思ってないよな」

「お兄さま、私は生涯のほとんどをあなたといっしょに暮らしてきたのよ。ゴキブリをつぶさなければならなくても、罪悪感で胸がふさぐだろうってことも知ってるわ。あなたはやさしすぎるわよ、たとえ癇癪を起こしていてもね」彼女は兄の両頰にキスした。「あなたがだれも殺していないことは知ってる。だから、もしそうすることで早く片づくなら、あの夜にトランプをしていたと言うぐらい、どうってことないでしょ？　いずれにしても、あの晩か別の夜かにトランプはしたんですもの」

タッカーは躊躇《ちゅうちょ》した。まったく正しいとは思えなかった。だが彼は肩をすくめた。正しかろうと、間違っていようと、キーツを読みながら眠ってしまったなどという真実よりも、簡単なのだ。

彼が自分の意志で詩を読むということを知られたら、〈チャット・アンド・チュウ〉にいる男どもはなにを言うかわかったものじゃない。

それに、だれが信じてくれるだろう。

5

枯れ草に広がる炎のように、エダ・ルー・ヘイティンガー殺害のニュースは、川辺から土手へ、町の広場から農場へ、マーケットストリートからホグ・モウ・ロードへと風塵《ふうじん》のように広がり、ハッピー・フラーはホグ・モウ・ロードで、親友でビンゴ仲間でもあるバーディ・シェイズと事件について話した。

「ヘンリーはその話をしようとしないの」バーディは贖罪《しょくざい》教会の扇子で顔を仰いでいた。「バーク・トゥルースデールにマクネアの池へ呼び出されたのが二時頃で、五時まで戻ってこなかった」彼女が手を動かすと、扇子に描かれた激しい目つきのジーザスがぼやけた。「うちへ帰ってきたとき、彼は真っ青で、汗まみれだったわ。話したのはエダ・ルー・ヘイティンガーが死んだことと、夜の予定はすべてキャンセルだっていうことだけ。彼女はアーネットやフランシーみたいに殺されたと言ったきり、あとは一言も口をきかなかったのよ」

「まあ、なんてこと」ハッピーは手入れの行き届いた自分の庭を見渡し、バーディの扇子から送られてくる風に満足した。「世の中はいったいどうなってるの？　女が安心して一人歩きもできないなんて」

「ここへ来る前に、食堂を通りかかったのよ」バーディは訳知り顔でうなずいた。クリスタルに六週間ごとにボムシェル・ベージュで染めてもらっている髪は、スプレーで固めてあってヘルメットみたいに微動だにせず、額の両脇にはクエスチョンマークのようなカールが貼りついている。「バークがFBIを呼んだって聞いたわ。もしかしたら州兵もね」

「ふん」ハッピーは鼻息とうなり声の中間のような声を出した。ハッピーはバーディが好き、いや大好きだったが、だからといって欠点が見えないほどではなかった。バーディはだまされやすいところがあり、それはハッピーに言わせれば、罪のトップテンのリストで怠惰の次にくるものだ。「あたしたちが抱えているのは殺人鬼で、暴徒じゃないのよ、バーディ。マーケットストリートを行進する兵隊が見られるとは思わないね。まあ、FBIはたぶん来るんでしょうけど。うちの息子が二月にかわいそうなアーネットを見つけたんだから、きっと話を聞きにくると思うわ」

ハッピーの整った顔に、考え込むようなしわが浮かんだ。彼女はボビー・リーが学校をさぼったことを――もう少しでまた落第しそうになったことも――完全に許したわけではなかった。だが、最初の遺体の発見者の母親という名声には抵抗しきれなかった。

「あれからずっとボビー・リーは悲しそうね」バーディが割ってはいった。「あの子の目でわかるわ。今朝だって、サニーのところであたしの車を満タンにしてもらったけど、ボビー・リーはけっして元のようにはならないだろうって思ったわ」

「何週間も夢でうなされてたのよ」ハッピーはかすかに誇らしげに言った。

「無理ないわ。ヘンリーの胸だって張り裂けそうなんだから。それにね、ハッピー、これは厄介なことよ。うちのかわいいキャロランだったかもしれないんだもの。もちろん世話をしなけりゃならない亭主とふたりの子供がいるのに、あの子がひとりでうろついているわけじゃないけどさ。だけど、あなただって心配でしょ？　お宅のダーリーンはエダと一番仲がよかったんだからね。あたしならそんなことを考えただけで、たまらなくなるわ」

「ダーリーンに電話をして、様子を確認したほうがよさそうね」ハッピーはため息をついた。ダーリーンがジュニア・タルボットと結婚して、夫や生まれたての赤ん坊と町に腰を落ち着けたときには、心からほっとしたのだ。だがダーリーンの奔放なところがまた動き出しているのを、ハッピーは知っていた。「何人か女を集めて、メイビス・ヘイティンガーの世話をしてあげなくちゃいけないわね、バーディ」

バーディは言い逃れをしようとしたが、扇子のジーザスがにらみつけていた。「それこそクリスチャンがすべきことだものね。オースティンはいるかしら？」

「オースティンのことなんか気にすることないわ」ハッピーは顔を引き締めた。「あたしたちには母親としての力があるんだから」

その夜、イノセンスでは玄関に鍵がかけられ、銃には弾が装填され、眠りはなかなか訪れなかった。

朝が来て、多くの人間がまっさきに思い浮かべたのはエダ・ルーのことだった。ハッピーの三番目の子供で、最初の大いなる期待はずれとなったダーリーン・フラー・タルボットの場合、悲しいが、同時に無感覚でもあった。ティーンエイジャーの間、ダーリーンはいつもエダ・ルーにくっついて回り、いっしょに冒険してはスリルを味わった。グリーンヴィルまでヒッチハイクをし、ラーソンの店のカウンターから化粧品を万引きし、ボニー兄弟と学校をサボって、スプークホロウでセックスをした。

どちらかの生理が遅れるといっしょに心配し、性体験についてあけすけに話し、スカイ・ビュー・ドライブインシアターで数え切れないほどダブルデートをした。ダーリーンがジュニアと結婚したとき、エダ・ルーは付き添いをしてくれたし、エダ・ルーがタッカー・ロングストリートをつかまえたあかつきには、ダーリーンがお返しをしてあげることになっていた。

だがエダ・ルーは死んでしまい、ダーリーンは目を泣きはらしていた。それでも幼いスクーターをベビーサークルに入れ、夫を玄関から送りだし、愛人のビリー・T・ボニーを裏口からキッチンへ引きずり込むだけのエネルギーはあった。

「ああ、ダーリン」運動用のTシャツと破れたジーンズを着て、すでに汗ばんでいるビリー・Tはタトゥーを施した腕に、目を赤くしたダーリーンを抱き寄せた。「このままじゃいけないよ、シュガープラム。君が泣いているのを見るのはいやなんだ」

「彼女がいないなんて、信じられないの」ダーリーンは彼の肩ですすり泣き、彼の尻をつかんで自分を慰めた。「私の一番大切な親友だったのよ、ビリー・T」

「わかってる」ビリー・Tは機敏な、厚い唇を下げて、ダーリーンの唇に重ね、舌を滑り入れると、気持をこめて動かした。「彼女はすばらしい人だった。みんな寂しく思うよ」

「彼女は私の姉さんみたいな存在だったわ」ダーリーンが身を引き、ビリー・Tは両手を彼女のナイロンのナイティの下へ滑り入れ、彼女の胸を見つけた。「ベルやスタリータなんかよりもずっと姉さんらしかった」

「あのふたりは、君が一番きれいだから、妬いてるのさ」ビリー・Tは彼女の固くなった乳首をつまみながら、彼女を押してカウンターへと乗せた。

「あれがエダ・ルーじゃなくて、彼女たちだったらずっとよかったのに」目に涙を光らせながら、ダーリーンは彼のジッパーを下ろした。「血がつながっていようと関係ないわ。エダ・ルーにならいつも話すことができた。なんでも話せたの。私たちのこともよ」ビリー・Tがナイティを引き下げ、胸を口に含むと、ダーリーンは息をもらした。「いつも私のために喜んでくれたわ。私がジュニアと結婚し、スクーターを生んだときには、少し嫉妬したけど、ごく自然なことでしょ？」

「むむ」

「彼女がタッカー・ロングストリートと結婚するときには、付き添いをすることになっていたの」ダーリーンは彼のパンツを引き下げた。「彼女がどんな風に殺されたか、考えただけで耐えられない」

「そんなこと考えるんじゃない、ハニー」彼の呼吸は速く、荒くなっている。「ビリー・Tがすべてを忘れさせてやるよ」彼は両手を下げ、彼女の太股を広げた。「エダ・ルーだってそんなことは望んでいなかっただろうし」

「ええ」ダーリーンはため息をつき、彼の手に身をすり寄せた。体をふるわせながら、チェリオのボウルを押しのけ、カウンターで体を支えた。「私の心には、これからもずっと彼女がいるわ」ダーリーンの手が彼自身を包むと、彼女の目が開き、そこには愛が輝いていた。彼はすでにコンドームをつけていた。「あなたって、本当に思いやりがあるのね、ハニー」ダーリーンが彼を導き入れると、彼は腰を回しはじめた。「ジュニアなんかよりはるかに楽しいわ。だって、結婚してから、ベッド以外の場所ではしたことがないのよ」

褒めちぎられてビリー・Tは彼女の腰をぐいっと持ち上げ、彼女の頭を開いた食器棚の扉にぶつけた。だが、すでに達しかけていたので、ダーリーンは気づきもしなかった。

キャロラインは自分がぐっすり眠れたことに驚いた。それが彼女なりの逃避だったのか、でなければ隣のベッドルームにスージー・トゥルースデールと娘がいてくれて、安心したせいだろう。祖父母のベッドにいることで安心できただけかもしれない。いずれにしても、キャロラインは陽射しとコーヒーとベーコンの匂いで目を覚ました。

彼女が最初に感じたのは、ばつの悪さだった。自分が眠っている間に、客が朝食の用意をしてくれたのだ。その思いは前日の恐怖の後ではたいした威力はなく、キャロラインは体を丸めて、また眠りに戻りたい誘惑に駆られた。

だがその代わりに冷たいシャワーをゆっくりと浴び、服を着替えた。

階下へおりていくころには、スージーとマーヴェラはすでに席につき、コーヒーとスクランブルエッグを取りながら、ひそひそ声で話していた。

母と娘はよく似ていて、思わずキャロラインはにっこりした。ミンク色の髪と大きな青い瞳の、ふたりの美しい女性が、教会の礼拝中に後部座席で内緒話をしている子供たちみたいに話している。ふたりともキューピーのような弓形の口をして、キャロラインに気づくと心のこもった笑みを浮かべた。

ふたりの間には親近感があった。キャロラインが母親と共有することのなかった単純な理解と尊敬があった。それを見て、それを感じて、キャロラインは思いもよらない激しい嫉妬の波に圧倒された。

「もうしばらく眠っていればよかったのに」スージーはすでに立ち上がり、新しいカップにコーヒーを注いだ。

「一週間も眠った気分だわ。どうもありがとう」キャロラインはスージーからカップを受け取った。「泊まってくれて、本当に助かったわ。私……」

「こういうときのために隣人はいるのよ。マーヴェラ、キャロラインのお皿を用意して」

「あら、私なら……」

「食べなくちゃだめ」スージーが椅子を軽く押した。「あんなショックを受けたときには、燃料を補給しなくちゃ」

「ママの卵料理は最高よ」マーヴェラは給仕役をしながら、キャロラインをじっと見ないようにした。本当は髪をどこでカットしているのか聞きたかった。だが、マーヴェラが肩までの巻き毛を同じように切っても、ボビー・リーはただ腹をたてるだけだろう。「食べるときっと気分がよくなるわ。最後に私がボビー・リーとケンカしたときは、ママといっしょにビッグサイズのチョコレートサンデーを食べたのよ」

「チョコレートでお腹いっぱいになったら、ブルーでいるほうが難しいわ」スージーはにっこりして、皿にトーストを乗せた。「棚からあなたのおばあさま手作りの、野生のラズベリージャムを出したわ。かまわなかったかしら」

「もちろん」キャロラインはうっとりするように、手製ラベルを張ったジャムの瓶を持った。

「これがあるなんて、気がつかなかった」

「あらまあ、ミス・エディスは毎年作っていたのよ。ジャムやジェリーに関しては、彼女みたいに作れる人はだれもいなかったわ。最後の六年間は連続してフェアでブルーリボン賞を受賞していたのよ」スージーは身を屈めて、下の段の食器棚をあけ、ずらっと並んだ瓶を指し示した。「ここに一年分はたっぷりあるわ」

「知らなかった」そのきれいで、カラフルな瓶には、どれも丁寧にラベルが貼られ、きちんと並べられていた。喪失感と恥ずかしさに、キャロラインの喉が詰まった。「祖母にはあまり会えなかったの」

「あなたのことをとても自慢にしていたわ。リトル・キャロが世界中を旅していることとか、王室や大統領の前でどんな風に演奏をしたかなんて、よく話してくれたの。あなたが送った絵はがきをみんなに見せたりね」

「フランスのパリからのものがあったわね」マーヴェラが口をはさんだ。「背景にエッフェル塔が写っていたわ。私がレポートを書くのに、ミス・エディスが使わせてくれたのよ」

「マーヴェラはフランス語を二年間勉強したの」スージーは娘に満足そうな目を向けた。彼女自身はお腹が目立ちはじめたため、卒業の四カ月前に学校をやめなければならなかった。だからといって、娘がすでにハイスクールの卒業証書を持っていることが、うれしくないわけではない。スージーは腕時計を見た。「ねえ、もう仕事に行ったほうがいいんじゃない?」

「あら、たいへん」マーヴェラは椅子から飛び上がった。「もうこんな時間」

「マーヴェラはローズデールで法律事務官として働いているの。場合が場合だから、今日は出勤時間を遅くしてくれたのよ」スージーが娘を見ると、マーヴェラはトースターを鏡にして、口紅を塗り直していた。「さあ、もう行って。私の車に乗っていいわよ。私はあとでパパに迎えに来てもらうから」スージーは立ち上がって、マーヴェラの肩に両手を置いた。「だれのためでも、車を止めてはダメよ。知っている人でもね」

「私だってバカじゃないわ」

スージーは娘の顎をつまんだ。「もちろんよ。でもあなたは私の一人娘なの。五時半より遅くなるようなら、電話してちょうだい」

「わかった」

「それからあのボビー・リーに、ドッグ・ストリート・ロードに駐車するのはもうやめるように言いなさい。あなたたちがロマンチックになりたいのなら、居間にくることね」

「ママ……」マーヴェラの首から頬が、ゆっくりと染まった。

「あなたが言わないなら、私が言うわよ」スージーはマーヴェラがとがらした唇にキスした。

「さあ、行って」

「はい」マーヴェラはキャロラインに微笑んだ。「ママの好き勝手にさせないでね、ミス・ウエイバリー。いったん始めたら、止まらないんだから」

「生意気な口をきいて」正面のスクリーンドアがばたんと閉まると、スージーはくすくす笑った。「私のお腹にいたなんて、信じられないわ」

「とても愛らしいお嬢さんね」

「ええ、そうなの。頑固で、自分がなにを欲しいかはしっかりわかっているけど。丸二年近くもボビー・リー・フラーを追いかけていたの。だから、彼を手に入れられたら、それはいいことなんだと思うわ」彼女は懐かしそうな笑みを浮かべてから、冷めたコーヒーを持ち上げた。「私がいったんバークに狙いを定めたら、もう彼に勝ち目はなかった。娘も同じよ。ただ心配なの。だって、同じ年齢でも自分たちよりもずっと幼く思えてしまうんですもの」スージーはキャロラインの皿を見て、眉をひそめた。「あまり食べてないわね」

「ごめんなさい」キャロラインはなんとかもう一口食べた。「なんだかすべてが思いがけなくて……私はあの女性を知りもしないのよ。でも、彼女のことを考えるだけでとても怖くなるの」彼女はあきらめて、皿を脇へよけた。「スージー、マーヴェラがいる前ではあまり質問したくなかったんだけど、私の考えは当たっているのかしら？　彼女は三番目の犠牲者なの？」

「二月から始まったのよ」スージーはうなずいた。「三人とも刺し殺されたの」

「まあ」

「バークはあまり話さないけど、ひどいことはわかってる。とても残虐らしいわ。ばらばらに近いらしいの」スージーは立ち上がって、テーブルを片づけた。「母親として、女として、私は怖いの。それにバークのことも心配よ。彼は、このことをすべてひとりで背負ってしまっている。まるで自分のせいみたいに。このあたりにいるだれも、こういうことに対する準備ができていなかったのよ。だけどバークは自分が止めなければならないって思っているの」

それは彼の父親が首に縄をかけるのを止めなければならなかった、という気持と同じなのだ、とスージーは思い出していた。

キャロラインは石鹸水でシンクを満たした。「容疑者はいないの？」

「もしいたとしても、彼は言わないわ。アーネットの場合、流れ者の仕業のように思われていたの。だってね、八、九百人ほどの住民しかいない町にいると、ほとんど全員を知っているようなものなのよ。自分たちのうちのだれかが犯人だなんて、あり得ないと思ったの。でもフランシーが同じように殺されると、みんなは少し、自分の周りに目を向けはじめた。それでもいざとなれば、それが隣人か友人かもしれないなんてだれも信じたくなかった。だけど今は……」

「今は自分たち自身に目を向けなければならない」

「そうなの」キャロラインが朝食の食器を洗いはじめると、スージーはふきんを持った。「ただ、沼地に異常者が隠れ住んでるっていうほうが、可能性は高いように思うけど」

キャロラインは窓の外の林のほうを眺めた。以前よりも林が家に随分近いように思える。

「そのほうが気が楽ね」

「あなたを怖がらせるつもりはないけど、もしここにひとりで暮らすつもりなら、注意する必要があるわ」

キャロラインは口をきっと結んだ。「タッカー・ロングストリートとエダ・ルーがケンカしたって聞いたわ。彼女が彼に結婚を迫ったって」

「努力していたっていうほうが近いわね」スージーは皿をきれいにふき、それから笑った。

「まったく、あなたはタッカーを知らないのね。でなければ、そんな顔をするわけないわ。彼がだれかを殺すなんて、まったくお笑いぐさよ。第一、たいへんな努力と感情が必要なのに、そのどちらもタッカーには不足しているようなの」

キャロラインは、池のほとりで出会ったときの、彼の表情を思い出した。そこにはさまざまな感情が渦巻いていた。危険な種類の感情が。「でも……」

「バークは彼に話を訊かなければならないでしょうね」スージーが言った。「それって難しいわ。ふたりは兄弟みたいに親しいの。私たちはみんないっしょに学校へ通ったのよ」スージーは皿をふき、重ねながら話を続けた。「タッカーとドゥウェイン、タッカーのお兄さんよ、それからバークと私。みんな農園主の息子だった。もっともトゥルースデール農園はすでにつぶれていたから、バークにとって私立学校は問題外だった。ドゥウェインはしばらく寄宿学校へ行かされたわ。彼が長男だったからなの。だけどトラブル続きで、退学になった。タッカーも行かされるって噂があったけど、ボーおじさまはドゥウェインのことですごく腹を立てていたから、タッカーを家に残したの」スージーはにっこりして、グラスに汚れがないか確認した。

「タックはそのことで、ドゥウェインに大きな借りがあるって言ってるわ。だから今、彼はドゥウェインの面倒を見ようとしているんでしょうね。彼はいい人よ。あなたも私ぐらいタックのことを知れば、彼に人殺しをするだけの積極性があるなんて、彼が空を飛ぶのと同じくらい、あり得ないことだってわかるわ。欠点がないわけじゃないわよ。だけど、女性をナイフで刺す？」想像すると、スージーは恐れるどころか、笑ってしまった。「実を言えば、彼は彼女のスカートに潜り込もうとするのに忙しくて、それ以外のことは考えられないでしょうよ」

キャロラインの口がゆがんだ。「その手の男なら知ってるわ」

「あら、タックみたいな人間は、ぜったいにいないわ。もし私が四人の子供に恵まれて、幸せな結婚生活を送っていなかったら、彼を追いかけていたかもしれない。彼には彼なりの生き方があるの。タックってそういう人なのよ」スージーはキャロラインを横目で見た。「きっと、遠からずあなたを追い回すわよ」

「じゃあ、無駄骨を折ることになるわね」

スージーは爆笑した。「ぜひともその場に居合わせたいもんだわ。さてと」スージーは最後の皿を脇に置いた。「あなたと私は仕事をしなくちゃ」

「仕事?」

「あなたが自分で身を守れるってわかるまでは、安心してここにひとりで残していけないもの」スージーは花柄のふきんで手を拭くと、歩いていってバッグを取りあげた。そのストローバッグから出したのは、恐ろしい顔つきの三八口径だった。

「嘘!」キャロラインが思いついた言葉は、これだけだった。

「これはダブルアクションのスミス・アンド・ウェッソンよ。オートマティックよりもリボルバーの感触が好きなの」

「それ、弾が入ってるの?」

「あら、もちろんよ」スージーは大きな青い目をぱちくりさせた。「私なら空でもかなり役に立つでしょうけどね。独立記念日の射撃競技会で、三年連続して優勝しているの。バークったら、誇りに思うべきか、私に勝てないのを恥じるべきか、迷っているみたい」

「ハンドバッグに」キャロラインは弱々しく言った。「ハンドバッグに入れているの」

「二月からね。銃を撃ったことはある?」

「いいえ」思わずキャロラインは後ろで両手を握りあわせた。「ないわ」

「そして自分には無理だと思っている」スージーはきっぱりと言った。「はっきり言わせてもらうけど、もしだれかがあなたかあなたの家を襲ったりしたら、素早く撃たなくてはだめ。さて、あなたのおじいさまのコレクションがあるはずだわ。選びにいきましょう」

スージーは自分の三八口径をキッチンのテーブルに置き、歩き出した。

「スージー」まごつきながら、キャロラインは彼女の後を追った。「新しいドレスじゃあるまいし、銃を選ぶなんてできないわ」

「あら、面白いのよ」スージーは狭い書斎に入ると、唇を指でたたきながら、どれにしようかじっと見つめた。「まずは拳銃から始めましょう。でもあのショットガンに弾を込める練習もしてほしいわ。はっきりした意志表示になるから」

「でしょうね」

目をきらきらさせながら、スージーはキャロラインの腕を握った。「よく聞いて。もしだれかがあなたをつけ回して、困らせるようなことがあったら、あなたはこのダブダスターを肩に乗せて、相手のお腹を狙い、その野郎に自分は射撃のことなんかなにも知らないって言ってやるの。そいつが急いで逃げなかったら、散弾を浴びてもしかたないわね」

薄く笑みを浮かべながら、キャロラインは安楽椅子の袖に腰掛けた。「本気なのね」

「この辺では、自分の身は自分で守るのよ。ああ、この古くて、きれいなのがいいわ」スージーはケースを開けて、拳銃を取り出した。「コルト四五、軍仕様よ。きっとおじいさまが戦争で使ったものね」スージーは、キャロラインが感心せざるを得ない手際の良さで弾倉をはずし、空の薬室を回した。「呼び子のようにきれいだわ」ぱちっと弾倉を戻すと、壁に狙いをつけ、引き金を引いた。「いいわね」スージーは引き出しをあけ、弾薬を見つけると、満足そうに舌を鳴らした。尻ポケットに箱を入れ、キャロラインににやりとする。

「空き缶を殺しに行きましょう」

特別捜査官マシュー・バーンズはデルタ地帯にある埃だらけのちっぽけな町で働くことを予想して、Uターンしてきたのではなかった。バーンズは生まれも育ちも都会人で、夜にはオペラと高級シャトーヌフ、静かな午後にはナショナルギャラリーをぶらつくのを楽しんだ。

ＦＢＩでの十年間に、醜いものをいやというほど見てきたので、モーツァルトやバッハで感情を浄化させることを好んだ。楽しみにしてきたこの週末には、バレエのチケット、ウォーターゲート・ホテルにある〈ジャン・ルイ〉での洗練されたディナー、そしておそらくは現在のガールフレンドとの趣あるロマンチックなお楽しみなどを計画していた。

それなのに、今はエアコンのポンプが故障したレンタカーのトランクに、フィールドキットとガーメントバッグを詰め込んで、イノセンスへ向かっていた。

バーンズはこの事件について、マスコミが大騒ぎをするとわかっていたし、この任務に自分が適していることもまったく疑っていなかった。彼の専門はシリアルキラーだからだ。そしてどう謙遜したところで、とても優秀だということを、だれよりも自分自身が認めていた。

とはいえ、週末を台無しにされたことには腹が立った。この事件を担当することになった捜査局の病理学者が、雷雨のせいでアトランタで立ち往生していることも、秩序を重んじる彼には不満だった。片田舎の検死官に適切な検死解剖ができるとは、考えてはいなかった。

熱気でむっとした町を車で走っていると、彼のいらだちは高まった。予想したとおりだ。汗まみれの歩行者が数人、かってにうろついている犬が二匹、密集した埃だらけの店。映画館すらない。目に入った唯一のレストランにかかっている〈チャット・アンド・チュウ〉という色あせた手書きの看板には、身震いさえした。自分のクルップス社製コーヒーメーカーを積んできて、本当によかった。

任務は任務だ、と自分に言い聞かせながら、保安官事務所の前に車を止めた。正義を求めるために、苦しまなければならない場合があるのだ。ブリーフケースだけを持ち、暑さに窒息するまいとがんばりながら、バーンズは入念に車をロックした。

ジェド・ラーソンの犬、ニュイサンスがぶらぶら近づいてきて、前輪に足を上げたとき、バーンズはただ首を横に振った。きっと二本足の住民たちも同じように不作法に決まっている、とバーンズは思った。

「いい車だね」クロード・ボニーが下宿屋の前の高い席から声をかけ、そして唾を吐いた。

バーンズは片方の黒い眉をつり上げた。「一応間に合ってるよ」

「あんた、なにかを売ってるのかね?」

「いや」

ボニーはチャーリー・オハラやピート・クーンズと顔を見合わせた。オハラは二度ほどぜいぜいと息を吐き、目を細めた。「すると、北から来たFBIの人だね?」

「そうだ」バーンズは背中を汗が流れ落ちるのを感じ、ちゃんとしたドライクリーニングの店が町にあることを願った。

「昔、エフレム・ジンバリストが出てた番組を毎週見ていたよ」クーンズがレモネードを一口飲んだ。「あれはなかなかいい番組だった」

「『ドラグネット』のほうがよかった」ボニーが言う。「どうして放送をやめたのかわからんね。ああいう番組はもう作れないさ」

「失礼させてもらうよ」バーンズが言った。

「どうぞ、どうぞ」ボニーが手を振った。「保安官は中だよ。朝からずっといるんだ。あんたがわしらの娘たちを殺した野郎を捕まえたら、あんたのためにそいつを吊してやるよ」

「いや、実は私は……」

「ドラグネットに出てたやつが、『マッシュ』の医者になって出てなかったか？」オハラが考え込んだ。「たしかそうだったと思うんだが」

「ジャック・ウェッブはぜったいに医者なんかにならないよ」ボニーは個人的な侮辱と受け止めていた。

「違う、別のやつだ。小さな男だよ。うちのかみさんは、あの番組を見て、腹が割けそうになったんだ」

「やれやれ」バーンズはそっとつぶやき、保安官事務所の扉を押し開けた。

バークは机に向かい、肩と顎で受話器をはさみ、メモ帳になにか書き殴っていた。「ええ、彼が来たらすぐに。私は……」彼は顔を上げ、ウズラとキジを見分けるようにすばやく、バーンズを確認した。「ちょっとお待ちを。バーンズ特別捜査官？」

「そのとおり」手続きに従って、バーンズは自分のIDを出して、さっと見せた。

「ちょうど来ました」バークは電話に向かって言い、受話器を差し出した。「あんたのボスだ」

バーンズはブリーフケースを置き、受話器をとった。「ハドリー部長ですか？　ええ、予定より少し遅れました。グリーンヴィルで車が故障したんです。そうです。ドクター・ルーベンスタインは三時までに来るはずです。それは確かにやっておきます。まずはもう一本、電話が必要です。これは単回線のようですから。それから……」彼は送話口に手を当てた。「ファックスはあるかな？」

バークは歯のまわりに舌を滑らせた。「いや、ない」

「ファックスも」バーンズは受話器に向かって続けた。「準備が整って、落ち着き次第、こちらから連絡をいれます。はい」受話器をバーンズに返し、回転椅子を確かめてから腰を下ろした。「さて、君が保安官の……」

「トゥルースデール、バーク・トゥルースデールだ」握手は短く、儀礼的だった。バークはベビーパウダーの匂いをかぎ取った。「厄介なことになっているんだ、バーンズ捜査官」

「そう聞いている。四カ月半の間に、三件のばらばら殺人。容疑者はなし」

「そう、いないんだ」バークはもう少しで謝りそうになった。「流れ者だと考えていたんだが、最後の事件が起きて……さらにナッシュヴィルでも同じような事件が起こった」

バーンズは両手の指先をあわせ、とんがり屋根を作った。「ファイルはあるんだろうね」

「ああ」バークは立ち上がりかけた。

「いや、まだいい。まずは歩きながら、口頭で聞かせてくれ。遺体を見たい」

「彼女は葬儀屋へ運んである」

「まあ妥当なところだな」皮肉たっぷりな言いようだった。「遺体を見て、それから現場へ行く。現場保存はしてあるんだろうな?」

バークはかっとなるのを感じた。「沼地を保存するのは難しいがね」

バーンズはため息をついて、立ち上がった。「君を信じることにしよう」


裏庭でキャロラインは息を吸い、歯を食いしばり、引き金をひいた。その衝撃で腕は跳ね上がり、耳がわんわん鳴った。缶に命中した。ただし、狙ったのとは別のものだったが。

「なかなかうまいわ」スージーが言った。「でも、常に目を開けていなければだめよ」スージーは丸太に乗せた缶を続けて三つ落として見せた。

「ただ石をぶつけるだけではだめ?」スージーが缶を並べ直しに行くと、キャロラインが叫んだ。

「あなたはバイオリンを持ったその日から、交響曲を弾けた?」

キャロラインはため息をついて、肩を回した。「あなたはそうやって脅して、子供たちを思うように操っているの?」

「そのとおり」スージーが戻ってきた。「さ、力を抜いて、ゆっくりよ。銃はどんな感触?」

「実は、とても……」キャロラインは小さく笑い、銃を見下ろした。

「セクシー、でしょ？」スージーはキャロラインの背中をぽんとたたいた。「それでいいの。あなたは仲間だわ。今あなたはパワーと支配権と責任をもったの。セックスするのと同じよ」スージーはにやりとした。「これは子供たちには言わないわ。さあ、始めましょう。一番左の缶をよく見て。想像するのよ。元夫はいる？」

「ありがたいことにいないわ」

スージーはほーっと声をあげた。「昔のボーイフレンドは？　あなたのことを心底怒らせた人間は？」

「ルイス」キャロラインは声をひそめて言った。

「わお、その人ってスペイン人かなにか？」

「『かなにか』のほうよ」キャロラインが歯を食いしばる。「あいつは大きくて、口のうまいメキシコのネズミ」キャロラインは引き金をひいた。缶がはねると、ぽかんと口を開けた。「当たったわ」

「必要なのは動機よ。さあ、次」

「ご婦人方はもうレース編みはしないのかい？」バークが声をかけた。

スージーはリボルバーをおろし、にっこりした。「次の七月四日には、もうひとりライバルが現れるわよ、ダーリン」スージーはバーンズをさっと眺めてから、つま先だって夫にキスした。「疲れてるみたいね」

「疲れてるよ」バークは妻の手をぎゅっと握った。「バーンズ捜査官、これは妻のスージー、それからキャロライン・ウェイバリーです。ミス・ウェイバリーが昨日、遺体を発見したんです」

「キャロライン・ウェイバリー」バーンズはその名前をうやうやしく口にした。「信じられない」彼女のあいているほうの手を取ると、口元へ運んだ。それを見て、スージーはＦＢＩの背後で、目を丸くしてバークを見た。「二カ月前にニューヨークであなたの演奏を聴きました。去年はケネディセンターで。レコードも何枚か持っています」

つかの間、キャロラインはただ目をぱちくりさせていた。すべてが遠い世界のことに思え、彼がだれか別の人と間違えているようにさえ感じたのだ。

「どうも」

「ああ、いや、とんでもない、こちらこそ」彼はこの事件にもうまみがあるかもしれない、と考えていた。「あなたの演奏を聴くことで、どれほど私が救われたか、言葉では言えないほどですよ」バーンズのなめらかな頰が興奮で染まり、手はキャロラインの手を握ったままだ。

「これは、いや、こんな状況ですが、じつにうれしい。コンサートホールのプリンセスに、こんなところでお目にかかれるとは、夢にも思いませんでした」

キャロラインの胃の中で、不快な固まりができはじめた。「ここは祖母の家なんです、バーンズ捜査官。数日前に来たところですわ」

バーンズの淡青色の瞳が心配そうに曇った。「今度のことでは、さぞ驚かれたでしょうね。できるだけ早く事件を解決するよう、全力を尽くすとお約束しますよ」

キャロラインはスージーの目を避け、小さく作り笑いを浮かべた。「それをうかがって、安心しました」

「なんでも、私にできることはなんでもします。どんなことでも」バーンズは足下においたフィールドキットを持ち上げた。「さて、現場を見にいこう、保安官」

バークは手招きし、バーンズのぴかぴかのイタリア製ローファーをちらっと見てから、妻にウィンクした。

「ちょっとキュートね」ふたりが林へ歩き出すと、スージーが判定した。「スーツとネクタイっていうタイプが好みならば」

「さいわい、今のわたしはどんなタイプも好みじゃないわ」

「わかるもんですか」スージーはブラウスをひらひらさせ、風を送った。「ねえ、銃の手入れの方法を勉強して、それから男性陣のために冷たいものでも作らない?」スージーは詮索するようにキャロラインを見た。「あなたが本物の有名人だなんて知らなかったわ。ミス・エディスが大げさに言ってるだけだと思っていたの」

「有名かどうかなんて、その人がどんな世界に生きているかによるものじゃない?」

「そうね」スージーは家のほうを向いた。キャロラインのことを好きになりはじめていたし、今のキャロラインには笑顔が必要に思えたので、スージーは彼女の肩に腕を回した。「ねえ、『オレンジ・ブロッサム・スペシャル』は弾ける?」

キャロラインは数日ぶりに本当の笑い声をあげた。「もちろん」

6

タッカーはバークの机に足を乗せ、足首を組んだ。待つのは平気だった——それどころか、待つことは彼の得意なもののひとつだった。タッカー本人でさえそうだったが、生来の怠惰とよく解釈されるものは、先天的にもっている無限の忍耐と、明快で乱れのない心のことなのだ。だがこのときは、彼の心は本人が望むように解放されてはいなかった。実は、昨夜はよく眠れなかったのだ。バークが戻ってくるのを待っている間、軽くうたた寝をするのは、賢明な時間の過ごし方に思えた。

FBIが現れて、スウィートウォーターに手を着ける、というニュースはあっという間に広まった。タッカーはもう、バーンズ特別捜査官が葬儀屋みたいな装いで、黄褐色のマーキュリーを運転しているのを知っていた。同様に、FBIの人間が殺人現場でやるようなことのために、バーンズがマクネア家の池へ行ったことも知っていた。

殺人事件。タッカーは小さくうなりながら、目を閉じた——このほうがリラックスする。そうして椅子に座り、天井の扇風機のきしむ音と、窓につけた役に立たないエアコンのうなる音を聞いていると、数ブロック先にあるパーマーの葬儀屋の死体置き場に、エダ・ルー・ヘイティンガーが横たわっているなんて、信じられなかった。

彼は顔をしかめた。自分が彼女と直接対決する覚悟をしていたのを思い出すと感じる不快感、ぞっとする気持ちに耐えようとしていた。もっと悪いことに、彼女との闘い、彼女がついには自分が新たなスウィートウォーターの女主人になることはないという事実を、その悪賢い頭に浸透させたとき、彼女の泣き声を聞くのを楽しみにさえしていたのだ。

もうはっきりと思い知らせる必要はなかった。彼女のプライドをずたずたにすることで、自分のプライドを救う必要も。

エダ・ルーがラーソンの店でレジのキーをたたく様子を、セクシーだと思うなどという過ちを犯し、ベッドをともにして、彼女の柔肌に手を出してしまったがゆえに、殺人の容疑を晴らすためのアリバイをでっち上げなくてはならなくなったのだ。

タッカーには非難される点はたくさんある。怠惰。これはタッカーの辞書では罪ではない。金銭に対して無頓着なこと。これはタッカーもあっさり認める。不倫については、異議があった。タッカーは夫のいる女性とは一度も寝たことがない——例外は二年ほど前のサリー・ギルフォードだが、彼女も法律上別居していた。臆病という点については、タッカーは慎重だと考えたかった。

しかし、今度は殺人だ。もしこれほど怯えていなかったら、とんだお笑いぐさだっただろう。彼の父親が生きていたなら、腹が裂けるほど大笑いしたに違いない。彼——タッカーが本当に恐れた唯一の男――は、息子を無理矢理に狩りへ連れ出したが、脅してもすかしても、その息子はなにもない場所しか撃たなかったのだ。

もちろん、エダ・ルーは撃たれたわけではない。彼女がほかの被害者と同じように殺されたのなら、違うはずだ。彼の頭にあるフランシーの姿にエダ・ルーの顔を置き換え、彼女のなめらかな白い肌に起こったことを想像するのは、たやすいことだった。タッカーはポケットの中のタバコを探した。

タッカーが先端をちぎり――今は四分の一インチほどちぎるようになっている――ちょうど火をつけたとき、ダークスーツを着て汗をかいた、不快そうな男を連れて、バークが戻ってきた。

一日の大半をFBIと過ごしてきたバークは、上機嫌ではなかった。彼はタッカーの足に顔をしかめながら、ドア近くにあるポールに帽子を投げた。

「くつろいでくれ」

「そうさせてもらってるよ」タッカーはふーっと煙を吐き出した。彼の胃袋は跳ね上がっていたが、物憂げな笑みをバークに向けた。「もっと新しい雑誌をいれておけよ、バーク。『フィールド&ストリーム』や『銃と弾薬』以外にも楽しむものが必要だ」

「『ジェントルマンズ・クォータリー』や『ピープル』を見つけたらそうするよ」

「ありがたい」タッカーはさらに一服吸いながら、バークの連れをじっと見た。ダークスーツは暑さでへたっていたが、男にはネクタイをゆるめるなんて考えもよらぬことらしい。理由はわからなかったが、その一点だけで、タッカーはバーンズを即座に嫌いになった。「僕のほうから出向いて、君たちに話をしたほうがいいだろうと思ったんだ」

バークはうなずき、権威を示そうと、机の向こう側に立った。「タッカー・ロングストリート、バーンズ特別捜査官だ」

「イノセンスへようこそ」タッカーは座ったまま、手を差し出した。バーンズの手が柔らかく、汗で少しじっとりしているのに満足した。「なにが特別なんだい、バーンズ捜査官?」

「そういう階級なんだ」バーンズはタッカーのすり減ったスニーカー、何気なく高価なコットンのスラックス、気取った笑みをじっと見た。嫌いなのはお互い様だった。「なにを話したいのかな、ミスター・ロングストリート?」

「それでは天候の話題からでも始めようか」タッカーはバークの警告する視線を無視した。「どうやら嵐になりそうだ。しばらくは涼しくなるかもしれない。それとも野球の話でもいいな。今夜オリオールズとヤンキーズの試合がある。今年のオリオールズは投手陣がいいんだ。けっこうやるかもしれないな」タッカーはタバコを吸った。「君は賭けごとはするかい、特別捜査官?」

「スポーツにはあまり関心がない」

「まあ、いいさ」タッカーは椅子の背にもたれながら、あくび混じりに言った。「僕なんか、どんなものにもあまり関心がないんだ。熱くなるっていうのは骨が折れるからね」

「核心にはいろう、タック」目つきでは効き目がなかったので、バークは穏やかに、たわごとを封じ込める口調を試した。「タッカーは被害者のエダ・ルーと知り合いで……」

「〝きわめて親密な〟という言葉が抜けている」タッカーが言い足した。また胃袋がひきつりだしたので、姿勢を変えて、タバコをもみ消した。

バーンズは三番目の椅子に腰掛けた。いらだたしいほど能率的な動き方で、ミニレコーダーと手帳をポケットから取り出した。「供述をしたいんだな」

「『恐れなければならないのは、恐怖そのものである』みたいな？」タッカーは背筋を伸ばした。「そういうわけじゃない。バークは君が僕に質問をしたがると思った。そこで協力的な市民として、僕はここでその質問に答えるってわけだ」

バーンズは冷静にレコーダーのスイッチを入れた。「君と被害者との間に関係があったと聞いている」

「僕らの間にあったのはセックスだ」

「おい、タック」

タッカーはバークをにらんだ。「それが真実なんだ。エダ・ルーと僕は何度か出かけ、いっしょに笑い、シーツにくるまった」彼の視線が鋭くなり、次のタバコに手を伸ばしたいのをこらえた。「二週間ほど前、僕はそれを終わらせた。彼女が結婚について話しはじめたからだ」

「君たちの情事は友好的に終わったのか？」

「そうは言えない。二日ほど前の食堂での大騒ぎについては、君も知っていることと思う。エダ・ルーは不満だったと言うほうが無難だな」

「君の言葉で言うと、ミスター・ロングストリート、ここにあるんだが」バーンズは鉛筆で手帳をたたいた。「彼女は腹を立て、動揺していた」

「そのふたつの言葉をエダ・ルーといっしょにすると、不満ということになる」

「彼女は君が約束したと主張した」

面倒くさそうに、タッカーは足をおろした。彼が揺らすと、椅子がきしんだ。「そこが問題なんだ、バーンズ捜査官、僕は約束はしていない。およそ守れないものだからね」

「そして彼女は公衆の面前で、自分が妊娠していると発表した」

「ああ、彼女はそうした」

「その後、君は、ええっと、〈チャット・アンド・チュウ〉だったかな？　そこを唐突に出ていった」バーンズが薄笑いを見せる。「君は不満だった、と言うのが無難かな、ミスター・ロングストリート？」

「食堂で彼女が僕にわめきちらし、初めて、それも一ダースもの人の前で、妊娠していると告げ、僕に責任をとらせると脅したから？　ああ」タッカーはゆっくり、考えながらうなずいた。

「そう言うのが無難だね」

「しかも君は彼女と結婚する気はなかった」

「まったく」

「すると、激怒し、ばつの悪い思いをさせられ、陥れられて、君は彼女を殺す動機があったわけだ」

タッカーは歯にそって舌を動かした。「僕が小切手帳を持っているかぎり、それはない」と言い、前屈みになる。彼の表情は険しいが、その声は、コーンブレッドに塗ったハチミツのようになめらかだった。「これについて君にはっきりしたことを教えてやろう。エダ・ルーはどん欲で、野心があり、賢かった。もしかしたら僕を脅して指輪交換の儀式へと引きずり込めると考えていたかもしれないが、充分にゼロが並んだ小切手があれば、それでも充分満足していたはずだ」

タッカーは立ち上がり、それから大きく深呼吸をしてから、机の角に腰を預けた。「僕は彼女が好きだった。以前ほどではなかったが、それでも充分にね。ある女性とベッドをともにして、その翌週に切り刻むようなまねはしない」

「それが起こったんだ」

タッカーの目に暗い影がさした。「僕のせいじゃない」

バーンズが一インチほどレコーダーを右にずらした。「君はアーネット・ギャントレーやフランシス・アリス・ローガンとも知り合いだった」

「僕も、それからイノセンスの全員もだ」

「彼女たちとも関係を持っていたかね？」

「彼女たちと何度かデートした。どちらとも寝てはいない」タッカーは記憶をたどり、唇を少しゆがめた。「もっともアーネットに対しては、努力しなかったわけじゃないが」

「彼女が拒んだ？」

「おい」うんざりして、タッカーは次のタバコを取り出した。禁煙を試みるには、最悪のタイミングのようだ。「僕たちは友達で、彼女は争いを望まなかった。実は、彼女はずっと僕の兄のドゥウェインを好きだったが、兄のほうは彼女に応じようとしなかったんだ。フランシーと僕とはふざけて、くすくす笑うっていう程度の関係さ」タッカーはタバコの先端をちぎって投げた。「彼女はやさしい女性だった」彼は目を閉じた。「フランシーについては話したくない」

「ほお？」

憤りがこみ上げてきた。「いいか、バークが彼女を発見したとき、僕はいっしょにいたんだ。君はああいうものを見るのに慣れているだろうが、僕は違う。特にそれが僕が好意をもっていた相手となればね」

「君が三人の女性全員に好意を持っていたとは、興味深いね」バーンズはおだやかに言った。

「そしてミセス・ローガンが発見されたのが、スプークホロウ？」その名称にバーンズは軽く鼻を鳴らした。「君の家から二マイルほどしかないな。さらにミス・ヘイティンガーが発見されたのがマクネア家の池で、君の家からは一マイルもない。ミス・ヘイティンガーと言い争いをしたその日、君はそこを訪れた」

「そのとおり。それ以外に何百回もね」

「ミス・ウェイバリーによれば、彼女と出会ったとき、君は緊張し、動揺していたように見えたそうだ」

「不満を感じていたっていうことで決着したのかと思っていた。ああ、そうだよ。だからあそこに立ち寄ったんだからな。とても静かな場所なんだ」

「しかも人目につかない。その夜、君がなにをしていたのか、話してもらえるかな、ミスター・ロングストリート？」

これは真実を告げるわけにはいかない。「妹のジョージーとジンをしていた」タッカーはまばたきひとつしないで嘘をついた。「僕が集中していなかったから、三十だか四十ドルだか巻き上げられた。それからいっしょに飲んで、ベッドにはいった」

「妹さんと別れたのは何時？」

「二時ごろ上にあがった。二時半かもしれない」

「バーンズ捜査官」バークが口をはさんだ。「エダ・ルーが発見された日の午後、タックは俺に会いにきたんだ。彼女から連絡がないし、電話にも出ないんで心配してた」

バーンズは眉を釣り上げた。「そう書いてあるね、保安官。どうして君は目の周りを黒くして現れたのかね、ミスター・ロングストリート？」

「エダ・ルーの父親にやられたんだ。それで彼女がいなくなっているのを知ったわけだ。彼はうちに車で乗りつけてきた。僕が彼女を隠していると思ったようだ。それから僕が彼女に中絶させるために、どこかへ行かせたものと考えついたらしい」

「被害者と中絶について話をしたかね？」

「彼女とどんな話もしないうちに、彼女は被害にあってしまった」タッカーは机から体を起こした。「僕に言えるのはこれですべてだ。まだ質問があるようなら、スウィートウォーターまで来てくれ。また会おう、バーク」

バークはドアがばたんと閉まるのを待った。「バーンズ捜査官、タッカーのことは生まれたときから知っている。彼がエダ・ルーのことでどんなに頭にきていようと、彼には彼女を殺すことなどできない」

バーンズはレコーダーのスイッチを切った。「私が客観的な目をもっているのは幸運なんじゃないかね？　さて、そろそろ葬儀屋へ行ってみよう、保安官。病理学者が来ているころだ」

タッカーはほとんどすべてを手に入れていた。自分のことだけを気にかけ、自分の生きたいような生き方をしている。そのことを示すために、なにをしなければならなかったのだろう？　肋骨は痛み、まぶたは腫れ、おまけに殺人の容疑者という珍しい経験までしている。

彼はイノセンスを飛び出し、時速八十マイルにまでスピードを上げた。

タッカーの考え方では、すべては女性に関係していた。タッカーがラーソンの店へ入るたびに、エダ・ルーがあんな風に近づいてこなかったら、彼女とデートをすることはなかっただろう。もしデラががみがみ言わなかったら、町へ行って、エダ・ルーにくどくど言われることもなかっただろう。もしあのミス・ウェイバリーが池へとぶらついてこなかったら、彼女に見られることもなかっただろう。「緊張して、動揺して」いるところを。

ちきしょう、そんな風に見えたって当然じゃないか。

タッカーはエダ・ルーのことで動揺して、吐き気がするくらい取り乱していた。彼女がどんなに卑劣であろうと、死に値するほどではない。だからといって、自分がそのことで苦しまなければならない理由はわからなかった。あのひとりよがりのヤンキー野郎が質問責めにして、いかにも警官らしい目つきで見ている間、じっと座って、聞いていなければならないなんて。

警官らしい目つきよりも悪かった、と思いながらタッカーはハンドルを切った。彼をかっとさせたのは、大都市のエリートがいかれた気さくな南部人を見下すような冷笑だった。

キャロライン・ウェイバリーも同じように彼を見た。きっと彼女は早合点をして、あのFBIに沼地での殺人を計画している薄汚い南部野郎と出くわしたなんて、話したのだろう。

マクネア家の小道を一ヤードほど過ぎて、タッカーは急ブレーキを踏んだ。車をUターンさせると、路上でタイヤが悲鳴をあげた。あのお高くとまった女と話をしに行くだけだ。

砂利を飛び散らせながら、タッカーは路上を騒々しく走っているピックアップには気づかなかった。赤いスポーツカーがやぶへと消えていくのに気づき、オースティンの黒くなった目が細くなった。脇に駐車しながら、彼の唇がにやりと広がった。

エンジンを切り、キーをポケットにいれてから、靴墨に手を伸ばす。バックミラーをじっと見て、目の下に黒いラインを引き、カモフラージュ用の帽子をなおした。窓に掛けてある中から、彼はレミントン・ウッズマスターを選び、弾が装塡されていることを確認した。まだ笑みをたたえたまま、トラックから出た。全身をカモフラージュ用の服に包み、弾薬ベルトに鋭い刃の狩猟用ナイフを押し込む。

狩りをするつもりだ。栄誉ある神のために。

キャロラインはひとりになるのは平気だった。スージーは楽しかったが、彼女のエネルギーに疲れてしまったのだ。それに、だれかが家に押し入ってきて、眠っている自分を殺すだなんて信じていなかった。所詮キャロラインはよそ者だし、彼女を傷つけたいと願うほど知っている人間はだれもいないのだ。ピストルをしまってしまった今、もう二度と触る気はなかった。

　キャロラインは自分のためにバイオリンを手に取った。到着してから、調律する以上のことをする時間はほとんどなかった。両手でそのなめらかで、艶《つや》のある木部をなで、弦にそっと触れた。これは練習ではない、と弓に樹脂を塗りながら思った。演奏会でもない。プレッシャーが強すぎて、思い出せないこともしばしばあったが、これは自分で音楽を奏でたいという強い欲求なのだ。

　目を閉じると、肩にバイオリオンを乗せた。頭も体も、自然に構える姿勢になる。まるで恋人を迎え入れる女性のように。

　キャロラインが選んだのはショパンで、その美しさ、安らかさ、そして消し去ることのできないかすかな悲しさが好きだった。いつものように、旋律はすべての空隙《すきま》を埋めてくれた。

　彼女の頭にはもはや死も不安もなかった。ルイスのことも裏切りも、失った、あるいはもともといなかった家族のことも考えなかった。音楽のことも考えず、ただ感じていた。

　涙のような調べだ。車からポーチへ向かいながら、タッカーはそう考えていた。熱くほとばしるような涙ではなく、ゆっくり、心をうずかせる涙。魂から流れ出すような。

だれにも聞こえないのに、自分の思いにタッカーは当惑した。ただのバイオリンの調べで、足でリズムを刻みたくもならない、クラシック音楽だ。だが、開いた窓から流れてくるのは、胸が張り裂けそうになる響きだ。しっかり感じ取った、とタッカーは誓えるぐらいだった。実際に、肌をふるわせるような調べだった。

タッカーはノックした。だがそっとたたいたため、本人にもほとんど聞こえないほどだった。それから手を伸ばし、スクリーンドアを開けると、中に入った。流れてくる調べに誘われて、静かに居間へと進んだ。

彼女は部屋の中央に立ち、窓のほうを向いていたので、タッカーから見えるのは、バイオリンに軽く頭を傾けた、彼女の横顔だった。そのまぶたは閉じられ、口元に浮かぶ笑みは音楽と同じように憂いに満ち、愛らしかった。

どうしてわかったのかはわからなかったが、その解け合った音色は、彼女の心から生まれたものだった。まるでささやく声で問いかけるように、そのまま空中に漂っているようだ。

タッカーは両手をポケットに滑り入れ、ドア枠に肩をもたせかけて、彼女といっしょに身を漂わせた。セックスとはいっさい関係ない場面で、女性のことをこれほど安らかで、穏やかな魅力をもち、しかもとても刺激的な存在だと感じるのは不思議だったし、もちろんタッカーにはかつてないことだった。

彼女の手が止まり、音楽がじょじょに静寂へと消えていくと、タッカーは体に苦痛を感じるほど深く落胆を感じた。判断力があれば、彼女の目がまだ夢見心地でいるうちにそっと外へ出て、ふたたびノックしていただろう。だが彼は本能のままに、拍手した。

キャロラインはぎょっとし、その体は一瞬のうちに張りつめ、その目からは不安が溢《あふ》れ、それからただの不快感に鋭くなった。

「いったいここでなにをしているの？」

「ノックしたんだよ」タッカーは池で会ったときと同じく、軽く肩をすくめ、にやりとした。「君は夢中になっていて、聞こえなかったようだね」

キャロラインはバイオリンを下ろしたが、弓は掲げたままだ。まるで刀を持った剣士のようでもある。「私が邪魔されたくなかったということもあり得るのよ」

「それを考えつかなかったとは言わないよ。だけど、音楽が好きなんだ。一番はR&Bで、ジャズも少々。しかし今のはたいしたもんだ。君がそれで生計をたてているのも不思議じゃないね」

キャロラインは彼に視線を向けたまま、バイオリンを置いた。「まあ、すてきなほめ言葉だこと」

「正直な感想さ。母が持っていたアクセサリーを思い出したよ。大きな琥珀の真ん中にパールが埋め込んであって、最高にきれいだが、悲しげでもあった。中のパールはひとりぼっちで、けっして外へ出ることができないんだ。演奏しているときの君はそんな風に見えた。いつも悲しい曲を演奏するの？」

「私は好きなものを弾きます」彼の傷は昨日よりさらに派手になっていた。そのせいで不品行で、危険な顔つきになっている。ちょうど、女にその腫れた場所になにか冷たいもの——たとえば自分の唇とか——を押しつけたいと思わせる少年みたいに。「私の家へ招かれもせずに入ってくるだけの理由がおあり、ミスター・ロングストリート?」

「タッカーと呼んでくれないかな。僕もキャロラインにするから。それともキャロ?」彼の歯がぱっと光った。「ミス・エディスがそう呼んでいたんだ。僕も好きだよ」

「質問の答えになっていないわ」

タッカーはドア枠から体を起こした。「ここらではご近所同士はよく訪問したりするんだ。だが、たまたま僕には目的があった。君、どうぞ掛けてって言うつもりは?」

キャロラインは頭をうしろにそらした。「いいえ」

「残念。君が意地悪になるほど、僕は好きになるんだ。あまのじゃくなところがあってね」

「それ以外は?」

タッカーはくすくす笑いながら、椅子の袖に腰掛けた。「まずはお互いにもっとよく知り合わなくちゃ。僕のことをだらしないって聞いてるかもしれないけどね、キャロライン、僕には僕の基準があるんだ」

「それはよかったわ」キャロラインは弓で手のひらをたたいた。「で、あなたの目的って?」

膝の上に足を乗せた彼は、まるで木陰にいる犬のように、すっかりくつろいでいた。「それにしても君の話し方ってすてきだね。ピーチアイスクリームみたいに洗練されていて、冷ややかな感じがする。僕はピーチアイスクリームが本当に好きなんだ」

唇がぴくつきそうになり、キャロラインは防御するように引き下げた。「今はあなたの好みにまったく関心がないし、お客をもてなす気分でもないの。とてもひどい二日間を過ごしたから」

気楽でユーモラスな雰囲気は消えた。「あんな風にエダ・ルーを見つけるなんて、さぞ辛かっただろうね」

「彼女のほうがもっと辛かったでしょうよ」

タッカーは立ち上がり、タバコに手を伸ばしながら、うろつきはじめた。「ここに二日もいたんだから、もうなにもかも聞いているんだろうな」

キャロラインは良心がうずくのを抑えられなかった。個人的な過ちについて、派手に憶測が跳んでいる中で、プライベートを維持するというのはけっして簡単ではない。キャロラインは知っていた。「このあたりでは、湿気だけじゃなくゴシップも満ちあふれているっていうことを言っているなら、反論はしないわ」

「君が考えたいと思うことを考えるのを、僕には止めることはできない。だが、僕の言い分も聞いてほしいんだ」

キャロラインは片眉を上げた。「私がなにを考えようと、あなたには関係ないわ」

「君は性急に結論を出し、それをあのぴかぴかの靴を履いたヤンキーに話した」

キャロラインは待った。部屋をうろつく彼の様子は、暴力よりもいらだたせるものだった。

キャロラインは肩の力を抜き、弓を置いた。「バーンズ捜査官のことを言っているなら、私は自分の見たことを話しただけよ。あなたは池のそばにいたわ」

タッカーの顔がぱっと彼女を見た。「もちろんいたさ。だが、だれかを殺すことを考えているように見えたか？」

「あなたは怒っているように見えたわ」キャロラインが言い返す。「あなたがなにを考えていたかなんて、知りません」

タッカーの足が止まり、振り返ると、彼女に一歩近づいた。「もしエダ・ルーをあんな目にあわせたのが僕だと思っているなら、身を守るために逃げ出さずに、こうして僕と話しているのはどうしてだ？」

キャロラインは顎を突き出した。「自分の身は自分で守れるわ。知っていることはすべてもう警察に話してしまったの。基本的になんの意味もなかったけれど。だから、私をどうにかする理由がないのよ」

タッカーは腰の脇で両手を握りしめた。「君は僕のことを、靴からこそげ落とした泥かなんかみたいに、ずっと見ている。その理由ならいくつか思いつくがね」

「私を脅さないで」キャロラインの中をアドレナリンが巡りはじめ、鼻と鼻が触れそうになるぐらいまで体を前に押し出した。「あなたみたいな人間なら知っているわ、タッカー。私があなたを手に入れるために、自分の道を見失ってしまわないことが、あなたには我慢できないんだわ。女性が関心を示さないと、男のプライドが傷つくのよ。そしてあのエダ・ルーのように、女性が関心をもつとさっさと追い払いたくなる。なんとかしてね」

それは不快なぐらい真実に近かった。「ハニー、女性のほうが近づいてきて、女性から去っていく。僕にとってなんの意味もないことだ。彼女たちのために嘆き悲しんだりしないし、もちろん殺したりもしない。それに君が道を見失うということに関しては……くそ！」

キャロラインが短い悲鳴をもらす間に、タッカーは彼女をつかむと、床へ押し倒した。ついで彼が上にがばっとのし掛かってくると、息が詰まった。爆音が聞こえ、一瞬頭が床板にぶつかった音だと思った。

「いったいどういうつもり……」

「起きるな。ちきしょう、なんてことだ」タッカーの顔は数インチのところにあり、キャロラインは彼の目になにかが動くのを見た。それは恐怖か、それとも抜け目なさか。

「いますぐ私から離れないと……」どうするつもりだったにせよ、次の発砲音が聞こえ、ふたりの頭のすぐ上にあったカウチのクッションに穴が開くのを見て、キャロラインはそれを忘れてしまった。「たいへん！」キャロラインの指がタッカーの腕に食い込んだ。「だれかが私たちを撃ってるわ」

「わかったようだね、シュガー」

「これからどうするの？」

「このままじっとして、やつがいなくなるのを願うこともできるが、あいつは消えないだろうな」ため息をつきながら、タッカーは彼女の額に額を当てたが、それはひどく心地よい動きだった。「くそ、あいつは君まで殺そうとするぐらい狂っている。しかもそれが神の意志だと思っているんだから」

「だれ?」キャロラインは彼の背中をたたいた。「だれなの?」

「エダ・ルーの父親さ」タッカーはかすかに頭を上げた。この状況では、キャロラインの唇がふっくらとしていて、なにもつけていない、という事実を長々と考えてはいられなかった。気づきはした――だが考え込みはしなかった。

「あの殺された人? 彼女の父親が外にいて、私たちを撃っているの?」

「まあ、僕をだけどね。だが、君に当たることもたいして気にしないだろう。僕の眉間を狙っているのが、窓の外に見えたんだ」

「そんなのおかしいわ。人の家を撃ちまくる人間がうろついているなんて、あり得ないことよ」

「機会があったら、必ずそう伝えるよ」やるべきことはひとつしかなかったが、それはタッカーが大嫌いなことだった。「ここに銃はあるか?」

「ええ。祖父のがね。ホールの向こうの書斎よ」

「君はここにいてくれ。寝そべったまま、静かにしているんだ」

キャロラインはうなずいた。「それならできるわ」タッカーが離れようとすると、キャロラインが彼のシャツをつかんだ。「彼を撃つの?」

「できればやりたくない」タッカーはカウチを壁にしてもそもそと後ずさり、一呼吸してから、なにもない場所へはいずり出た。ドアまでたどりつくと、もうキャロラインに流れ弾が当たることがないぐらい離れたと判断した。「オースティン、このろくでなし。ここには女性がいるんだぞ」

「おれの娘も女だった」また四四口径の弾が窓に当たり、ガラスを粉々に砕いた。「おまえを殺してやる、ロングストリート。天罰が下るんだ。おまえを殺してやる。それからおまえをばらばらに切り刻んでやる。おまえがエダ・ルーにやったようにな」

タッカーは両手の付け根を目に当てて、集中した。「レディを傷つけるようなまねはしたくないはずだ」

「そいつがレディかどうかなんてわかるもんか。おまえの新しい売女かもしれないじゃないか。神がおれの手を導いているんだ。目には目をってやつさ。あなたの神、主は焼き尽くす火（申命記第四章二四）。罪の報酬は死である（ローマ人の手紙第六章二三）」

オースティンが聖書を引用している間に、タッカーは腹這いになってホールを横切った。中に入ると、素早く動いた。レミントンをつかみ、汗ばんだ手で弾を装塡し、自分がそれを使わなくてはならないかもしれないという思いにむかついた。窓辺へ行くと、スクリーンドアから出て、這っていった。

ふたたび弾が撃ちこまれると、タッカーは体を丸くして、やぶへと突進しながら、思わず祈りを口走っていた。

オースティンは格好の場所を選んでいた。正面玄関から二ヤードもない、ぽつんと立ったカエデにもたれている。顔には汗が流れ、迷彩柄のシャツの背中は湿っている。彼はジーザスに呼びかけ、祈りと脅し文句をライフルの弾とともに浴びせかけていた。正面の窓はすべてこなごなに割れた。

オースティンは家へ突進し、終わりにすることもできた。だがタッカーが苦しんでいるのを知りたかったし、そうしなければならなかった。三十年以上の間、ロングストリートの人間に報復する方法を切望してきた。今、それを見つけたのだ。

「おまえの金玉を撃ち抜いてやる、タッカー。ご自慢のムスコを吹き飛ばしてやるよ。それこそ姦淫者に対する報いだ。おまえはムスコなしで地獄へ行くんだ。それが神のご意志だ。聞こえるか、この不信心な罪人が。おれの言っていることを聞いているのか？」

ほとんどためらうことなく、タッカーはライフルの銃身をオースティンの左耳に押し当てた。

「聞こえるよ。怒鳴る必要はない」震える手で持っている銃が揺れていることを、オースティンが気づかなければいいんだが。「銃をおろせ。じゃないと、あんたの頭に弾をぶちこまなきゃならない。いいか、それは僕にとって辛いことなんだ。あんたは死ぬだろうが、僕はこのシャツを捨てることになるからな。ほとんど新品なのに」

「殺してやる」オースティンが首を回そうとしたが、タッカーはライフルをぐっと押しつけた。

「今日は無理だな。さあ、その銃を放り投げて、それから弾薬ベルトをはずすんだ。ゆっくりだぞ」オースティンがためらうと、タッカーはまたつついた。タッカーの頭の中に、銃弾がオースティンの頭を突き抜け、向こう側の耳から飛び出すというぞっとする場面が浮かんだ。

「たしかに僕は銃の名手じゃないが、あんたの耳に銃身をつっこんでいたら、はずしようがないな」

オースティンが銃を捨てると、タッカーの呼吸は少し楽になった。「キャロライン」と叫ぶ。「バークに電話をして、急いでくるように言ってくれ。それからロープを持ってきてほしい」

弾薬ベルトが地面に落ちると、タッカーは脇へけっ飛ばした。「さて、僕のムスコがどうしたって、オースティン？」

二分後、キャロラインが長い洗濯用ロープをもって家から駆けだしてきた。「彼は今来るわ。私……」彼女は言葉をのみ、草の上に大の字に伏せている男を見下ろした。彼の顔は殴られたあとがあり、汗と黒い筋に汚れていた。迷彩服ががっしりした上体と鋼の梁のような脚を包んでいる。タッカーは彼を見下ろし、首筋に銃を突きつけているが、それでもつまようじのように細く、いかにも弱そうに見えた。

「ロープを持ってきたわ」キャロラインは声がきしみそうになり、ごくりとつばを飲み込んだ。

「けっこう。ハニー、早足で彼の後ろに回ってくれないか？」

唇を湿しながら、キャロラインはオースティンに近づくまいとした。「どうやって……この人はすごく大きいわ」

「言うこともでかい」タッカーはオースティンを軽く脚でつつかずにはいられなかった。「こいつはなんだかんだと怒鳴るのに忙しくて、罪人が背後に迫っているのが聞こえなかったんだ。これを撃てるかい？」

「ええ」キャロラインがライフルを見た。「一応」

「一応でいいさ。だろ、オースティン？　妙な動きを見せたら、彼女はきっとあんたの大事なものを吹き飛ばすからな。弾のはいった銃を持つ女性ほど危険なものはない。それがヤンキーの女性なら別だが。さて、僕がこいつを縛り上げる間、頭をしっかり狙っていてくれ」タッカーはキャロラインに銃を持たせた。めまいがするほど顔に安堵の色を浮かべたふたりの視線がからむ。この瞬間にふたりは親友となった。

「そのままでいるんだよ、シュガー。僕に向けないでくれ。さて、彼が動いたら、指に力をいれるだけでいい。それから目を閉じるんだ。彼の頭が吹っ飛ぶだろうし、君にそんな気味悪いものを見てほしくないからね」

タッカーがウィンクしたことで、この警告はオースティンに向けられたものだとキャロラインは理解した。「わかったわ。でもちょっと震えているから、その気がないのに力がはいっちゃったりしないといいんだけど」

タッカーはにやにやしながら、オースティンの手を縛るためにしゃがんだ。「できるだけでいいよ、キャロ。だれもそれ以上は望めない。手足を縛るぞ、オースティン。よくお似合いだ」タッカーはロープを輪にして、ぐっと引っ張り、オースティンのたくましい脚をそらさせた。「このレディの窓を全部吹き飛ばすなんて、正しいことじゃないよ。ソファまでだめにしたんだぞ。ミス・エディスはあのソファがお気に入りだったのに」

タッカーは後ろにさがり、キャロラインから銃を受け取った。「ダーリン、ビールをもってきてくれないか？　喉が乾いた」

おかしなことにキャロラインは笑い出したくなった。「あの……ビールはないの……ワインならあるわ。シャルドネが」彼女らしくないはっきりしない話し方だった。

「それでもいいよ」

「わかったわ。ええ……もちろん」キャロラインはステップを上がりはじめた。振り返ると、タッカーがタバコを取り出している。ふらつく頭に手を当てながら、彼が先端をちぎるのを見た。「どうしてそんなことをするの?」

「ん?」タッカーがマッチをすりながら、横目で見た。

「どうして先端をちぎるの?」

「ああ」タッカーはとても幸せそうに煙を吸った。「禁煙するつもりなんだ。そのためには実際的な方法に思えたのさ。二週間後には、喫煙量が半分に減ることになる」タッカーは彼女にとても魅力的な笑顔をみせたが、紙のように青ざめていた。「さて、そのシャルドネを大きなグラスについできてくれるかい、どう?」

「ええ」サイレンが聞こえてきて、キャロラインは震える吐息をもらした。タッカーからも同じ安堵のため息が聞こえるほどそばにいた。「すぐに」中に入るとキャロラインはスクリーンドアをばたんと閉めた。

7

雷鳴が東の空で轟いた。キャロラインがミシシッピを越えてからはじめて感じるその風が、カエデの葉をそよがせた。そこは、三十分前には男が装塡したライフルをもって立っていた場所だ。

筋が通っているとも、あるいは起こりうるとも思えなかった。だがキャロラインはポーチのステップに腰をおろして、水用のグラスでシャルドネを飲み、彼女とタッカーの腰の間にはワインの瓶がはさまっていた。

私の人生に、なにやら興味深いねじりやひねりが加えられたようだ、とキャロラインはごくごくとワインを飲みながら考えた。

「これはうまいな」タッカーはワインを揺らした。彼はまた陽気な雰囲気――彼の好きな状態――になりはじめていた。

「特に好きなワインなの」

「僕も特に気にいったよ」タッカーは首を回し、彼女に微笑みかけた。「いい風だ」

「とても気持ちいいわ」

「雨を待ってたんだ」

「ええ、そうね」

タッカーは肘で上体を支え、顔を涼風に向けた。「この風向きなら、君の居間に吹き込むことはなさそうだな」

ほとんど無意識にキャロラインは後ろの、粉々になった窓を見た。「そう、それはいいニュースだわ。カウチを水浸しにはしたくなかったの。今なら穴がひとつ開いているだけだし」

タッカーは彼女の背中をやさしくたたいた。「君はたいした人だ、キャロ。女性の中にはわめくか、叫ぶか、失神するような人がいるだろうが、君はちゃんともちこたえた」

「そうね」自分のグラスがほとんど空だったので、キャロラインはつぎ足した。「タッカー、この地域に関する質問をしてもいいかしら？」

タッカーはグラスを差しだし、彼女がそそいでくれると、上質のワインと上質のワインが出合って奏でる調べを楽しんだ。「今なら、ほとんどどんなことでも訊いてくれていいよ、スウィーティ」

「興味があるの。殺人とか撃ち合いっていうのは、この州のこのあたりではよくあることなの、それとも一時的なもの？」

「それはね」タッカーはグラスのワインをじっと見つめてから、口にふくんだ。「イノセンスに関して言えば、うちの家族が戦前に来て以来——戦争って南北戦争のことだよ」

「でしょうね」

「それについては自信があるんだ。君が考えているような殺人は、ここらではじめてだと言うしかないだろうな。僕が子供のころに、ホワイトフォード・タルボットがカル・ビュフォードの背中に立派な穴を開けたことがある。だが、おいぼれカルが自分のベッドルームの窓の外にある樋にぶら下がって揺れているところをホワイトフォードが見つけてしまったからなんだ。そしてホワイトフォードの妻、ルビー・タルボットっていうんだが、彼女はそのときベッドで素っ裸だった」

「それはぜんぜん違う事件だわ」キャロラインが片を付けた。

「そうなんだ。あとは、五年はたってないと思うんだが、ボニー兄弟とシバー家の連中が散弾で撃ち合ったことがある。だけどあれはたかが豚をめぐってのことだった。しかも彼らがいとこ同士で、いかれていたこともあって、だれもたいして気に留めなかった」

「でしょうね」

なんてことだ、とタッカーは思った。キャロラインのことが好きだった。友達との間に感じるような気さくさを感じるとともに、肉体的にも惹かれていた。

「だが、ふだんのイノセンスはきわめて平穏なところだ」

キャロラインはグラスの縁越しに眉をひそめた。「あなたもするの？」

「なんのことだい？」

「あの少しいかれた、古き良き南部人がよくすること」

タッカーはにやりとして、ワインを飲んだ。「ふさわしいと思えるときだけ」

キャロラインはため息をついて、遠くを見た。空は黒くなり、ときおり響く雷は、すばやく光る稲妻とともに近づいてきている。だが、ただ座っているのはいい気分、とてもいい気分だった。

「あなた、心配じゃないの？　保安官があの人を連行するとき、あなたを殺してやるってののしり続けていたわ」

「気にしたってしょうがないさ」だが彼女の不安げな声がワインを揺らした。タッカーはさりげなく腕を彼女の肩に回した。「心配いらないよ、スウィートハート。僕のことで気をもんでほしくないな」

キャロラインが首を回した。またしても彼の顔が数インチのところにあった。「ちょっと悪趣味じゃない？　死ぬか生きるかっていう経験を誘惑の手段にするなんて」

「まいったな」タッカーは笑うだけの気だてのよさはあったが、腕をどかさないくらい場数も踏んでいた。「いつも男に対してそんなに警戒するの？」

「特定のタイプの男性にはね」キャロラインは手をあげて、肩からタッカーの腕をはずした。「冷たいじゃないか、キャロ、あんな体験を共有した仲なのに」残念そうにため息をつきながら、タッカーは彼女のグラスにグラスを合わせた。「僕を夕食に招待する気はない？」

キャロラインの唇がひきつった。「その気はないわ」

「もしかして、また一曲演奏してくれるとか」

キャロラインの顔から微笑が消え、ただ首を振った。「だれかのために弾くのはやめているの」

「それは残念だ。そうだ、じゃあ僕がやるよ」

驚いたようにキャロラインの眉がつり上がった。「あなた、バイオリンを弾くの?」

「まさか。ラジオをつけるのさ」立ち上がったタッカーは、急にワインの酔いが回っていることに気づいた。だが、いやな気分ではない。自分の車へとぶらぶら歩いていき、カセットテープをより分けた。一本選び出してから、キーをいれて補助電源の位置に回し、カセットをいれた。

『ブルーベリーヒル』が流れてくると、「ファッツ・ドミノだ」とタッカーは敬意をこめて言った。戻って、手をさしのべる。「おいで」キャロラインが断るよりも早く、彼は彼女を立たせ、腕の中へ引き寄せた。「美しい女性と踊りもせず、この歌をただ聞いているなんてできないよ」

キャロラインには抗議することも、身をふりほどくこともできた。だが、これは害があるわけではない、この二十四時間のことを考えると、ちょっとした無害な気晴らしがキャロラインには必要だった。だから、彼にもたれて、歩道から芝生へと流れるように移動していく彼の動きを楽しみ、タッカーに背中をさっと倒されると笑い声をあげ、ワインのせいで頭がぐるぐる回っているのをうれしく思った。

「気分はいい?」彼がささやいた。

「ふーん。あなたってすてきね、タッカー。すてきすぎるわ。でも撃たれるよりは、はるかにいい気分よ」

「僕もそう思っていた」タッカーは頬を彼女の髪にすり寄せた。肌触りはまるでシルクのように柔らかい。昔からずっときれいな肌合いに目がなかったため、自分の頬とは対照的にバターのようになめらかな彼女の頬、誘導していく彼の手の下で動く彼女のブラウスなどを、意識せずにはいられなかった。かすめたり、ぶつかったりする彼女の太股のなんと長くて、細いこと。性的な引力は意外ではなかった。呼吸をするのと同じように自然なことだ。タッカーにとって意外だったのは、彼女を肩に抱えて、家の中に入り、階上へ行きたい、という圧倒的な欲望だった。女性とは、ゆっくり気楽に接して、追いかけることを楽しみ、溺れないのが彼の好むやり方だった。嵐の前の、静かでまろやかな光を帯びた空気の中で彼女とダンスをしていると、タッカーはぴりぴりしてきた。

タッカーはそれを半分は酔っているせいだと思うことにした。

「雨だわ」キャロラインがささやいた。彼女のまぶたは閉じられ、体は彼といっしょに揺れている。

「うん」キャロラインの髪や肌から雨の匂いが感じられ、それがタッカーを夢中にさせた。

キャロラインはにっこり微笑み、服にゆっくりと大粒の雨がしみこんでいくのを味わった。今までの私の人生には、ライフルの射撃なんてなかった、と思った。でも、それをいうなら、雨の中でのダンスだってなかった。「すてきだわ。とっても気持ちがいい」

タッカーは、雨粒が肌に触れたら音をたてるほど熱く感じ、そうならないことに驚いた。気がつくと、彼の歯がキャロラインの耳に触れ、軽く耳たぶを嚙むと、彼女がさっと驚いたように震え、その感触がタッカーを貫いた。

タッカーの口が彼女の顎の線をなぞっていくと、キャロラインの目がぱっと開き、一瞬どんよりとした。なにか熱くて、甘美なものが彼女の中でうごめいたが、それをなんとか押しやった。タッカーの唇が彼女の唇に重なる寸前、キャロラインは手を彼の胸に当て、ぐっと押した。

「なにをするつもり?」

タッカーは目をぱちくりさせた。「君にキスするんだ」

「だめ」

つかの間、タッカーは彼女を見つめた。雨のつたわる彼女の髪を、強い決断と同じくらい激しい情熱を裏切っている彼女の目を。彼女の抗議する手を無視して、欲しいものを奪いたい、と思った。だがそうはできず、ただため息混じりにののしった。

「キャロライン、難しい人だね」

彼女の頭の警報ベルが静まっていった。唇が少しゆるむ。彼は無理強いする気はなさそうだ。

「そう言われるわ」

「まとわりついて、君の気を変えてみせるよ」

「できるもんですか」

彼の目が笑った。それからゆっくりと彼女の背中をなで下ろしてから、彼女を解放した。

「難題のようだね。だけど、今日はたいへんな一日だっただろうから、またにするよ」

「感謝するわ」

「当然だ」タッカーは彼女の手をとり、そのこぶしを親指でそっとなでた。あろうことか、キャロラインはつま先まで震えが走るのを感じた。「君は僕のことを考えるよ、キャロライン、今夜ベッドに潜り込むときにね」

「私が考えるのは、あの窓の修理だわ」

タッカーの視線がキャロラインの向こう側にある、古びた木枠から出ているぎざぎざのガラスへ移った。「あれは僕のせいだ」タッカーが言った。彼の目には、どうしてふたりが雨の中で手を取り合うようになったのかを思い出させるすごみがあった。

「あれはオースティン・ヘイティンガーのせいだわ」軽やかにキャロラインは言った。「だからって、彼が窓を直してくれるわけじゃないけど」

「僕がなんとかしよう」タッカーは彼女に目を戻した。「濡れている君は本当にかわいいよ。これ以上そばにいると、また君にキスしようとしてしまうな」

「じゃあ、もう行って」キャロラインは手を引き戻しはじめ、彼の車に目を向けた。笑いがこみ上げてきた。「タッカー、車の屋根を下げたままだって知ってた？」

「くそ」タッカーは振り返ると、じっと見つめた。車内の白い革カバーで雨粒がはねている。

「だから女性はトラブルのもとだっていうんだ。気持ちをよそへ向けさせるからな」キャロラインが手を自由にする前に、タッカーは自分の口元へ運び、ゆっくりとキスをして、最後にそっと歯をたてた。「また来るよ、キャロライン」

キャロラインは微笑みながら、後ずさった。「じゃあ、窓ガラスとハンマーを持ってきてね」

タッカーは屋根を上げようともせずに、車に身を滑らせた。エンジンをかけ、派手に投げキッスをすると、小道をスタートした。バックミラーを見ると、キャロラインが雨の中に立ち、彼女の髪は濡れた小麦のようで、服は体の曲線にぴったり張りついていた。ファッツ・ドミノが声を張り上げた。〝あんまりじゃないか〟タッカーもまったく同意見だった。

キャロラインは彼が見えなくなるのを待ってからステップへ戻り、腰を下ろして、雨で薄まったワインを飲んだ。スージーの言ったとおりだ、と思った。タッカー・ロングストリートは彼女同様、人殺しではない。それに彼には独特の流儀がある。キャロラインはキスされた手を頰に当て、長く、震える吐息をもらした。

キャロラインのほうに興味がないのはいいことだ。目を閉じながら、顔を雨に仰向けた。とってもいいことだ。

翌朝目覚めたとき、キャロラインは最悪の気分だった。よく眠れなかったし、なんと彼のことを考えてしまったのだ。それと、トタン屋根に当たる雨音のせいで、夜の間、長いこと寝返りを打っていた。ほとんどあきらめて、ドクター・パラモの最後の処方箋でもらった、残っている睡眠薬を飲もうかと考えた。

だが、キャロラインは抵抗した。なにかを自分自身に証明したかったのだ。その結果、むっとする陽射しの中、疲れた目を開けることになった。それに加えて、ワインのせいで頭ががんがんしている。

アスピリンを飲んでシャワーの下に立ったとき、キャロラインは責任の所在がどこにあるかをはっきり知った。タッカーがいなかったら、ワインを飲み過ぎることはなかっただろう。タッカーがいなかったら、夜中まで目を覚まして、望んでもいない性的なうずきに苦しむこともなかっただろう。そしてもしタッカーがいなかったら、家に穴が開くこともなく、ハエや蚊や、その他、家にはいってきて彼女と同居しようと決めたものたちに対処する必要もなかっただろう。

平和と静穏なんてそんなものね、とシャワーから出て、体を拭きながらキャロラインは思った。癒やしのための静寂もおしまい。不運にもタッカーと出会ってしまったために、キャロラインの生活は大混乱に巻き込まれてしまった。死んだ女性に、ライフルをもった異常者。ひとりごとを言いながら、キャロラインはローブを羽織った。いったいどうして南フランスへ行って、込み合ったすてきなビーチで全身を焼こうとしなかったのだろう。

それはうちへ帰りたかったから、とキャロラインはため息をついた。この家で過ごしたのは子供時代の、貴重なほんの短い期間でしかなかったが、それでもここは彼女にとって〝うち〟に一番近いものだった。

なににも、そしてだれにも、それを壊させはしない。キャロラインは痛む頭を片手で押さえながら、階下へおりた。静かに過ごすつもりだった。ポーチに腰掛け、夕焼けを眺め、花の手入れをし、音楽を聴く。好きなように、穏やかで孤独なときを過ごすのだ。今すぐに始めよう。

顎に力をいれ、表玄関を押し開けた。そして絞めつけた悲鳴をもらした。

頬と肩に傷のある、ブラマ牛のような黒人の男が、割れた窓のそばに立っていた。男の手でなにか金属が光るのが見える。キャロラインの頭の中は、すごい勢いで回転した。家の中に駆け込んで、電話に飛びつくか。車まで走り、キーが差してあることを願うか。その場に立って、悲鳴をあげるか。

「ミズ・ウェイバリーですね？」

必死になって考えてから、ようやくキャロラインは声を絞り出した。「保安官を呼んだわ」

「ええ、タックからあなたがここで面倒な目にあったと聞きました」

「そう、私……なんですって？」

「ヘイティンガーがお宅の窓を吹き飛ばし、保安官があいつを留置所にぶち込んだ。俺がすぐに手当てすることになってるんです」

「手当てするって？」

キャロラインは彼の手が動くのを見て、ひいっと息を吸い込んだ。だが、彼の手にあった金属が巻き尺だと気づくと、ふうっと吐き出した。彼女が脈拍を下げようとしている間に、彼はガラスをはめ込む空間の長さを測った。

「窓を直してくれるのね」

「そう。ゆうべタックが電話してきたんです。俺が来ることを、朝までにあなたに知らせておくから、俺は寸法を測って、ガラスをはめ込めばいいって」彼の栗色の目が揺れ、それから穏やかながら面白そうな表情をたたえた。「彼は知らせなかったようだね」

「ええ」安堵と不快感がこみ上げてきて、キャロラインはどきどきしている胸に手をあてた。

「そう、彼は言わなかったわ」

「タックはあなたが信頼できると呼べるタイプじゃないんだ」

「そのことは私もわかりはじめたわ」

うなずきながら、彼はメモ帳に数字を書き留めた。「あなたを驚かしてしまったんだね」

「それはいいのよ」キャロラインは作り笑いを浮かべた。「慣れてきたようだから」気持ちを落ち着けようと、湿った髪を指でかき上げた。「まだ名前を聞いてなかったわ」

「トビー・マーチです」彼は挨拶のしるしとして、つぶれた野球帽のつばをぐいっと引っ張った。「何でも屋みたいなことをやってます」

「どうぞよろしく、ミスター・マーチ」

一瞬ためらってから、彼は差し出された手を握った。「トビーと呼んでください。みんなそう言いますから」

「わかったわ、トビー。こんなに早く取りかかってくれてありがとう」

「仕事をもらえてありがたいんです。ほうきを貸してもらえたら、この割れたガラスを片づけておきますよ」

「お願いするわ。コーヒーはいかが?」

「どうぞ気をつかわないでください」

「気なんかつかわないわ。ちょうどいれようと思っていたの」

「それなら、ちょうだいします。できればブラックに砂糖を三つお願いします」

「すぐに持ってくるわ」電話が鳴りはじめた。「失礼」

額に手を当てながら、キャロラインはホールへ急ぎ、受話器を取った。「もしもし？」

「ねえ、あなたって刺激的な毎日を送っているようね」

「スージー」キャロラインは階段の手すりにもたれた。「小さな町は平穏だなんて、いったいだれが言ったの？」

「住んでる人間じゃないわね。それはともかく、あなたは無事だってバークから聞いたわ。自分で見にいこうと思ったんだけど、息子の友達が泊まりに来ちゃったのよ。見張っていたって、うちは戦場みたいになっちゃうの」

「私なら大丈夫よ」ただ二日酔いで、神経がずたずたで、ありがたくない性的な苛立ちを感じているだけ。「ちょっと疲れたけど」

「あたりまえだわ。実はね、明日うちでバーベキューをするの。ここへ来て、日陰に座って、動けなくなるまで食べて、悩み事のすべてを忘れちゃいなさいよ」

「とてもそそられるわ」

「五時よ。町に入ったら、マーケットの端まで言って、マグノリアで左折。うちは右側の三軒目。白い鎧戸の黄色い家よ。リブの焦げる匂いをたどれば、すぐわかるわ」

「わかった。ありがとう、スージー」

キャロラインは受話器を置いて、キッチンへ向かった。コーヒーをセットし、トースターにパンをいれ、ワイルドラズベリーのジャムを取り出した。外では湿った草を太陽がじりじり照らし、自然の熱い匂いはコーヒーと同じくらい魅力的だ。キツツキが朝食をつつこうとして、木の側面に止まったのが見えた。

ポーチからはトビーの豊かなバリトンが聞こえた。平和の探索をうたった、体を揺さぶるようなゴスペルだった。

キャロラインは頭痛が消え、目がはっきりしていることに気づいた。

概して言えば、うちにいるのはいいことなのだ。

さほど遠くない場所で、汗ばんだシーツと絡み合って、うめきながら眠っている人間がいた。まるで暗くてねじれた川のように、夢が流れている。セックスの夢、血の夢、パワーの夢。必ずしも夢は日中に思い出すわけではない。ときには、目覚める瞬間によぎり、かみそりのような羽の蝶が頭の中を切るように進み、ひりひりする浅い傷を残していく。

女。いつでも女がいる。あの残忍で、へらへら笑う雌犬。やつらのなめらかな肌やまろやかな香り、熱い匂いへの欲望は憎悪すべきものだ。長い目で見れば、打ち勝つことができるだろう。何日か、何週間か、何カ月かの間にはやさしさ、ぬくもり、尊敬さえも生まれるかもしれない。だがその後、そのうちのひとつがたいしたことをしでかしてしまう。処罰が必要なたいしたことを。

苦痛が始まり、渇望が強くなる。そして血以外のどんなものでも癒やすことはできない。だが、苦痛の中でも、渇望の中にいても、悪知恵はある。やつらがどう見えようと、やつらがどんなにもがこうと、だれも証拠を見つけられないと考えると、激しい満足感があった。

イノセンスには狂気が生きている。だが、それはうまく覆い隠されている。夏が過ぎていくにつれ、反抗的な宿主の中で腐敗していくだろう。微笑みながら。

ドクター・テオドール・ルーベンスタイン——友人の間ではテディ——は、ふたつ目のチェリーデニッシュをあっという間に平らげると、ぬるくなったペプシを瓶から流し込んだ。彼はどうしてもコーヒーが好きになれなかった。

テディは四十回目の誕生日を過ぎたところで、豊かな茶色の髪にグリーシャン・フォーミュラ四四を使い始めたところだ。彼ははげてはいなかった——ありがたいことに——が、白髪の束がもたらす職業にふさわしい外見が好きでなかった。

テディは自分のことを楽しいことの好きな人間だと考えていた。小さな黒い眼、少しへこんだ顎、血色の悪い肌合いをもつ自分が、心を揺さぶるようなハンサムでないことは知っていた。彼は女性たちの気をひくためにユーモアを用いた。

人格は完璧な横顔と同じくらいたくさんの女性を捕まえる、という考え方が好きだった。鼻歌をうたいながら、彼はパーマーの店の遺体保安室にあるシンクで手をごしごし洗った。

シンクはジーザスのだまし絵の真下にあった。楽しむために、テディは体を左右に揺らした。左に動くと、ジーザスは赤いローブを着て、やさしそうな表情をし、胸に浮き彫りになったバレンタイン型の心臓へと手を持ち上げていた。いっぽう、右へずれると、一瞬顔は震え、それから悲しみと苦痛の色に変わる。栗色の髪の上にはイバラの冠、傷ついた聡明そうな額には細く血が流れていることを思えば、当然のことだった。

パーマーはどちらの姿を好んでいるのだろうと思いながら、テディは温風乾燥機に手を伸ばした。自分がどこに立てば、ふたつの姿をひとつに合体させられるか、はっきり場所を見つけようとしながら、手を乾かした。彼の後ろでは、磁器の遺体処理台の上に、エダ・ルー・ヘイティンガーが裸で横たわっていた。昔風の台で、側面には排水用の溝がついている。無情な蛍光灯に照らされて彼女の肌は青ざめていた。

こんなものでテディのデニッシュへの食欲が失せることはなかった。彼が病理学を選んだのは、医学部へ進むと期待されていたからだ。ルーベンスタイン家は代々医者で、テディは四代目だった。だが、インターンシップの最初の年が終わるよりもずっと前から、病人に対してほとんど異常なほどの憎悪を感じていることに気づいてしまったのだ。

死人は別だ。

遺体と相対することは、ぜんぜん苦にならなかった。ぜーぜーいったり、うめいたりする患者のいる病院の巡回にはうんざりしていた。だが、はじめて解剖を見学するよう命じられたとき、彼は天職をみつけたと知ったのだ。

死人は文句を言わず、死人は助ける必要がなく、そして死人はぜったいに医療事故で訴えることもない。

それよりも死人はパズルのようだった。ばらばらにして、悪い場所を突き止め、報告書をまとめるのだ。

テディはパズルが得意だったし、自分が生者よりも死者を相手にするほうがはるかに優秀であることを知っていた。彼のふたりの元妻は、彼には思いやりがなく、わがままで、ユーモアのセンスが悪趣味で不快だ、と夢中になって言い立てることだろう。だがテディ本人は、自分がじつに面白い男だと考えているのだった。

遺体の手に喜びのブザーを取りつけることは、退屈な検視解剖を活気づける確実な方法だった。

バーンズはそうは思わないだろう。だが、バーンズを苛立たせるのもテディには楽しかった。彼は外科用手袋をはめながら、にんまりした。テディは何週間も、あるトリックに取り組んでいて、まじめで偏屈なマット・バーンズのような人間を引き入れるチャンスを待っていたのだ。彼に必要なのは、いい頃合いに切り刻まれた犠牲者だけだった。

テディはエダ・ルーに感謝の投げキスを送り、テープレコーダーのスイッチを入れた。「解剖対象は」と強い南部訛りで始めた。「女性、白人、二十代半ば、名前はエダ・ルー・ヘイティンガー。身長五フィート五インチ、体重百二十六ポンド。しかもみなさん、彼女は昔風の見事な曲線美の持ち主だ」

これでバーンズはかりかりするだろう、とテディはうれしくなった。

「今日のゲストは多数の刺し傷がある。失礼、エダ・ルー」彼は数をかぞえた。「二十二カ所。主に胸、胴体、性器に集中している。頸動脈、気管、咽頭を水平に切断するのに用いられたのは鋭くて、なめらかな刃をもつ凶器である。角度と深さから見て、左から右へ、つまり加害者は右利きであると言える。一般的に言うと、紳士淑女のみなさん、彼女の喉は耳から耳へ切り裂かれ、その凶器はおそらく……」彼は口笛を吹きながら測定した。「刃渡り六から七インチのナイフ。だれかクロコダイル・ダンディーを見たかな？」彼はきついオージー訛りをためしてみた。「そう、あのナイフだ！　ほかの外傷の様子からして、この喉の傷が死因と考えられる。きっとそうだ。私は医者だぞ」

《夏の日の恋》を口笛で吹きながら、作業を続けた。「頭部の下のほうに、重くて、表面がざらざらしたものによる強打の跡」ていねいにピンセットで断片を引き抜いた。「材木か樹皮の断片を袋に入れたので科学捜査班へ。被害者は木の枝で殴られた、ということで同意できると思う。生前に殴られている。もし刑事さんたちが、殴られたことで被害者が意識を失ったと結論づけたなら、バルバドスまでの無料チケットをペアでと、サムソナイトのバッグセットを獲得することになるだろう」

ドアが開き、テディは顔を上げた。バーンズがうなずき、テディは微笑んだ。「特別捜査官マシュー・バーンズが名人の仕事ぶりを見学するために到着したことを記録。そんなに暇なのかい、バーンズ？」

「はかどってるか?」

「ああ、エダ・ルーと仲良くなりつつあるよ。あとでダンスをするつもりだ」

バーンズのこわばった顎から、奥歯をかみしめているのがわかった。「いつものことだが、ルーベンスタイン、あんたのユーモアは不快で、おもしろくない」

「エダ・ルーは楽しんでるよ、そうだろ、かわいこちゃん?」テディは彼女の手をたたいた。「手首と足首に打ち身とすり傷」道具を使って、場所を特定すると、小さな白い繊維を取り除き、袋に入れながら、発見したものについて陽気に詳述しつづけた。

バーンズはそれから十五分間じっと耐えた。「性的暴行を受けているか?」

「きわめて判断しにくいな」テディは口をすぼめた。「組織片をとる」テディが取りかかると、バーンズは目をそむけた。「彼女は水中に十二から十四時間浸かっていた。試験前のおおざっぱな推測では、六月十六日の夜十一時から三時の間に死んだものと思われる」

「結果を早くほしい。できるだけ早く《ASAP》だ」

テディは皮膚をひっかき続けた。「ああ、君が頭文字で話すのが大好きなんだ」

バーンズは彼を無視した。「彼女について知るべきことはすべて知りたい。いつ、なにを食べたか。薬かアルコールを摂取していたか。性交渉はどうか。彼女は妊娠していたらしい。何週目だったかを知りたい」

「では、見てみようかな」テディは後ろを向いて、器具を交換するふりをした。「左臼歯を見てみたいんじゃないかな。なかなか興味深いよ」

「彼女の歯が？」

「そのとおり。こんなのを見たのは初めてだ」

興味をそそられて、バーンズが身を乗り出した。彼はエダ・ルーの口を開け、目を細めた。

「キスして、おバカさん」彼女が言うと、バーンズは悲鳴をあげ、後ろへよろめいた。

「な、なんだこりゃ！」

腹をかかえて大笑いしたテディは、腰を下ろすか、倒れるしかなかった。この一瞬のためだけに、何カ月も腹話術の練習を積んできたのだ。バーンズの顔にある狂気を漂わせるほどのパニックを見るだけで、その努力は報われた。

「君はたいした男だ、バーンズ。死んだ女性まで惚れ込むんだから」

ひっしで自分を抑えながら、バーンズは腰でこぶしを握りしめた。もしルーベンスタインをぶっとばしたら、自分が報告書に記す以外、選択肢はなくなる。「あんたは、心底狂ってる」

テディはただバーンズの白い顔を指さし、それからエダ・ルーの灰色の顔を差し、ぜいぜい言った。

脅したところで無駄だ、とバーンズは知っていた。公式に苦情を申し立てたところで、正式に書き留められ、そして無視されるだろう。ルーベンスタインは一番だ。変人であることはだれもが知っているが、それでも最高なのだ。

「今日中に検査結果を知らせてくれ、ルーベンスタイン。あんたはひじょうに面白がっているようだが、私は精神病質者を止めなければならないんだ」

テディは口がきけず、ただうなずいて、痛む脇腹を押さえた。バーンズが勢いよく出ていくと、テディは涙をぬぐい、スツールから滑り降りた。「エダ・ルー、ハニー」彼の声は、まだ楽しそうに息が切れていた。「君の協力には、感謝しきれないよ。このことで、君は歴史に名をとどめることになる。ＤＣにいる連中もおおいに気に入るだろう」

口笛を吹きながら、彼はメスを持ち、作業に戻った。

8

ダーリーン・フラー・タルボットは寝室の窓からはいってくる、トゥルースデール家のバーベキューのにぎわいを聞いていた。お高くとまったスージー・トゥルースデールが隣人をパーティに招きもしなかったことを、あんまりだと思っていた。

悩みを忘れるために、ダーリーンはパーティを楽しんだろうに。

もちろんスージーとダーリーンは仲良くつきあっているわけではない。スージーはロングストリート家、シェイズ家、あるいは通りの向こう側にいる高慢ちきなカニンガム家のほうが好きなのだ。だいたい、あのお偉いジョン・カニンガムがジョージー・ロングストリートと浮気をして、お堅い妻を裏切っているのを知らないのだろうか？

ダーリーンには、スージーが結婚せざるをえなくなって、お腹が大きくなってくる間、〈チャット・アンド・チュウ〉でウェイトレスをしていたのを忘れてしまっているように見えた。

彼女の夫は金持ちの出かもしれないが、もうそうじゃない。バークの父親が山のような借金だけを残して自殺したことは、だれでも知っている。

トゥルースデール家がダーリーンより上等なわけではない、それはロングストリートだって同じだ。ダーリーンの父親は綿織り機を所有するのではなく、それを操作して暮らしを支えてきたかもしれない。だが彼は酔っぱらいではないし、死んでもいない。

裏庭でパーティをして、肉を焼いて、スパイシーなソースの匂いをさせ人を寂しくさせるなんて、スージーはなんと薄情なんだろう、とダーリーンは思った。しかも彼女の実の弟まであそこにいる——そもそもボビー・リーが姉の気持ちなど気にしたことなどなかったが。

ボビー・リーがなにさ。けちなトゥルースデールの連中も、ほかのみんなも好き勝手にすればいい。だいたいどんなパーティだろうと、行きたくなんかなかった。たとえジュニアが四時から真夜中までガソリンスタンドで働いていたとしてもだ。今度の火曜日に、世界で最高の友人が埋葬されることになっているのに、笑ったり、指についたバーベキューソースをなめたりなんてことが、どうしてできるだろう。

ダーリーンはため息をついた。ひたすら彼女のバラ色の胸を吸っていたビリー・Tは、これを彼女がようやく身を入れはじめる合図だと受け止めた。

彼は姿勢を変えて、彼女の耳に舌を入れた。「さあ、ベイビー、君が上になりな」

「いいわ」ダーリーンは興味をそそられた。最近のジュニアはベッドの中でしかやらないばかりか、ひとつの体位しか好まないのだ。

ことが終わると、ビリー・Tは寝そべって満足げにマルボロをふかした。ダーリーンは天井を見つめ、トゥルースデール家から流れてくる音楽を聴いていた。

「ビリー・T」彼女は口をとがらした。「パーティを開いておいて、隣の家の人間を誘わないのって、失礼だと思わない？」

「なあ、ダーリーン。あいつらのことで気をもむのはやめたらどうだ？」

「だって、間違っているんだもの」同情してもらえないことに腹を立て、ダーリーンは起きあがってバラの香りのタルカムパウダーを取りにいった。一時間以内に母親のところへスクーターを迎えに行くのなら、汗とセックスの匂いを吸収するにはこれが一番早いのだ。「私が言いたいのは、彼女は自分が私より高級だと思ってるっていうことなの。あの生意気なマーヴェラもよ。それもロングストリートの友達だっていうだけで」彼女はTシャツとショーツを身につけ、暑さを考えて下着はやめた。大きくて、ふっくらと丸みのある胸が綿生地を盛り上げ、色あせたエルビスの写真をゆがませた。「あのタッカーのやつ、今はあそこにいて、ウェイバリーとかいう女と仲良くなろうとしているのよ。まだエダ・ルーが埋葬されてもいないっていうのに」

「タッカーなんて間抜け野郎さ。昔からずっとそうだ」

「でもエダ・ルーは彼のことを、気も狂わんばかりに愛していたわ。彼は香水をプレゼントしたのよ」ダーリーンは期待するようにビリー・Tをちらっと見たが、彼は煙の輪っかを吐き出すのに忙しかった。ダーリーンは向き直って、鏡に顔をしかめた。「あいつらなんか大嫌い。みんな嫌いよ。バーク・トゥルースデールが親友じゃなかったら、タッカーだってオースティン・ヘイティンガーと同じようにブタ箱に入っていたはずだわ」

「なあ」ビリー・Tは汗ばんだお腹をこすり、もう一ラウンド楽しめるだろうか、と思った。

「タッカーは間抜け野郎だけど、人殺しじゃない。犯人は黒人だってみんな知ってるさ。あいつらは白人の女を切り刻むのが好きなんだ」

「彼は同じように彼女の心を引き裂いたわ。なんらかの償いをすべきよ」ビリー・Tを見たダーリーンの目から、涙がひとしずくこぼれた。「死ぬ前に彼女を、あんなに不幸にしたんだから、だれかに彼を懲らしめてほしいの」隣の庭から笑い声があがり、ダーリーンはかっとなりながら、濡れたまつげをぱちぱちさせた。「彼に復讐するだけの勇気のある人のためなら、なんだってしてあげるつもりよ」

ワシントンモニュメントの絵の描いてある小さな灰皿に、ビリー・Tはタバコを押しつけた。

「ハニー、君がここへ来て、どれほど望んでいるかを示してくれたら、不公平をなくすためになにかやれるかもしれないな」

「ああ、ビリー・T」ダーリーンはエルビスをかなぐり捨てて、彼の足の間に膝をついた。

「あなたって本当にいい人ね」

ダーリーンがビリー・Tを微笑ませるためにせっせと頑張っているとき、隣の庭ではグリルの上でリブがじりじりと焼かれていた。バークが主人役で、漫画のシェフと「料理人にキスしないと怖いぞ」という文字がプリントされた、大きなエプロンを着ていた。片手でバドワイザーを傾け、もう一方でリブにソースを塗っている。スージーはボウルや皿をキッチンからピクニックテーブルに運び、子供たちにポテトサラダを食べて、もっと氷を持ってきて、デビルドエッグのつまみ食いをやめてとあれこれ命じた。

キャロラインはこの家族の調和のとれた動きに、ただただ感心していた。だれかがキッチンへ飛び込んでいくと、別のだれかが飛び出してくる。ふたりの少年――トミーとパーカーという名前はちゃんと覚えた――はときおり動きを止めて、肘でつついたり、押したりしたが、全体の動きには調和があった。年下の少年サム――七月四日に生まれたことから、アンクル・サムにちなんで名付けられた。ちなみに今年で九歳になる――は、ベースボールカードのコレクションを夢中になってタッカーに見せていた。

タッカーは草の上に足を投げ出して座り、暑いにもかかわらずサムを膝にのせて、いっしょにアルバムを丹念に見ていた。「僕が持ってる八六年のリッキー・ヘンダーソンを、そのカル・リプケンと交換してやろう」

「だめだよ」サムが首を振ると、砂色のモップのような髪がばさっと目にかかった。「これはリプケンのルーキーイヤーのものだもの」

「だけど角が折れているじゃないか。僕のヘンダーソンは最高の状態なんだぞ。新品のウェイド・ボッグスをおまけにしてもいいかな」

「ふん、そんなんじゃいやだよ」サムが首を回し、その黒い瞳がきらっと光るのがキャロラインに見えた。「六三年のピート・ローズがほしい」

「それじゃあ泥棒みたいなもんだ。そんなことを口に出すだけでも、おまえのパパに言って、牢屋へ放り込んでもらわなくちゃ。おいバーク、この子は生まれつきの犯罪者だ。今すぐ感化院へ送り込めば、おまえも嘆かなくてすむぞ」

「その子は、怪しい話だってことがちゃんとわかるんだ」バークが穏やかに言った。

「六八年に僕が彼のミッキー・マントルを奪ったことで、まだ怒っている」タッカーがサムにささやいた。「うまい取り引きってやつを理解できない人種なんだな。さて、カル・リプケンに戻ろうか」

「僕、二十五ドルならいいよ」

「くそ。もうたくさんだ」タッカーはサムの頭を腕でかかえこみ、耳元にひそひそ声で言った。

「ミス・ウェイバリーを死にそうなくらい退屈させている男が見えるか?」

「スーツを着てる人?」

「ああ、あのスーツを着てる人だ。彼はＦＢＩのエージェントで、ルーキーイヤーのカル・リプケンのカードに二十五ドルを要求するのは、連邦犯罪なんだぞ」

「ウソだね」サムはにやりとした。

「ぜったい確かだ。それに法律を知らなかったなんて言い訳にはならないって、まず最初におまえのパパが言うだろうさ。僕は警察に引き渡さなくちゃならなくなる」

サムはマシュー・バーンズをじっと見て、肩をすくめた。「あの人、ゲイみたいに見えるね」

タッカーは爆笑した。「そんなことをどこで習ったんだ?」タッカーは別の作戦で、サムからカードを奪い取れるかどうか試してみようと決めた。少年をさっとひっくり返すと、足を持って逆さづりにし、くすぐりだしたのだ。

ふたりの取っ組み合いを見ているうちに、キャロラインはバーンズがなにを話しているのかわからなくなった。ケネディセンターでの交響楽団による舞踏会かなにかの話らしい。キャロラインは彼に勝手に話させておき、ときおり微笑んだり、あるいは同意するようにもごもごつぶやいたりしていた。ほかのゲストを見ているほうが、ずっと面白かったのだ。

ばらばらになっていた人たちが、オークの木陰に集まっていた。それが庭にある唯一の木だったし、芝生用の椅子を集めて、のんびりとおしゃべりをするには格好の場所だったからだ。やせっぽちで浅黒い病理学者が、数人の女性を笑わせていた。キャロラインには、解剖を行っていた人間が、翌日には冗談を飛ばしているのが信じられなかった。

ジョージーはタイヤのブランコでポーズをとり、彼――さらには手の届く範囲にいる男性すべて――といちゃついていた。ドゥウェイン・ロングストリートとドク・シェイズは裏のポーチでロッキングチェアに座り、ビールをすすっている。マーヴェラ・トゥルースデールとボビー・リー・フラーはじっと熱い目で見つめ合い、ビューティ・ショップのオーナー、クリスタルなんとかは、バーディ・シェイズと無駄話をしている。

トゥルースデール家の両側には小さな畑が見えた。黄色い太陽で乾かすために、洋服がひもにぶら下がっている。ほとんどどの家にも家庭菜園があり、つるには重そうなトマトや莢豆、コラードが実っていて、調理されるのを待っている。

ビールとスパイシーな肉と夕方の陽射しに焼ける熱い花々の匂いがした。トミーがポータブルラジオに新しいカセットをいれると、ブルースが流れてきた。その重厚な低音は、胸が張り裂けそうにほろ苦く、物憂げだった。キャロラインはボニー・レイットは知らなかったが、そのすばらしさはわかった。

キャロラインはそれを聞きたかった。タッカーと取っ組み合いをしているサムの悲鳴や笑い声を聞きたかった。クリスタルとバーディが二十年前に交通事故で死んだだれかのうわさ話をしているのを聞きたかった。

今流れている音楽でダンスをしたかった。グリルからのぼるおいしそうな煙の中で、バークが妻にキスするのを見たかった。彼はまるで物陰でこっそり愛し合っているティーンエイジャーのように彼女にキスしている。さらに、キャロラインはボビー・リーに手をとられ、勝手口へ引っ張られていくマーヴェラが感じているものを感じたかった。

キャロラインは仲間になりたかった。ラフマニノフについて話している傍観者ではなく。

「ちょっと失礼するわ、マシュー」キャロラインは彼にすばやく笑顔を見せると、木製のベンチから足を下ろした。「スージーの手が足りてるかどうか見てくるわね」

サムが後ろではね回っている間、タッカーは、すてきな白い短パンから出ているキャロラインの脚に見とれていた。彼女がフリスビーを拾おうとして身を屈めると、ため息が出た。タッカーはサムを後ろからひっつかみ、ピンク色のお腹をさっとくすぐり、立ち上がった。

「ビールを取ってくるよ」

キャロラインはグリルのそばで立ち止まった。「おいしそうな匂いだわ」バークに向かって言った。

「あと五分だ」バークが言うと、スージーが笑った。

「彼はいつもそう言うのよ。なにかあげましょうか、キャロライン？」

「いいえ、私はいいの。なにか手伝うことはないか、と思ったのよ」

「なんのために四人の子供を産んだと思う？　あなたにはただ座って、リラックスしてほしいわ」

「実は……」キャロラインは慎重に肩越しに視線を送った。バーンズは今もテーブルに向かい、きっちりとネクタイを結んだまま、キャロラインが持参したシャルドネをすすっていた。

「ああ」スージーが彼女の視線をたどった。「女には忙しくしていなければならない場合もあるようね。中に入って、キュウリのピクルスを持ってきてもらおうかしら。キャビネットの中に新しい瓶が入ってるわ。冷蔵庫の左側よ」

感謝しながら、キャロラインは指示に従うために向きを変えた。ポーチでは、ドク・シェイズが帽子を傾けた。ドゥウェインが見せた、甘くてぼんやりとした微笑みは、すでに半分酔っぱらった男のものだった。

キャロラインは中に足を入れたとたん、ぱっと立ち止まった。ボビー・リーとマーヴェラが冷蔵庫の前で、熱い抱擁を交わしていたのだ。スクリーンドアがばたんと閉まると、ふたりはぱっと離れた。マーヴェラは赤くなり、ブラウスをぐいっと引っ張って直した。ボビー・リーは得意げとも、おどおどしているともとれるような笑みを見せた。

「ごめんなさい」キャロラインが口を開いた。一番あわてているのがだれだかわからなかった。「スージーに言われたものを取りに来ただけなの」キッチンはベーコンを焼けそうなほど熱かった。「出直してくるわ」キャロラインがドアへ戻りかけたとき、タッカーが入ってきた。

「キャロ、ふたりきりにしていっちゃだめだよ」彼はボビー・リーにウインクした。「キッチンは危険な場所なんだ。君たちはママの目の届くように、外に出ているんだな」

「私は十八よ」マーヴェラは目をきらきらさせて言った。「ふたりとも大人だわ」

タッカーはにやりとして、彼女の顎をつまんだ。「だからなんだよ、かわい子ちゃん」

「それに」とマーヴェラが続けた。「私たち、結婚するの」

「マーヴェラ！」ボビー・リーは耳の先まで真っ赤になった。「まだ君のお父さんにも言ってないのに」

マーヴェラは顎を突き出した。「私たちがなにを望んでいるか、わかっているわよね？」

「ああ、そうだよ」ボビー・リーはタッカーの落ち着いた視線を感じながら、唾を飲み込んだ。「もちろんさ。だけど、まずお父さんに話すのが筋じゃないかな」

マーヴェラは彼の腕に腕をからめた。「じゃあ、話しましょう」彼女はボビー・リーを裏口から引っ張っていった。

タッカーはふたりを見送った。「なんてこった」首を振り、髪をかき上げた。「僕の肩にしょっちゅうよだれを垂らしていた子が、今じゃ結婚するなんて言っている」

「彼女の目つきからすると、言うだけじゃなさそうよ」

「いったいどうやって十八になんかなったんだ?」タッカーは不思議な思いだった。「昨日までは、僕が十八だったのに」

軽やかに笑いながら、キャロラインは彼の腕をたたいた。「心配ないわ、タッカー。たぶん、一、二年の間に、あなたの肩によだれを垂らしてくれる赤ちゃんを彼女が抱かせてくれるわよ」

「勘弁してくれよ」想像しただけで、タッカーは口から泡を飛ばす勢いになった。「それじゃまるで僕はおじいちゃんじゃないか。僕は三十三歳なんだぞ。おじいちゃんになるにはいくらなんでも若すぎる」

「肩書きだけのことじゃなさそうだしね」

「どうだっていい」タッカーは手に持ったビールを見下ろした。「考えたくもない」

「そのほうが賢明ね」キャロラインは向きを変えて、食器棚を開いた。「キュウリのピクルスってどれかしら?」

「ん?」振り返ったタッカーは、人生やら、歳月があっという間に過ぎていくことなど、きれいに忘れた。なんと見事な脚に、かわいらしくて小振りなお尻だろう。「一番上の棚だ」タッカーが言った。「手を伸ばしてごらん」キャロラインがつま先立ちになって、手を伸ばすと、ショーツが太股をさらにずり上がった。「そこだ」

キャロラインは指先が瓶をかすめたとき、事態に気づいた。かかとを下ろしてから、肩越しににらみつける。「あなたって病気ね、タッカー」

「うん、熱が上がってきた気がする」にやにやしながら、彼女に近づいた。「僕が手伝ってあげるよ」タッカーは彼女に軽く体を押しつけるようにして、瓶に手を伸ばした。「君っていい匂いがするね、キャロ。朝目覚めるときに男を幸せにするものみたいだ」

その瞬間、はっとしたキャロラインは、ゆっくりと呼吸を整えた。「コーヒーとベーコンとか?」

タッカーはくすくす笑い、彼女の首に鼻をこすりつけた。「穏やかで、ゆったりとしたセックスとか」

キャロラインの中で、多くのことが起こっていた。多すぎるし、早すぎた。うずき、圧迫、そして脱力。彼女がそんなものを感じるのは……ルイス以来だ。

彼女の筋肉がまた緊張した。「ずいぶんとせかすのね、タッカー」

「僕は努力しているんだ」タッカーは瓶をとり、カウンターに置いた。それから両手を彼女の腰にあて、キャロラインを自分のほうへ振り向かせる。「君は出会ったことはない?　自分がそれを好きだとさえ考えてもいないのに、頭の中で鳴り続ける曲みたいなものに」

タッカーの手がずり上がり、親指が彼女の胸の脇をそっとかすめた。キャロラインの頭の中で血液があふれ出した。「あると思うわ」

「僕が君について困っているのは、そういうことなんだ、キャロライン。君は僕の頭の中で鳴り続けている。病的な執着と言ってもいいくらいだ」

彼の目はキャロラインの目と同じ高さにあった。あまりに近くにあって、瞳のまわりにうっすらと魅惑的なグリーンの輪郭が見えるほどだった。「たぶん、あなたは別の曲のことを考えるべきね」

タッカーは前屈みになった。が、彼女がこわばったので、下唇に軽く触れるだけで我慢した。「僕はいつも〝すべき〟ことをするよう、最大の努力を払っているよ」手をあげると、こぶしで彼女の頬をそっとなでた。タッカーは、キャロラインが自分を見るときは、まっすぐに揺るぎない視線を向けるので、一瞬にして守勢に立ち、自分を守りながらも膝から力が抜けていくような気分にさせられてしまう、ということに気づいた。「そいつは君を傷つけたのか、それともただがっかりさせただけか?」

「なにを言っているのかわからないわ」

「君はびくびくしているね、キャロ。それには理由があるはずだ」

彼女の中で広がっていた暖かい液体が、頑なものへと固まった。「それは馬に使う表現ね。私は興味がないだけ。その理由は、あなたのことを魅力的だと思わないっていうだけのことよ」

「それは嘘だ」タッカーは静かに言った。「興味がない、という部分がね。あのドアの外にだれもいなかったら、どうして嘘だとわかったか教えてあげられるんだけどね。僕は辛抱強い人間なんだ、キャロ。それに説き伏せられるのを好きな女性を、ぜったいに責めたりしないよ」

キャロラインはかっとなり、言葉も辛辣になった。「たしかにあなたは自分が手を出してはいけない女性まで説き伏せてきたんでしょうね。エダ・ルーも含めて」

タッカーの目から楽しそうな輝きが消え失せ、かわりに怒りが、さらにはもっと違うものが浮かんだ。悲しみに似たなにかが。キャロラインが彼の腕に手を置くと、彼は後ずさりさえした。「タッカー、ごめんなさい。ひどいことを言って」

タッカーはビールを持ち上げ、喉から苦さを洗い落とした。「ほとんど真実だからな」

キャロラインは首を振った。「あなたが怒らせるようなことを言ったからよ。でも、だからってあんなことを言っていいことにはならないわ。ごめんなさい」

「忘れてくれ」タッカーは空のビールを置き、なんとか対処できるだけの苦痛も無視することにした。そのときバークの大きな声が聞こえてきた。タッカーの口がゆがんだが、その笑みが目までは届いていないことにキャロラインは気づいていた。「ようやくありつけるようだ。さあ、その瓶を持って行くといい。僕もすぐに行くから」

「わかったわ」キャロラインはドアで立ち止まった。なにか言葉をかけたかった。だが、もう一度謝っても意味はない。

ドアが閉まると、タッカーは冷蔵庫に額を押しあてた。自分がなにを感じていて、それをなんと呼ぶのかわからなかった。ただ、すごく嫌な気分だ。彼の感情は、たとえ不快なものでも、いつもゆったりと現れた。だが、妙なタイミングで彼を激しく動揺させた今の苦しい感情は、これまでになかったもので、気分が悪く、少なからず恐怖を呼ぶものだった。

彼はエダ・ルーの夢まで見た。彼女は切り裂かれ、死んで膨張した体でやってきた。髪からコケや水をしたたらせ、肌は黒ずんだ血をにじませ、骨と皮だけの指でタッカーを指し示した。

彼女がなにを言おうとしているかを知るのに、言葉は必要なかった。彼の責任だ。彼女は死に、それは彼のせいなのだ。

だからといって、これからどうしたらいい？

「タッカー？　ハニー？」ジョージーがキッチンに入ってきて、彼に腕を回した。「気分でも悪いの？」

最悪だ、と思いながら、ため息をついた。「ちょっと頭が痛いだけだ」振り返ってにっこりする。「空きっ腹にビールを飲み過ぎたのさ」

ジョージーは兄の髪をなでた。「バッグにアスピリンがあるわ。超強力なんとかっていうのよ」

「食べ物のほうがいいな」

「じゃあ、あなたのお皿に料理を乗せに行きましょう」ジョージーは彼に腕を回したまま、ドアからポーチへと出た。「ドゥウェインはもうほとんど酔っぱらっているわ。ふたりを家に連れてかえるなんてごめんですからね。特に今夜はデートなんだもの」

「そのうらやましいやつはだれかな？」

「ＦＢＩのドクター。彼って食べちゃいたいくらいキュートなの」くすくす笑いながら、テディ・ルーベンスタインに手を振った。「彼がクリスタルに向いているかどうかを試すつもり。彼女ったら、ずっと彼のことを見ているのよ」

「友達思いなんだね、ジョージー」

「そうなの」ジョージーは大きく息を吸った。「さあ、リブを食べにいきましょう」

熱に焼けた記念碑のある、昔の奴隷地区の向こう側、肥料と殺虫剤のにおいのする綿畑の向こう側に、スウィートウォーターの名前の由来となった、暗くて馬蹄形の池がある。

今ではその水はスウィートではなかった。ゾウムシやその他の害虫を殺すために使われた毒が地中にしみこみ、何世代もの間に、湖にもとけ込んだからだ。

だが飲むのに適さず、そこで捕まえた魚を食べるのにほとんどの人がためらうとしても、三日月の下での景色は今もすばらしかった。

アシが水の中で物憂げに踊り、カエルが鳴きかわしたり、ぽちゃんと飛び込んだりする。ヌマスギの呼吸根が、まるで古くて黒い骨のように、水面から突き出ている。夜空は晴れ渡り、蚊や蚊を食べる生き物が作り出す静かなさざ波が見えるほどだ。

ドゥウェインは、バークのところで飲んでいたビールから、お気に入りのワイルドターキーに切り替えていた。瓶はまだ四分の一ほどしか減っていないが、ひどく酔った気分だ。家の中で座り、意識を失うまで酔うのが好きだったが、デラにものすごく叱られるだろう。女性にあれこれうるさく言われるのにはうんざりだった。

シシーからの手紙のせいで、ドゥウェインはどうしてもウィスキーで怒りをかき立てたくなっていた。彼女は靴のセールスマンと結婚すると言ってきた。それはどうでもいい、と彼は考えていた。彼女が他人の足をいじくり回すような野郎と結婚しようと、ぜんぜんかまわなかった。彼女が必要だったことはなく、それを望んだことさえないということは、神様がご存じだ。だが、もっと金を搾り取ろうとして、子供たちをちらつかせるのには頭に来ていた。金のかかる私立学校、金のかかる衣服。シシーと髪のてかてかした彼女の弁護士が、ドゥエインが息子たちのどちらにも、ほとんど会えないようにしたときも、彼は耐え抜いた。「制限付き監督下による訪問」と彼女らは言った。ドゥエインがときおり飲むのが好きだ、というだけの理由で。

暗い水をにらみながら、ドゥウェインはウィスキーをがぶがぶ飲んだ。あいつらは彼のことをモンスターかなにかのように仕立てたが、彼は子供たちに手をあげたことは一度もなかった。それを言うなら、シシーに対してだってそうだ。身の程をわきまえさせるために、一、二度、その寸前までいったことはあるが。

だが、自分は暴力的ではない、とドゥウェインは思った。父親とは違う。彼は酒の飲み方を心得ていたし、それは十五歳のときから証明してきた。それにシシー・クーンズは彼に対して脚を広げたとき、自分がどうなるのかを承知していたはずだ。妊娠したとき、彼女を責めたか？　いや。彼は彼女と結婚し、彼女が望むすてきな家ときれいな服をすべて買い与えた。彼女には身分不相応のものを与えた、とドゥウェインは自分に言い聞かせ、手紙のことを思い出した。もしあのギターを弾く靴商人に、ドゥウェインが実の子を養子にさせると思っているなら、彼女は考え直すことになる。まず彼女に会うつもりだ。だが、彼が月々の養育費を増額しなかったら、裁判所へ引き戻してやるという彼女の遠まわしな脅迫に屈するなどまっぴらだ。

金ではない。ドゥウェインは金のことなどぜんぜん気にしていなかった。それはタッカーにまかせてある。基本的な主義の問題なのだ。もっとお金をちょうだい、さもないとあなたの息子たちは違う男の名前を名乗ることになるわ、と彼女は甘い言葉で言いくるめようとしている。

彼の子供たち。彼の存在の永遠性を象徴している、とまた思った。もちろん、子供たちのことは好きだった。なんといっても血を分けているし、彼の未来への絆、過去の束縛だった。だから子供たちにプレゼントやキャンディバーを送り届けている。だが、直接相対さなければならないとなれば、それはまったく違う話だ。

ドゥウェインはリトル・ドゥウェインがまだ三歳足らずのとき、軽く飲んでいるところへ現れて、どんなふうにむずかり、泣いたかを覚えていた。シシーの客用グラスを壁にたたきつけることで、ドゥウェインは満足をした。

そこへシシーが駆け寄り、リトル・ドゥウェインを抱き上げた。まるで金の縁飾りのあるタンブラーではなく、子どもを壁にたたきつけたみたいに。そして子どもも泣き叫びだした。ドゥウェインはただその場に立ちつくし、ふたりの頭と頭をぶつけてしまいたいと思っていた。

(泣くほど欲しいものがあるのか? 泣くほど欲しいものをきっと俺が与えよう)

ドゥウェインの父親ならそう言っただろうし、みんなはそれぞれの立場で震えただろう。自分もそう言ったにちがいない、とドゥウェインは思った。たぶん怒鳴ったのだろう。だがシシーは震えずに、顔を真っ赤にし、目を憤りと憎悪でいっぱいにして、怒鳴り返してきた。ドゥウェインは彼女をひっぱたきそうになった。彼女を殴り倒す寸前だったことを覚えている。実際に腕を振り上げ、その先に父親の手を見たのだ。

ドゥウェインはよろめきながら出ていき、車を走らせ別の車と衝突した。

翌日、バークがドゥウェインを引きずってきたとき、シシーは彼を締め出した。それはとんでもない屈辱だった。自分の家に入れないばかりか、妻が窓から顔を出し、弁護士に会いにグリーンヴィルへ行くと叫んだのだ。

何週間ものあいだ、イノセンスはシシーがドゥウェインを家から締め出し、二階の窓から彼の服を放り投げた話でもちきりだった。肩をすくめてそれをやり過ごせるようになるまで、ドゥウェインは何日も飲んで、前後不覚になるしかなかった。

女は物事の摂理を混乱させる。そして今になってシシーは、あの騒ぎを繰り返そうとしている。

前よりも事態を悪く、そして辛いものにしているのは、シシーが自分の人生に関わることをやろうとしている点だ。彼女は蛇が脱皮するようにあっさりとスウィートウォーターを放棄し、出ていった。だがドゥウェインは――彼は何世代ものロングストリート家の責任に縛られ、身動きできないでいる。父親が息子に譲り渡した遺産によって。女はそのような自分を縛りつけるものを持っていないのだ。

いや、女は自分がうれしいと思うことだけをやれるのだ。その一点だけでも女を憎むのはたやすい。

ドゥウェインは瓶を傾け、考え込んだ。暗い水を見つめ、そして時々そうするように、そこへ歩いていく自分を想像した。水の中へ進み、たっぷりと死ぬほど水を飲み、そして肺を湖でいっぱいにして底に沈む自分を。

水面をじっと見つめ、そして飲んだ。水ではなく、ウィスキーに溺れるため。

マクグリーディの居酒屋のテーブルで、ジョージーはしだいに熱くなっていた。美容院の隣にあるこの居酒屋は、町でお気に入りの場所だ。その黒ずんで、ウィスキーのしみこんだ壁、べたつく床、ぐらぐらしたテーブルが大好きだった。同じように酒浸りになれるが、はるかにエレガントな、アトランタやシャーロットやメンフィスにある行きつけの店と同じくらい、すみずみまで気に入っていた。

その煙と酒で汚れた空気の中に入っていき、ジュークボックスのカントリーミュージックや、怒ったり楽しんだりしている声や、奥の部屋のビリヤードの玉の音を聞いて、元気にならなかった試しはなかった。

彼女はお気に入りの席で軽くビールを飲むために、テディを連れてきた。その席の頭上には、傷のある老雄鹿の頭があったが、これは人々が襟に〝アイクが好き〟というバッヂを差していたころ、マクグリーディが仕留めたものだった。

ジョージーはテディの背中をたたき、彼が話すとんでもない冗談に大声で笑い、それから夕バコに手を伸ばした。

「あなたって本当に面白い人ね、テディ。まさかどこかに奥さんを隠してなんかいないでしょうね？」

「〝元〟ならふたりいるよ」テディはジョージーが吐き出す煙ごしににやりと笑った。こんなに楽しかったのは、死体の手足に釣り糸をつけて、『ツイスト・アンド・シャウト』に合わせて動かして以来のことだ。

「あら、変なところで一致したわね。私も〝元〟がふたりいるの。最初が弁護士」微笑みながら、ジョージーはゆったりと言葉を引き延ばすように言った。「チャールストンの上品で立派な一族の出の、上品で立派な青年で、いかにもママが私とくっつけたがったタイプだったわ。一年もたたないうちに、私は退屈で死にそうになったけど」

「おもしろみがなかった？」

「あら、ハニー」ジョージーは頭をそらし、冷たいビールをいっきに流し込んだ。「私は彼を変えようとしたのよ。パーティを開いたり、新年の仮装舞踏会を催したり。私はレディ・ゴダイヴァになったわ」眉をぴくっと動かして、ワイルドな黒髪をなでた。「ブロンドのかつらをつけてね」目をきらきらさせながら、両手に顎を乗せた。「ただのかつらよ。でも年寄り臭いフランクリン、それが彼の名前なんだけど、フランクリンはパーティの雰囲気になじめなかったの」

テディは、ブロンドのヘアピース以外なにもつけていない彼女を簡単に想像できたし、自分ならちゃんとパーティになじめるだろう、と思った。「ユーモアのセンスがなかったんだ」彼が言った。

「そのとおりなの。で、当然のことだけど、また夫探しを始めることにしたとき、ぜんぜん違う男性を探したわ。オクラホマの観光牧場で、荒々しいタフなカウボーイタイプと出会った。私たちはとても楽しいときを過ごしたのよ」ジョージーは思いだし、ため息をついた。「それから彼に裏切られていることに気づいた。それはまだよかったの。でも、彼がカウガールではなく、カウボーイと浮気しているのがわかっちゃったのよ」

「うへ」テディは同情して縮み上がった。「妻たちに僕の仕事は気味が悪いと言われたのが辛いと思うなんて、甘かったな」テディはジョージーにウィンクした。「ふつう女性は僕の仕事は話題に向かないと思うんだよ」

「あら、面白そうだと思うわ」ジョージーは次のステップに進む合図として、素足で彼のふくらはぎにさわれるように座り直した。「あなたって頭がいいんでしょ? たくさんの検査をして、切り分けることでだれが殺したかを見つけるなんて。遺体のことよ」ジョージーは目をきらきらさせてすり寄った。「私には想像もつかないわ、テディ。死体からどうやって人殺しを見つけだせるの?」

「それはね」テディは音を立ててビールを飲んだ。「とても専門的なんだが、わかりやすい言葉で言うと、パズルのピースをすべてひとつにまとめるだけなんだ。死因、場所、時間。繊維とか、被害者のものではない血痕。皮膚片や毛髪なんかをね」

「ぞっとする感じ」ジョージーは上品に身震いした。「エダ・ルーについても、なにか見つけたの？」

「時間と場所と方法はわかった」同僚と違い、彼は仕事の話にうんざりしてはいなかった。「検査の結果が出たら、ほかのふたりの被害者についての郡検死官の報告書と比較してみるつもりだ」思いやりをこめて、テディはジョージーの手をたたいた。「君は三人とも知り合いだったんだね」

「ええ、もちろん。フランシーとアーネットはいっしょに学校へ行ったわ。アーネットとは何度かダブルデートも――無謀で、無駄に過ごした若かりしころにね」ジョージーはビールに笑いかけた。「エダ・ルーのことも生まれたときから知ってると思うわ。仲がよかったわけじゃないわよ。でも、彼女の死に方を考えると、怖くなるわ」

ジョージーは両手で顎を包んだ。彼女は長くて黒い巻き毛、黄金色の瞳、黄金色の肌をもっていて、ジプシーを思わせるところがあった。この日は大きなフープイアリングをつけ、襟ぐりにゴムの入った赤いブラウスから肩を出していたので、そのイメージがいっそう強まっている。彼女を見ているだけで、テディはつばがわいてきた。

「彼女がひどく苦しんだかどうかはわからないんでしょうね」ジョージーが静かに言った。

「ほとんどの傷が死後に加えられたものだとは言えるよ」テディは安心させるように彼女の手を握った。「そのことは考えないほうがいい」

「でも、考えちゃうの」ジョージーの目は新たな飲み物をちらっと見て、またテディへ戻った。

「本当のことを言うとね——あなたには本当のことを言ってもいいわよね、テディ？」

「もちろん」

「死っていうものに魅力を感じているの」ジョージーは小さく恥ずかしそうに笑い、それから身を寄せた。テディは彼女の誘惑的な香水をかぎ、腕に彼女の胸がさっと触れるのを感じた。「あなたに打ち明けられるのは、それがあなたの仕事だからよ。人が殺されて、それが新聞やテレビで報道されると、私は夢中になっちゃうの」

テディは笑った。「みんなそうだよ。口にしないだけでね」

「そのとおり」ジョージーは椅子を彼のほうへさっと近づけた。彼女の黒い髪が、彼の頬をかすめる。「ああいう事件が『カレント・アフェア《最近の犯罪》』や『アンソルブド・ミステリーズ《未解決事件の謎》』なんかに出るでしょ？　異常者や計画的殺人者なんかを扱う番組よ。私、ああいうのにすごく興味をそそられるの。たとえば、彼らはどういういきさつでああいう行為に及んだのかとか、どうしてそんなに捕まえにくいのかとか。ああいう人間が自分たちの周囲をうろついていると思うと、みんな少し不安になるけど、刺激的でもあると思うの。わかる？」

テディはビールを掲げた。「それこそ、スーパーのタブロイド紙が売ってるものだ」

「詮索好きってことね？」ジョージーはくすくす笑い、ビール瓶を彼の瓶にこつんと当てた。「私には本当の探求心があるのよ。ねえ、テディ……私、死体って見たことがないの。ちゃんときれいにして、教会で棺にいれられる前のっていう意味よ」

テディは彼女の問いかけるような目を見て、眉をひそめた。「ジョージー、そんなものは見る必要がないじゃないか」

彼女の素足がテディのふくらはぎを愛撫しつづけた。「なんだか気味悪くて、ぞっとするように聞こえるでしょうけど、でも……教育的、でもあるんじゃないかしら」

テディはこれが間違いだと知っていた。だがジョージー・ロングストリートがこうと決めたら、逆らうのは困難だ。ふたりともほろ酔い加減で、なんでもおかしいからといって、それが役に立つものではなかった。おぼつかない手で三回試みてから、テディはようやくパーマーの店の裏口の鍵穴に、預かっている鍵を差し込んだ。

「ここ、搬送口？」ジョージーが言い、震えるようなくすくす笑いを抑えようと口を覆った。

テディは子供時代の記憶をたどった。「パーマーの葬儀屋だよ。みなさまがお殺しになり、私どもが冷蔵いたしますってね」

ジョージーはあんまり激しく笑ったので、脚で十字を組まなければならないほどだった。ふたりはよろめきながら、いっしょに中にはいった。「やだ、暗いわ」

「今、電気をつけるよ」

「だめ」ジョージーの胸は高鳴っていた。それを伝えるため、彼の手をとり、自分の胸に押しあてた。「それじゃムードが壊れちゃう」

テディは彼女をドアにもたせかけると、ねっとりしたキスをたっぷり楽しんだ。体を彼女に押しつけ、両手をブラウスの下へくぐらせた。彼女の胸は、それを支えている薄っぺらなハーフカップからはみ出し、テディの手いっぱいになった。胸の頂は大きく、石のように固い。

「ふぅ」テディの息は荒かった。「あなたの筋肉の反応はすばらしいよ」テディは手を口に置き換え、彼女の短パンに取り組みはじめた。

「待って、ハニー。あなたがペニスを二本もってるヤギみたいに興奮しているのはわかってるわ」彼女は笑い、そっとテディを押しやった。「懐中電灯を探させて」ジョージーはバッグに手を入れ、ごそごそと探してから、ペン型のライトを見つけた。それで壁を照らし、影を揺らした。ジョージーは不安と興奮で目がくらみそうだった。まるで、スカイビューで上映されるホラー映画を見ているようだ。「どっち？」

彼女に調子を合わせようと、テディは彼女の腕で指を踊らせ、彼女を身震いさせた。「こっちだよ」テディは彼女を誘い、よろめくような足取りで進むと、また彼女を笑わせた。

「あなたって本当におもしろい人ね、テディ」そう言いながらも、ジョージーは彼の後ろにぴったりとくっついていた。「枯れたバラみたいな匂いで……ああ！」

「それは死んだ魂のかすかな匂いだよ」防腐保護剤ホルムアルデヒドとミスター・クリーン《洗剤》の臭いだと彼女に言ったところで、意味がなかった。テディは次のドアへと進み、彼女のライトを使って、次の鍵を見つけた。

「本当にいいのかい？」

ジョージーはごくりとつばを飲み込み、うなずいた。

テディはドアを押し開け、店の連中があまり口うるさくなければいいのだが、と思った。うめくようなきしみは、完璧な効果音だ。ジョージーは大きく息を吸い、明かりを照らした。

「あら」ジョージーは汗ばんだ手のひらを太股で拭いた。「なんだか歯医者みたいね。あのホースはなにに使うの？」

テディは眉をひくつかせ、微笑んだ。「本当に知りたい？」

ジョージーは唇を湿らせた。「それほどでもないかも。あれは……」彼女は白いシーツに覆われたものを指さした。「彼女なの？」

「ほかにはいないからね」

ジョージーは体の中が震えるのを感じた。「見てみたいわ」

「わかった。だが、見るだけだ。触ってはいけないよ」テディは歩み寄り、シーツをはずした。

ジョージーの頭は一回、二回とまわり、そして落ち着いた。「まあ」とささやく。「灰色だわ」

「メイクしてやる時間がなかったんだ」

ジョージーは胃のあたりに手をあてて、一歩近づいた。「彼女の喉が……」

「これが死因だ」テディはジョージーのリンゴのように引き締まったお尻を手のひらでなでた。

「ナイフは刃渡り六か七インチほどだ。ここを見て」テディはエダ・ルーの腕をシーツから出した。「手首のここが変色しているのが見える？　皮膚がはがれているのは？　彼女はありきたりの洗濯ひもで縛られていたんだ」

「わお」

「彼女は爪をかみ切ってもいる」テディは舌を鳴らし、手をまた隠した。「頭骨の基部に与えられたこの挫傷」と言って頭を回した。「これは彼女が生前に殴られたことを示している。もちろん意識を失わせるのに充分なもので、その間に彼女は縛られ、猿ぐつわをされたものと結論づけた。彼女の口の中と舌の上に微量の繊維が見つかり、赤い木綿生地を利用したことを示している」

「そんなことがみんなわかるの？」ジョージーは自分が熱心に聞き入っていることに気づいた。

「そのとおりだし、まだある」

「彼女は、その……レイプされていた？」

「それに関しては検査中だ。運よく少しでも精子が見つかれば、DNA検査ができる」

「そう」その言葉はどこかで聞いた覚えがあった。「いったいだれが彼女と赤ちゃんを殺したのかしら」

「レディはひとりで死んだんだよ」テディが訂正した。「ホルモンレベルは単調で低い」

「なんですって？」

「彼女のオーブンにパンはなかった」

「あら、そうなの？」ジョージーは灰色の、死に顔を見下ろし、思案げに口をすぼめた。「だから私、彼女は嘘をついているって、彼に言ったのよ」

「だれに言ったって？」

ジョージーは考えを振り払った。今はタッカーの名前を持ち出すときじゃない。代わりに、彼女はエダ・ルーから目をそらして、部屋を見回した。気持ちが落ち着いてしまえば、なかなかおもしろかった。瓶や試験管、細くて輝いている器具。近づいていってメスをもちあげ、その刃を試してみると、親指の腹が切れた。「あっ！」

「ベイビー、触っちゃだめだよ」気遣いから、テディはハンカチを取り出し、うっすらとついた傷にそっと当てた。彼の頭の向こうに、台に乗った遺体の顔が見えた。ビールのせいでジョージーの頭はぼんやりしていた。

「こんなに鋭いなんて知らなかったわ」

「君を薄く切り刻めるほど鋭い」テディはくっくっと喉を鳴らしながら軽くたたき、ジョージーをにっこりさせた。彼って最高にキュートね。

「あなたがしゃぶってくれたほうが、早く血が止まるわ」ジョージーは傷ついた親指を彼の口へ持ち上げ、唇の間に差し入れた。テディが傷口をなめている間、ジョージーは目を閉じた。彼が自分の血を味わっていると思うと、すごく親近感を覚えた。そしてまぶたをあけた彼女の目には、欲望が満ちていた。

「あなたにいいものを持ってきたわ、テディ」彼が親指をさらに奥へと吸い込むと、ジョージーは刃の鋭い器具の乗ったトレイへ手を伸ばし、そこに置いておいたバッグを手探りで見つけた。テディの手が彼女の太股をずり上がり、ジョージーの手はバッグを探る。彼の指が短パンの裾から滑り、パンティのゴムの下へもぐり、彼女自身を見つけだすと、ジョージーの手ははっと閉じた。

「はい、これ」小さくため息をつき、ジョージーはコンドームを出した。目を黄金色に熱くさせながら、テディのジッパーをぐいっと下ろした。「私がつけてあげてもいいかしら？」パンツが足下に落ち、テディは身を震わせた。「どうぞご自由に」

午前二時ごろ、ジョージーがセックスを堪能し、疲れ切ってスウィートウォーターに向かって車を疾走させているとき、ビリー・T・ボニーは赤いポルシェのフェンダーの下に潜り込んでいた。頭から数インチの闇をヘッドライトが切り裂くと、彼は毒づいた。あと十分あれば、作業を完了させて消えていたのに。

ジョージーがブレーキを踏むと、彼の心拍は上がった。砂利が飛んで、彼のブーツのつま先ではねる。グリースで汚れた彼の手が、レンチをぎゅっと握りしめた。

ジョージーが車を降りたとき、彼は体を丸め、彼女の脚を見ていた。素足にカーマインレッドのペディキュア、足首には細い金のアンクレットをしている。彼はきゅうに性的な関心が高まるのを感じた。彼女の香りが漂い、その怪しく甘い香りがごく最近のセックスの匂いと混じり合っていた。

彼女はパッツィ・クラインの《クレイジー》をハミングしていた。彼女がバッグを落としてしまい、口紅と小銭、小さなデパート分くらいある化粧品、鏡が二枚、ホイルに包まれたコンドームがひとつかみ、アスピリンの瓶、品がよくて小振りで、持ち手がパールのデリンジャー、チクタク・ミント三箱がばらまかれた。ジョージーがそれらを拾うためにかがむと、ビリー・

Tはののしる言葉をかみ殺した。

ポルシェの下から、彼女がしゃがんで、長い脚を折るのを眺め、彼女の手がはい回り、少々の砂利といっしょにバッグの中身を回収するのを見ていた。

「頭にくるわ」彼女は毒づいた。それから大きく伸びをして、立ち上がると、家へ歩き出した。

ビリー・Tは扉が閉まってからたっぷり三十秒待ち、それから作業に戻った。

9

日曜日の朝、イノセンスの住民のほとんどは、三つある教会のどれかに集まった。贖罪教会はメソジスト派の教会で、一番多くの信者を集めている。町の中央にある小さな灰色の箱形の建物で、これは元々の第一メソジスト教会があった場所に一九二六年に建てられた。以前ものは一九二五年の大洪水で、スコッツデール牧師といくつかの戒律を破った教会事務官とともに流されてしまった。

町の南端にはイノセンス・バイブル教会があり、ここへは黒人が礼拝に訪れる。教会を分離する法律は、神も人間も定めてはいない。だが法律よりも伝統のほうが強いのはよくあることだ。

聖なる日曜日になると、朗々とした歌声が開いた透明な窓からあふれ出す。これはメソジスト教会が太刀打ちできないものだった。

贖罪教会の向かいから一ブロック離れたところに、トリニティ・ルター派教会がある。ここは焼き菓子の販売で有名で、その担当者であるデラ・ダンカンは、トリニティ教会はブラウニーやカスタードパイを売って、ステンドグラスの窓を買うだけの金を集めたと自慢することが許された。これに触発されハッピー・フラーは、贖罪教会のためにナマズ料理の夕食会を三回開き、もっと大きな窓を購入できるようにした。残るバイブル教会では、透明なガラスと透明な歌声で満足していた。

日曜日は祈りと黙想と、そしてイノセンスでは楽しい競争のときでもある。三グループのために神の言葉が響きわたり、罪はしかるべき場所で告解された。固い木製の会衆席では、年老いた男や子供たちが暑さの中でうたた寝し、女性たちは扇子を振り回した。オルガンが鳴り響き、赤ん坊は泣き叫ぶ。苦労して手に入れた金は回ってきた献金皿に落とされる。汗がしたたり落ちる。

三つの聖なる場所のすべてで、牧師は頭を垂れ、エダ・ルー・ヘイティンガーのことを会衆に思い出させた。メイビス・ヘイティンガー、彼女の夫――どの教会でもオースティンの名前を言わなかった――と残された彼女の子供たちへの祈りが求められた。

贖罪教会の後部席では、悲しみと混乱に青ざめて、メイビスが静かに涙をこぼした。五人いる子供のうち、三人が彼女といっしょにいた。父親の陰気な顔つきと意地の悪さを受け継いだヴァーノンは、隣に妻のロレッタを座らせていた。ロレッタはくたびれたおしゃぶりを使い、いつものように膝を上下させて、どうにか幼子を静かにさせていた。彼女のコットンドレスは、大きなお腹の回りで突っ張っている。

ロレッタの隣には、ルースアンが涙も流さず、静かに座っていた。ルースアンは十八歳で、十日前にジェファーソン・デイビス・ハイスクールを卒業した。彼女は姉が死んだことは悲しかったが、エダ・ルーを愛していたわけではなかった。息苦しい教会に座って彼女が考えているのは、どうやったらイノセンスから逃げ出せるだけの金を手っ取り早く手に入れられるか、ということだった。

退屈して、どこでもいいからよそへ行きたいと思っているのは、末っ子のサイだ。足はすでにサイズが小さくなっている固くて黒い靴の中で締めつけられていた。首は、母親が糊をスプレーした襟ですれている。十四歳のサイにとって家族はきまり悪い存在だったが、今は耐えるしかなかった。

サイは牧師が、自分たちのことをかわいそうで、祈るべき対象のように話すのが嫌でならなかった。会衆の中には友達が大勢いて、彼らが振り向いてちらっと目を向けるたびに、サイの顔はかっと熱くなった。礼拝が終わり、みんなが立ち上がると、サイは心からほっとした。匂い袋の香りをさせた女性たちがお見舞いを言うために母親のところへ近づいてくると、サイは会衆席の裏へもぐりこみ、ラーソンの店の陰でタバコを吸うために急いで出ていった。

サイには見えるものすべてが不愉快だった。姉は死に、父と兄は牢屋にいる。母親にできることといったら手をもみしぼり、グリーンヴィルにいる法律扶助員に話すことだけ。ヴァーノンはだれかに復讐することばかり口にし、ロレッタはその一言一言に同意した。ロレッタは同意することで、目を殴られるのを避けられる、と早くに学んだのだ。ロレッタは実に物覚えがよかった。

サイはヴァーノンからくすねた三本のポールモールのうちの一本に火をつけ、ネクタイをゆるめた。

ルースアンはほかに比べればまだましだ、とサイは判断していた。だがいつも彼女は、まるでサイラス・マーナーと彼の小銭みたいに、自分の金を勘定するのに忙しい。サイは姉が生理用ナプキンの箱に現金を隠しているのを知っていた。そこは父親がぜったいに見ない場所だからだ。ある種の忠誠心があり、さらには彼女がいなくなってくれればうれしいので、サイはルースアンの秘密をだれにも話さなかった。

サイは自分もハイスクールを卒業したらすぐに、逃げだそうと決めていた。彼には大学へ行くチャンスはないだろう。サイは鋭敏で、知識欲が旺盛だったので、少なからず辛いことだった。だが、実際的な人間でもあったので、現実を受け入れていた。

サイはまだタバコを本当においしいとは思っていなかったが、もう一服した。

「よお」ジム・マーチが建物を回って寄ってきた。ジムは背が高く、ひょろっとしていて、糖蜜色の肌をしていた。サイと同じく、彼は日曜用のよそ行きを着ていた。「なにしてる?」

幼なじみの気安さで、彼はサイの隣に腰を下ろした。

「タバコを吸ってるだけ。そっちは?」

「別に」互いに気楽な雰囲気で、ふたりは口を閉じた。「学校が休みになってうれしいな」しばらくしてからジムが言った。

「うん」サイは学校が好きだと認めて、ばつの悪い思いをする気はなかった。「ひと夏まるまるだからな」サイにとっては、果てしなく長く感じられた。

「働くのか?」

サイは肩を動かした。「仕事なんてないよ」

ジムは自分の鮮やかな赤いネクタイを丁寧に畳んで、ポケットにしまった。「うちの父さんがあのミズ・ウェイバリーのところで仕事をしているんだ」ジムは、サイの父親が吹き飛ばした窓を、自分の父親が直している、と言うのは好ましくないと考えていた。「家のペンキを全部塗るんだって。僕も手伝うんだ」

「じゃあ、金持ちになるわけだ」

「まさか」ジムはにやりとして、地面に模様を描きはじめた。「小遣いはもらうけどね。もう二ドル稼いだよ」

「じゃあ、僕より二ドル金持ちだ」

口を引き締め、ジムは横目で友を見た。ふたりは友達ではないことになっている。サイの父親によればぜったい許されないことだ。だがそれでもふたりはひそかに友人関係を維持していた。「ロングストリート家で畑仕事用の人間を雇うって噂を聞いた」

サイはほーっと声をもらし、ポールモールを最後まで吸わせるためにジムに渡した。「スウィートウォーターに近づいたら、父さんに生皮をはがれちゃうよ」

「だろうな」

だが父親は牢屋だ、とサイは思い出した。もし仕事につけたら、ルースアンみたいに自分の秘密の資金をためはじめられる。「本当に人を捜しているって？」

「そう聞いたよ。向こうの教会でミス・デラが焼き菓子を売ってる。聞いてみればいい」ジムはサイに笑いかけた。「レモンパイを売ってるはずだ。二ドルあれば一個ぐらい買えるかもしれない。グースネック・クリークへレモンパイを持っていって、ナマズを捕まえるってのはいいと思わないか？」

「いいね」サイは友達に目を向けた。彼のゆったりとした笑いは驚くほどかわいらしかった。「食べるのを手伝ってやるよ。そうでもしないと、ひとりでがつがつ食って、吐いちゃうことになるからな」

ふたりの少年がパイについて話し合い、女性たちが日曜日のドレスを見せびらかしている間、タッカーはベッドに大の字になり、うたた寝を堪能していた。

彼は日曜日が大好きだった。家の中は墓場のように静かだ。デラは町へ出かけ、ほかの人間は眠っているか、日曜版の新聞といっしょにどこかでだらしなくしているかだ。

母が生きているころは違った。あのころは家族全員で――めかし込んで――教会へ出かけていき、会衆席の前列の指定席に並んだものだ。母はラベンダーの香りをさせ、祖母のパールをつけていた。

礼拝が終わると、説教に関するさまざまな批評やら、天候や作物についての話題が飛び交った。生まれたての赤ん坊は皆にほめられ、声を上げた。大きくなった子供たちは里帰りし、誇らしげな親たちに連れ回される。若者は気取って歩いたり、いちゃついたりする機会を逃さなかった。

その後は日曜日のディナーの席についた。グレーズをかけたハム、サツマイモ、焼きたてのビスキュイ、煮汁で泳ぐサヤインゲン、ペカンパイが登場することもあった。そして花だ。テーブルには必ず花があった。タッカーの母がちゃんと準備していた。

妻への尊敬の念から、タッカーの父親は日曜日には酒瓶に触れなかった。日の出から日の入りまでは。その結果として、あの長い午後については、楽しくて夢のようだったという記憶がよみがえる――幻想かもしれないが、それでも気の休まる思い出だ。

タッカーの中には、当時を懐かしく思う気持ちもあった。だが、外にいる小鳥のさえずりや扇風機のうなる音を聞き、行くところもすることもないという幸福なスケジュールを承知して、静かな家でまどろむというのは、なかなか意義深いものだった。

車のエンジン音が聞こえ、タッカーは寝返りを打った。そんな動きで、小さな痛みがよみがえった。タッカーはうめきながら、苦痛のうずきが通り過ぎるのを待った。

正面玄関がノックされ、タッカーは片目を開けた。陽射しが飛び込んできて、彼は歯の間から息をもらした。眠ったふりをして、ジョージーかドゥウェインが対処してくれるのを待とう、と思った。だが、ジョージーの部屋は家の裏側にあるし、ドゥウェインはたぶん、ゆうべタッカーが湖の前から引きずってきたときと同じように酔っぱらっているだろう。

「くそ。さっさと消えてくれ」

ノックが止まると、タッカーは枕にすり寄り、眠りに戻れると思った。だがほっとする間もなく、バークの声が窓の下から聞こえてきた。

「タッカー、起きろ。話がある。おい、タック、大事な話なんだ」

「いつもいつも大事だなんて言いやがって」タッカーはぶつぶつ言いながら、ベッドから体を起こした。体中の痛みが目を覚ました。いらいらしながら、裸のままタッカーはテラスのドアを押し開けた。

「なんとまあ」バークはタバコを放り投げ、タッカーの体にじっくりと視線を送った。黒と青、そして薄い黄色があちこちに広がっていた。「見事にあいつにやられたようだな」

「そんなすばらしい意見を言うためだけに、わざわざここへ来て、僕を起こしたのか？」

「おまえが降りてきたら、ここへ来た訳を話すよ。なにか着てこいよ。でないと、公然猥褻罪でしょっぴくぞ」

「勝手にしろ、保安官」タッカーはよろよろとベッドルームに戻り、名残惜しそうに乱れたシーツを見てから、ひもで結ぶコットンパンツとサングラスをつかんだ。彼が身につけるつもりでいるのは、それだけだった。

バークにやさしくする気分ではなかったので、わざわざバスルームへ行き、膀胱を空にし、歯を磨いた。

「コーヒー一杯さえありゃしない」タッカーはぼやきながら、ポーチに出た。バークは揺り椅子のひとつに座っていた。靴がぴかぴかで、シャツがぱりっとしている様子から、彼が礼拝からまっすぐ来たのは明らかだった。

「こんな早い時間に起こして悪かったな。まだ昼を一分だって過ぎていないだろうに」

「タバコをくれ、嫌なやつだ」

バークは言われたようにして、タッカーがささやかな儀式を終えるのを待った。「タバコを短くすることで、禁煙の助けになると本気で思ってるのか？」

「結果的にはな」タッカーは煙を吸い、顔をしかめて火を完全につけ、それから吐きだした。もう一度吸って、ささやかながら気分が良くなると、腰を下ろす。「それでバーク、わざわざお越しくださった訳っていうのは？」

バークは、タッカーが守ろうとしたボタンのほうを見て眉をひそめた。「さっきドクター・ルーベンスタインと話したんだ。彼は〈チャット・アンド・チュウ〉で朝飯を食べていたんだが、俺を手招きした」

「ふーん」タッカーは自分の朝食をどうするか考えはじめた。デラをおだてて、ホットケーキを作ってもらおうか。

「いくつか俺に情報を漏らしたかったんだ――主として、それがバーンズを怒らせるとわかっているからなんだがね。彼はきわめて規則に厳格だからだ、バーンズのことだよ。俺の事務所を乗っ取りかけているんだぞ。気にしないとは言いかねるね」

「同情してやるよ。さあ、もうベッドに戻ってもいいか？」

「タッカー、エダ・ルーのことなんだ」バークは保安官バッヂをいじくった。どんな情報だろうと、タッカーに漏らすのがプロらしからぬ行為だということは知っていた。ＦＢＩがまだ彼を容疑者と考えているのだからなおさらだ。だが、法律よりも深く流れる忠誠心というものがあった。「赤ん坊はいなかったんだ、タック」

「ん？」

バークはため息をついた。「彼女は妊娠していなかった。解剖でわかったんだ。赤ん坊はいなかった。おまえには知る権利があると思ったんだ」

タバコの先端を見つめるうちに、タッカーの頭の中は何かが突進するような音でいっぱいになった。彼が口を開いたとき、その話し方は緩慢で、慎重なものだった。「彼女は妊娠していなかった」

「ああ」

「たしかか？」

「ルーベンスタインは自分がなにをしているか知っているし、その彼がそう言っている」

タッカーは目を閉じて、後ろにもたれ、椅子を揺らした。彼は自分の罪悪心や悲しみの大部分が子供のためだとわかっていた。だが、子供はいなかった。子供がいなかったため、悲しみは簡単に憤りに変わった。

「彼女は僕に嘘をついた」

「そのとおりだな」

「彼女はあそこで、みんなの前で、ああいう嘘をついた」

どうすることもできないと感じ、バークは立ち上がった。「おまえは知るべきだと思った。正しいことじゃないかもしれないが……ただ、知らせるべきだと思ってね」

礼を言うのも適当とは思えなかったので、タッカーはただうなずき、目を閉じていると、パトカーが動きだし、長く曲がりくねった道を走っていくのが聞こえた。

タッカーは両手を握りしめた。彼の中でどす黒い怒りがこみ上げ、胃から吹き上げてきて、喉に不快な味がしてきた。その兆候なら知っていた。ほかの場合なら、彼は怯えていたかもしれない。

なにかを傷つけ、打ち砕き、引き裂き、ひねりつぶして粉々にしたかった。

まぶたを開けたとき、その目は狂気を帯びていた。猛然と家の中へ駆け込み、階段を上がった。部屋に入ると、キーをひっつかみ、ランプをぶちこわしてささやかな満足を得た。椅子の袖からシャツをとり、腕を通しながら、勢いよく部屋を出た。

「タック？」眠そうな目をして、赤いシルクのローブを羽織ったジョージーが、廊下を歩いてきた。「タック、あなたに話があるの」タッカーが荒々しい視線を送り、階段を駆け下りていくと、ジョージーの頭から眠気は吹き飛んだ。彼女は叫びながら兄を追いかけた。「タック！待って！」タッカーが車のドアをぐいっと開けたとき、ジョージーは追いついた。「タッカー、なにがあったの？」

タッカーは彼女を振り払った。内にいる獣を首輪でひっしで押さえ込もうとしていた。「僕に近づくな」

「ハニー、ただ助けたいだけなの。私たち家族じゃない」ジョージーはキーをつかんだが、兄に手首を締めつけられ、はっとした。

「あっちへ行け」

ジョージーの目に涙がこみ上げてきた。「私に話をさせてくれなきゃだめ。タッカー、タッカー、ゆうべあの医者と出かけたの。FBIのドクターよ」ポルシェのエンジンがかかり、ジョージーは声を荒げた。「エダ・ルーは妊娠していなかったの。赤ちゃんはいなかったのよ、タック。罠だったの、そう言ったでしょ」

タッカーがぱっと振り向き、射抜くような目でジョージーをにらんだ。「知ってる」ポルシェは砂利を蹴散らし、猛スピードで走り出した。

ジョージーはしーっと声をあげ、小石がぶつかったふくらはぎを押さえた。激怒して、砂利を一握りつかみ、車のほうへ投げつけた。

「一体全体なんの騒ぎだ?」

ジョージーが振り返ると、ポーチにドゥウェインがいた。彼は両手をかざし、その下から目を細めた。体はゆらゆらして、ジョッキーショーツ以外なにも着ていない。

「なんでもないわ」ジョージーはため息混じりに言い、ステップを上がりはじめた。タッカーにはなにもしてあげられないようだが、ドゥウェインの面倒ならみられるだろう。「コーヒーでも飲みましょう、ハニー」

町へ向かって急カーブを切ると、タッカーが握るハンドルが揺れた。あまりに怒り狂っていて、車の後部が左右に振れ、タイヤが悲鳴をあげても、気にもならない。彼女がうまくやり通せる訳はなかった。タッカーの頭の中では、このことだけが繰り返し駆けめぐっていた。ぜったいに嘘を突き通せるはずはなかった。タッカーは歯を食いしばり、アクセルを踏み込み、いっきに八十マイルを越えた。

カーブが曲がりくねっていようと、タッカーは何マイルも先まで見えていた。補修された道路から熱波がはい上がり、遠景をかすんだ蜃気楼《しんきろう》に変えた。タッカーは自分がどこへ行くのか、なにをしたいのかわかっていなかったが、今はやらなくてはならない。とにかく今は。

シフトレバーを握り、マクネア家の直前にあるカーブに備えて減速しようとした。だが、ハンドルをぐいっと回しても、車は矢のように突進しつづけた。ののしり、ハンドルと格闘し、ほとんど役に立たなくなってしまったブレーキをどんどん踏みつけるだけの時間はあった。

祖母のつばの広い帽子で顔を隠し、キャロラインは小道の脇で伸びた雑草を刈っていた。暑いし、腕は痛かったが、これまでにないほど楽しいときを過ごしていた。草刈りばさみはカミソリのように鋭利で、木でできた持ち手は、使いこまれてすべすべしている。マメができないように、庭作業用の手袋をはめた。きっと祖母も、この家庭的な仕事をするときに使ったのだろう。

しばらく待てば、トビーにやってもらえるのはわかっていた。だがキャロラインは楽しんでいた。太陽、乾ききった暑さ、植物の青くささ。単純な仕事を成し遂げることを、楽しんでいた。周囲にあるのは小鳥のさえずり、午後のざわめき、重苦しいほどの孤独だ。まさにこれこそキャロラインが望んでいたもので、こわばった肩をもむためにちょっと休んでから、親指ほどの太さのつるを刈り取った。

エンジンの轟音《ごう》が聞こえた。目に手をかざし、道路を見るより早く、小道の突き当たりが見え、それがタッカーだとわかった。車は高速で走り、キャロラインはエンジンの力強い音に気づいた。

近いうちに彼はあの車をティンカートイに変え、入院するはめになるだろう、とキャロラインは腰に手を当てて考えた。もし彼がここへ来るつもりなら、そう言ってやらなくては。まったく男っていうのは……。

路上をゴムが滑る高い音が聞こえ、キャロラインの思考は停止した。叫び声が聞こえる。恐怖よりも憤りを感じながら、ガラスが割れて、金属が引きちぎられる音を聞く前に、キャロラインは走りだしていた。

彼女の手からはさみが飛んだ。心の咆哮よりも大きく聞こえるのは、若き日のカール・パーキンスがブルースエードシューズに手を出すなと警告する、元気のいい歌声だけだった。「ああ、大変！」車輪が草の生えた路肩へ分け入っているのに気づいた直後、郵便受けをつけてある柱に、ポルシェがゆがんでもたれているのが見えた。粉々になったガラスが、ダイヤモンドのように路上できらめいている。タッカーがハンドルに倒れかかっているのが見え、キャロラインは彼の名前を叫びながら、車に駆け寄った。

「ああ、タッカー、タッカー」

彼を動かすこともできず、かといって残していくこともできず、キャロラインはそっと彼の顔に触れてみた。タッカーがぱっと顔を上げ、キャロラインは新たに悲鳴をあげた。

「くそ」

キャロラインは震えながら三回息を吸った。「なにやってるのよ。死んだかと思ったわ。あんな運転をしていたら、当然よ。いい大人が興奮して、無責任なティーンエイジャーみたいにぶっ飛ばしたりして。理解できないわ、いったいなんだって……」

「黙れ、キャロ」タッカーはずきずきする額に手を当て、出血していることに気づいた。ほかに新しい傷は？　彼がおぼつかない手をドアの取っ手にかけたとき、キャロラインがぐいっと引っ張った。

「怪我していなかったら、殴っているところだわ」そう言いながらも、キャロラインは身を屈めて、彼が立ち上がるのを助けた。

「僕は殴り返したい気分だ」視野がぼやけ、彼を苛立たせた。タッカーは無傷のリアフェンダーにもたれた。「ラジオを消してくれないか、キャロ？　キーを抜いて」

キャロラインはまだぶつぶつ言いながら、イグニッションからキーを引き抜いた。「郵便受けがめちゃめちゃ。これがほかの車じゃなかったことを感謝すべきなんでしょうね」

「明日には新しいのがつくように手配するよ」

「あなたにとっては、取り替えるのはいとも簡単なことなのね？」不安のせいで声をとがらせながら、キャロラインは彼のウエストに手を回し、自分に寄りかからせた。「たいていのものはね」頭が転げ落ちそうだ、とタッカーは思った。これは交換がさほど簡単ではないかもしれない。キャロラインは彼を家への小道へと導きながら、まだ文句を言っている。砂利がずきっと痛くて、タッカーは靴も履いていないことに気づいた。こめかみから血がつたっている。「手を離せ、キャロライン」

彼の声になにか――怒りではなく、苦痛――を感じ取り、キャロラインは気持ちを静めた。「私にもっと寄りかかって」小声で言う。「見かけより強いんだから」

「君はそよ風でも飛んでしまいそうに見えるよ」家が揺れて見え、タッカーは気を失いそうになった。目を細めると、傷ついた目が痛み、そのせいでめまいが消えた。「いかにもか弱そうな外見だ。そういうタイプに惹かれたことはない」

「お世辞と受け取るべきなんでしょうね」

「だが、君はか弱くはない。君はタフな人だよ、キャロ、そして僕に腹を立てている。ちょっとの間わめくのを待ってくれ」

「どうして私がわめくの?」タッカーのうつろな声から、今にも失神しそうなことがわかった。彼を怒らせて、アドレナリンの分泌量を高めておかなくては、とキャロラインは思った。もし彼が倒れたら、抱き起こすことはできないだろう。「あなたが車をめちゃめちゃにして、最後には路上の染みになろうと、私にはどうってことないのよ。ただ、できればうちの前じゃなくて、よそでやってほしいだけ」

「できるだけそうするよ、ハニー。座りたい」

「ポーチまでもう少しよ」キャロラインは半ば引きずるようにして、前に進んだ。「あそこまで行ったら座らせてあげるわ」

「いばった女は嫌いだ」

「なら、私は安全だわ」ポーチに上がり、彼がまだ立っていられるのを見ると、キャロラインは家の中へと引っ張った。

「ポーチについたら座れるって……」

「嘘をついたの」

タッカーは弱々しく、どこか冷酷な笑い声をもらした。「女はいつもそうだ」

「さあ、いいわよ」キャロラインは、クッションに弾の穴の開いたカウチにタッカーを座らせた。彼の足を持ち上げてから、頭の下に枕をあてた。「ドク・シェイズに電話をしてから、きれいにしてあげるわね」

タッカーは彼女の手をつかもうとし、やりそこなったが、その動きにキャロラインは立ち止まった。「彼を呼ぶな。ただぶつけただけだし、今までに何度もあったことだ」

「脳震盪《のうしんとう》を起こしているかもしれないわ」

「いろんなことをするかもしれないさ。だけど彼にできるのは、なにかを注射することだけだ。僕は針が大嫌いなんだ、わかるだろ?」

キャロラインにはわかったし、同情もできたので、ためらった。打撲はさほどひどくなさそうだし、彼の意識はもちろんはっきりしている。「まず汚れを落としてから、様子を見ましょう」

「よかった。バケツに氷をいれて、そこにビールを浸すっていうのはどうだい？」

「氷はいいけど、ビールはだめ。おとなしく寝ていなさい」

「女はぜったいにビールをくれない」タッカーはそっと言った。「僕はこうして血を流して死んでいくのに、彼女はがみがみ言うだけ」

「聞こえたわよ」キャロラインはキッチンから声をかけた。

「いつだってそうなんだ」ため息をついて、タッカーは目を閉じた。じっとそのままでいると、キャロラインが冷たい布を額の傷に当てた。「どうしてそのみっともない帽子をかぶっているんだい？」

「みっともなくなんかないわ」キャロラインは傷を見て、浅いことがわかると少しほっとした。

「ハニー、かぶっているのは君だけど、見ているのは僕だ。だから言うけどね、それはみっともない」

「わかったわよ」不愉快だったが、キャロラインは帽子を放り投げ、医薬品をおいたコーヒーテーブルからヨードチンキの瓶をとった。

タッカーはみじめな目でその瓶を見た。「それはやめてくれよ」

「いい子ね」

にっこりしながらタッカーは彼女の手首を握った。「とってもキュートだよ、かわい子ちゃん」

「それは愛情表現じゃないわね」キャロラインは反対の手に瓶を持ち替え、ヨードチンキを塗りつけた。タッカーが短く鋭い声をあげ、毒づいた。「さあ、我慢して、タッカー」

「せめて息で吹いてくれ」

キャロラインはそうした。タッカーの手が彼女の手首から太股へとそっと移動した。キャロラインは最後に一息吹きかけると、彼の手を脇へ追い払った。

「なあ、怪我人を少しは大事にしてくれよ」

「包帯を巻く間、じっとしていてね」キャロラインはガーゼとテープを切った。「もしあなたの手がまたうろつき出したら、こぶを今の二倍にしてあげるわ」

「はい、わかりました」彼女の手はやさしく、頭のほうは情け容赦なくずきずきしていたが、気分はずっとよくなっていた。

「ほかに痛いところは？」

彼女の手は雨粒のように穏やかで、ひんやりしていた。「わからない。調べてくれないか？」

キャロラインは彼の声から伝わる作り笑いを無視して、彼のシャツのボタンをはずした。

「今日のことであなたが学習してくれればいい……まあ、大変、タッカー」

タッカーはぱっと目を開けた。「なんだ？　どうした？」

「体中あざだらけだわ」

一瞬間をおいてから、彼女が肋骨が飛び出しているのを見つけたのでなくてよかった、とタッカーは思った。「古傷さ。オースティンだよ」

「まあ、ひどい」恐怖が彼女の声を貫き、瞳をエメラルドのようなグリーンに変えた。「彼を監禁すべきだわ」

タッカーは思わず微笑んだ。「彼は監禁されているよ、ダーリン。郡の拘置所にしっかりとね。昨日、カールがあいつを移送した」

キャロラインは彼の傷ついた脇腹に、そっと指をおいた。「ずいぶんとやられたのね」

プライドが刺激された。「向こうだってにこやかに帰ったわけじゃない」

「もちろん、そうでしょうよ」キャロラインはぱっと手を引くと、痛み止めの瓶を開けた。彼女のストレス性頭痛のためにドクター・パラモが処方してくれたものだ。「男なんてみんなバカだわ」

おそるおそるタッカーは肘で支えながら体を起こした。「僕が始めたんじゃない。向こうが追いかけてきたんだ」

「黙って、これを一粒飲んで」

「なにを飲まされるのかな?」

「あなたが感じているはずの頭痛が平気になるものよ」

タッカーはありがたく一錠もらい、同時に瓶のラベルをじっと見た。もしそれが効いたら、ほかの痛みを除くために、ドク・シェイズにもらわなければならないだろう。タッカーは、キャロラインが差し出した水で薬を飲み込んだ。「立ち上がることができたら、ビールをもらえる?」

「だめ」

タッカーはクッションに頭を戻した。「ま、そのほうがいいか。ダーリン、悪いけどジュニア・タルボットに電話してくれないかな。ここまで来て、僕の車を牽引してほしいんだ」

「連絡するわ」キャロラインは立ち上がり、警告するような視線を投げた。「眠っちゃだめよ。脳震盪を起こしていたら、眠ってはいけないの」

「どうして?」

苛立ちからキャロラインの声がとがった。「知らないわ、医者じゃないもの。ただ、いつもそう聞いているだけ」

「すぐに戻ってきて、僕の手を握るって約束してくれたら、眠らないよ」

キャロラインは眉を釣り上げた。「もし眠ったら、ドク・シェイズに電話をして、一番大きな注射を持ってきてもらうわ」

「やれやれ、君って本当に意地が悪い」だが、彼女が歩いていくと、タッカーの唇が曲線を描いた。

眠ってしまう危険性について三分も考えないうちに、キャロラインはアイスパックを持って戻ってきた。「ジュニアはできるだけ早く来てくれるそうよ」タッカーはただうなった。キャロラインが彼の頭にアイスパックを置くと、うなり声はありがたそうな長い「あー」に変わった。「あなたの家族に知らせるべきかしら」

「まだいい。デラはまだしばらく町にいる。今日は焼き菓子の販売日だって忘れてたよ。ジョージーはどこへも行かないだろう。特にドゥウェインがいつもの日曜日の状態で起きてきたらな」タッカーは疲れていた。物憂い午後の、心地よくて眠たさを感じる疲労ではなく、骨の芯まで疲れ切っていた。「どうせ、車の衝突はうちの家族の趣味なんだし」

キャロラインは眉をひそめた。彼の顔色はよくなってきたから、説明を求めてもいいように感じた。「じゃあ、あなたたちはクローケーかレース編みでもするべきだわ。だいたいあんなに急いで、どこへ行くつもりだったの?」

「わからない。どこでもよかった」

「どこでもいいのに、裸足で時速百マイルも出していたなんて、そんなバカな」

「八十マイルだよ。君は大げさに言う傾向があるな」

「死んでいたかもしれないのよ」

「だれかを殺したい気分だったんだから、そのほうがましだったな」タッカーは目を開けた。そこから痛みは薄れていた――ドクター・パラモの魔法は即効性だ――が、ほかのなにか、もっと深くて、もっと激しいものがそこにはあった。

「なにかあったの?」

「赤ん坊はいなかった」タッカーは自分の声がそう言うのが聞こえた。

「なんですって?」

「彼女は妊娠していなかった。僕に嘘をついたんだ。あそこに立って、僕の目をまっすぐに見て、彼女のお腹に僕の子供がいると言った。それは嘘だった」

キャロラインがエダ・ルーの話だと気づくのに、ちょっと間があいた。池で浮いているのを見つけた、あのエダ・ルー。「残念ね」キャロラインは膝の上で両手を合わせた。なにを、どう言えばいいのかわからなかった。

タッカーはなぜ彼女に話しているのかわからなかったが、いったん始めると、言葉を止めることができなかった。「ここ数日……あのことで僕は悩んできた。あんな風に彼女が死んだことを考えて。彼女も一度は僕にとって意味ある存在だった。たぶん意味のある人だったんだ。そのことを考え、僕の一部が彼女といっしょに死んだことを考えると……だけどエダ・ルーの中には僕の一部なんかいなかった。すべては嘘だった」

「たぶん彼女は勘違いしたのよ。妊娠していると思っていたのかもしれないわ」

タッカーは短く笑った。「彼女とは二カ月近く寝ていない。エダ・ルーみたいな女はその手のことはしっかり把握しているよ。彼女は知ってたんだ」一瞬、タッカーが目を閉じてから開けたとき、そこには激しい憤りが燃えていた。「赤ん坊がいなかったからって、どうして僕はそんなに頭に来るんだ？　彼女は嘘をついていた。つまり赤ん坊は死ななかったっていうことだし、もうそのことを考えて、胸を傷める必要はないってことだ」

キャロラインは彼の手を握り、自分の頬へと運んで慰めた。彼が深くて、辛い旅をしてきたような気分でいることを、彼女はわかっていなかった。だが、彼に対してやさしくなった彼女の一部は、もう二度と頑なになることはできないだろう。

「ときには、現実のことよりも、あったかもしれないことに対して傷つくことだってあるわ」

タッカーが手のひらを上に向けると、ふたりの指が絡み合った。キャロラインは見たことがないほど愛らしく、悲しそうな目をしていた。「僕が話していることが、君はわかっているみたいだね」

キャロラインはにっこりし、手にキスされても抗議しなかった。「ええ」常に用心深いキャロラインは、あまり長く彼に捕まらないうちに、手をふりほどこうとした。「私、外に出て、ジュニアが来たかどうか見てくるわ」

タッカーはまだ手を離したくなかった。今はまだ。やっとの思いで体を起こした。「いっしょに行こうよ」ゆっくりと部屋が一度回ったが、それから落ち着いた。「君が手を貸してくれるなら、だけど」

キャロラインは彼が伸ばしてきた手を見下ろした。タッカーがつかの間のサポート以上のことを求めていると考えるなんてバカげている、と思った。そんな気持ちを振り払って、キャロラインは手を伸ばし、彼の手を握った。

10

ジュニア・タルボットは牽引トラックの運転席から出てきて、アトランタ・ブレーブスの野球帽の下に指を入れ、もじゃもじゃのモップのような赤毛につっこんで頭をかいた。ゆっくりと、時間をかけてタッカーのめちゃくちゃになったポルシェのまわりを回った。彼のJ・C・ペニーの作業ブーツが割れたガラスをざくざく踏んでいく。丸くて力強い、そばかすだらけの顔の中で、淡いブルーの瞳は真剣だった。彼は考え込みながら、ふっくらした下唇を引っ張った。

彼はトランキライザーを使ったハウディ・ドゥーディ（子供向けテレビ番組に出てくる少年）みたいだ、とキャロラインは思った。

「ここで面倒なことにあったようだね」ようやくジュニアが言った。

「ちょっとね」タッカーが同意する。「タバコあるか、ジュニア？」

「あるはずだ」ジュニアはウィンストンの箱を、グリースで汚れたワークシャツの胸ポケットから取り出した。彼は箱を揺すり、タバコを一本、フィルター分飛び出させ、タッカーがそれを引き抜くと、丁寧《ていねい》に箱をしまった。それからしゃがんで、つぶれたフェンダーをじっと見た。ここでまたしばらくの間、静寂が続いた。「元はきれいな車だったんだろうな」

ジュニアがわざと嫌みを言っているのでないことを、タッカーは知っていた。言うまでもないことを口にするのは、彼の性分なのだ。タッカーは身を乗り出して、グローブボックスを開け、マッチの箱を見つけた。「たぶん修理できるんじゃないかな、ジャクソンで」

ジュニアはしばらく考えた。「たぶんね」と彼は結論を出した。「ただ、車枠が曲がっているかもしれない。今はそれをまっすぐにする方法があるんだ。昔なら、車枠が曲がったら、そのままでいるしかなかった」

タッカーは煙越しに笑いかけた。「進歩を止めることはできないのさ」

「その通り」ジュニアはゆっくりと立ち上がり、それから道の端のちぎれた草や割れたガラスを見つめ、ブレーキ痕がないことに気づいた。しばらく考えてから、自分もタバコを吸うことにした。「なあ、タッカー、あんたは俺が見た中で最高のドライバーだって、いつも言ってたよな。五百マイルレースを見にデイトナビーチへ言ったときは別にして」

キャロラインは鼻を鳴らしたが、儀礼的に黙殺された。

「ハイウェイでのドラッグレースで、どうやってボニー兄弟から二十ドル巻き上げたかだって覚えてる。あれは七六年の七月だった。あんたのムスタングに対して、向こうはカマロだったな」ジュニアはタッカーからマッチを受け取り、親指の爪で火をつけた。「勝負にならなかった」

あのレースはタッカーにとって楽しい思い出だった。「もしビリー・Tがジョン・トーマスに運転させていたら、もっと接近していたかもしれないな」

ジュニアはうれしそうにうなずいた。「接戦だったかもな。だけど運転の才能に関しては、敵方のだれもあんたにはかなわなかった」

「ばかばかしい」キャロラインがそっとつぶやいた。ジュニアは聞こえていたとしても、聞こえないふりをした。一年以上の結婚生活を経験し、男がいつ耳を傾け、いつ傾けてはいけないかを承知していたからだ。

「そこで聞きたいんだが」ジュニアは同じようにゆっくりと、静かな声で続けた。「どうしてこのポールに衝突したんだい？」

「それは……」タッカーは煙を吸い込んで思案した。「車のコントロールがきかなくなったと言えると思う。ステアリングが故障したんだ」

ジュニアはうなずいて、タバコを吸い続けた。キャロラインは、ふたりがゆっくりと話し合えるように、折り畳み椅子を家から持ってこようか、と尋ねそうになった。

「ブレーキも踏んだようには見えないな」

「踏んだよ」タッカーが答える。「だが、効かなかった」

ジュニアの視線が、これ以上ないくらい鋭くなった。これがほかの人間だったら、そんな話は聞き流していただろう。だが、彼はタッカーの運転技術を知っていたし、敬服していた。

「それは妙だな。こういう車のステアリングとブレーキが、同時に故障した？　まだ半年もたっていないんじゃないのか？」

「ちょうど六カ月だ」

またジュニアがうなずいた。「しっかり見てみなくちゃならないな」

「そうしてくれると助かるよ、ジュニア」

ジュニアが自分の牽引トラックに歩いていってしまうと、キャロラインはようやく口をきいた。「十五年以上も前のドラッグレースと、あなたがうちの郵便受けに衝突しなければならなかったことと、どう関係してくるの？」

タッカーはにっこりした。「あれはたいした夜だった。さて、車から離れよう。ジュニアが引っかけると、少し動くかもしれない」彼女の同情心が引っ込んでしまわないように、タッカーは腕を彼女の肩に回し、体重を少し彼女にかけて、数フィートほど動くだけなのに助けてもらうよう仕向けた。

「ふらふらする？」

しなかったが、彼女の声には快いやさしさがある。「ちょっと」と言った――いいぞ、と彼は思った。「じきに直るよ」彼を支えるためにキャロラインの腕が彼のウェストに回ってくると、タッカーは笑みをかみ殺した。

「車に戻りましょう」キャロラインは彼を歩かせるよりも、道の突き当たりまで車で行かせようと言い張った。「私がうちまで連れていくわ」

うちなんかだめだ。ようやく前へ進み出したところなのに。「回復するまで、君のカウチに横になっているほうがいいんじゃないかな」

彼女はためらっている、とタッカーにはわかった。ところが派手なクラクションが聞こえ、タッカーは思わずののしりそうになった。キーと音を立てて、ドゥウェインの白いキャデラックが道の真ん中に止まった。彼はまだひげを剃らず、髪は四方八方に突っ立っている。ジョッキーパンツの上にズボンを履いて、袖なしのTシャツを着ていた。

「おやまあ」

ドゥウェインはタッカーに目を向け、弟が二本の足で立っているのを見ると、ジュニアが牽引の準備をしている車へ関心を向けた。

「日曜日のドライブへ行くのか、ドゥウェイン？」

「クリスタルから電話があった」ポルシェの正面を見て、ドゥウェインは歯の間から息を吐いた。「ジュニアが電話をもらったとき、シングルトン・フラーが整備工場にいたらしいんだ。彼がジェド・ラーソンと出会い、それからクリスタルがコークの六本パックを買いにラーソンの店に寄った。ジョージーより先に僕が電話に出てよかったよ。あいつならきっと癇癪を起こしていたからな」ジョージーがくれた薬のおかげで、ドゥウェインの二日酔いは、人に同情できる程度まで和らいでいた。「ひどいな、タック、あんなきれいなおもちゃを台無しにしてしまって」

辛抱できなくなり、キャロラインは息を吸い込んだ。「彼は予想できるとおりのことをしただけよ」と一気に言った。「もっとひどいことになっていたかもしれないのよ。でも、運良く、石頭をぶつけただけですんだわ。あなたが弟の状態についてそんなに心配するのも無理ないけど、私が安心させてあげる。彼なら大丈夫よ」

ジュニアはやっていたことを中断して、じっと見つめ、口の端からタバコをぶら下げた。ドゥウェインは目をぱちくりさせた。タッカーは大笑いして体面を失わないよう、ひっしで抑えた。

彼女は僕に夢中なんだ、とタッカーは結論を出した。

「そのようだね」ドゥウェインはとても礼儀正しくした。「彼を見ればわかるよ。うちへ連れて帰るために、ここまで来たんだ」

「なんて思いやりがあって、団結した家族なんでしょう」

「どうも僕たちは助け合う癖があるらしい」ドゥウェインが微笑むと、目が充血し、まだほろ酔い加減であるにもかかわらず、どこかチャーミングなところがあった。

「あなたたちみたいな家族は見たことがないわ」キャロラインの本心だった。

「準備完了だ、タック」ジュニアが声をかけた。「なにがどうなってるか連絡する」

「そうしてくれ。ありがとう」タッカーは背を向けるしかなかった。自分の車が牽引されていくのは見るに耐えなかったのだ。それは愛する人がストレッチャーで運ばれていくのを見るのと同じくらい辛かった。

「また会えてよかったよ、キャロライン」ドゥウェインはそう言うと、車へ歩きだした。「行くぞ、タッカー。クリスタルが電話をしてきたとき、ちょうど試合が始まるところだったんだ。

もう一イニングは見逃してるんだからな」

「すぐ行く」タッカーはキャロラインに向き直った。「手当てをしてくれてありがとう」そして彼女の髪に手を置いた。「それから話を聞いてくれて。だれかに聞いてもらう必要があるとは、自分でも気づいていなかった」

一瞬間をおいて、タッカーが真剣だということにキャロラインは気づいた。彼の目にからかうような輝きはなく、声にはひやかすような気配もなかった。「たいしたことじゃないわ」

「君にお礼がしたい」キャロラインが首を振りはじめると、タッカーは彼女の顎をつかまえた。「今夜、スウィートウォーターへディナーに招待したい」

「ねえ、タッカー、本当にそんな必要は……」

「今までよりもましな状況で、僕を見てほしいんだ」彼の親指が彼女の顎をなぞった。「そして僕も君に会いたい、それだけだ」

一瞬、キャロラインの心拍が早くなったが、声ははっきりしていた。「私はなにも始める気はないのよ、相手がだれでも」

「日曜日のディナーに隣人を招くのは、田舎の古い慣習だ」

キャロラインは微笑まずにはいられなかった。「近所づきあいならかまわないわ」

「おいタック、彼女にキスして、来いよ」

微笑み返しながら、タッカーは彼女の唇を指でなぞった。「彼女がさせてくれないんだ。まだね。五時頃に来てくれ、キャロ。スウィートウォーターを案内するよ」

「わかったわ」

タッカーがキャデラックまで歩き、兄の隣に恐る恐る乗り込むのを、キャロラインは見ていた。タッカーは素早く彼女に笑みを見せ、ドゥウェインがキャデラックをスウィートウォーターへ向けてスタートさせた。道のど真ん中を。

「あなたが頭蓋骨をかち割るか、もっとひどいことになったんだと思って、焼き菓子売りからあわてて帰ってきたっていうのに、お客が来るって言うんですか」デラはパイ生地の上に綿棒をたたきつけた。「今じゃいくら稼いだのかもわからないわ。スージー・トゥルースデールに任せてこなきゃならなかったし、彼女は売り上げについてはなにも知らないんだから」

このセリフを三時間たっぷりと聞かされて、タッカーは行動に出ることにした。ポケットから二十ドルを出し、カウンターに置いた。「ほら。トリニティ・ルター派教会の焼き菓子セールへ僕から寄付だ」

「ふん」デラの指はすばやく札をつかみ、エプロンのポケットの奥へと押し込んだ。だが彼女はまったく満足してはいなかった。「アーリーンが走ってきて、あなたが車を衝突させたって知らされたとき、もう少しで発作を起こしそうになったんですよ。あれを買ったときに言ったはずです。外国のものを買うなんて、ろくなことにならないって。主の日に道路でレースをするのもね」デラは生地をパイ皿に移した。「その上、あなたが死んでいるのか生きているのかを確かめにあわてて家に帰ってみると、ディナーにお客を招待したって言うんですからね」

かりかりしながら、デラはパイの端をきれいにし、溝をつけた。「まるでオーブンに入っているハムが、自然にできるとでも思っているようですね。エディスの孫だってそうですよ。エディスのことはとっても好きだったし、彼女からは孫娘がフランスのパリやイタリアにいたとか、バッキンガム宮殿に行ったとか、アメリカ大統領とホワイトハウスでディナーをいっしょにしたなんて話を聞かされてきたんですよ」彼女は次の生地をたたきつけた。「その彼女がディナーに来るっていうのに、銀器を磨く必要があるかどうかを確認する暇もないときてる。もし私がちゃんとした銀器を使わなかったら、あなたのお母様はお墓の中でひっくり返るでしょうね——安らかに眠らせたまえ」デラは手首で額をぬぐった。彼女の重たい魔よけのブレスレットが、じゃらじゃら音をたてた。「男っていうのは日曜のディナーが自然にできると思っているようですね」

タッカーは自分が皮をむいたジャガイモを、しかめ面で見た。「だから手伝っているじゃないか」

デラは思いっきり鼻を鳴らし、ちらっと彼を見た。「たいした手伝いですよ。皮を分厚くむいた上、きれいにした床にまき散らしているんだから」

「おお、神よ……」

デラの目が、タッカーが無視できないほど冷たい怒りに満ちて光った。「やたらと神の御名を口にするものではありません——日曜日に私のキッチンではね」

「床はちゃんときれいにするよ、デラ」

「お手並み拝見しましょう。それから私の上等のふきんは使わないでくださいよ」

「わかりました」そろそろ切り札を出す頃合だ。タッカーはそう判断すると、ジャガイモのはいったボウルを流しに置き、デラの立派なウェストを両腕で抱きしめた。「キャロラインが僕の頭の治療をしてくれたから、なにかいいことをしたいだけなんだ」

デラがうなった。「彼女なら見ましたよ。〝なにかいいこと〟っていうのがなんなのかも、想像がつきます」

タッカーはデラの乱れた赤い巻き毛に笑いかけた。「まったく頭をよぎらなかった、とは言えないな」

「ジッパーの下をよぎった、でしょうに」デラの唇がぴくっと動いた。「あなたの好みよりは、少し細そうですけどね」

「まあ、少しは肉付きがよくなると思うよ。君の料理を試したらね。料理の腕で君の右にでる人間は、このあたりにはだれもいないんだ。僕は彼女に好印象を与えたいんだが、一番確かな方法は、ハチミツでつや出しをした君のハムを食べさせることなのさ」

デラは鼻を鳴らし、体を動かしたが、誇らしそうな光が頰を染めていった。「きちんとした食事をあの子に出すのを、嫌だなんて言うつもりはありませんよ」

「きちんとした?」タッカーはデラを抱きしめた。「ねえ、彼女はホワイトハウスでだってこれ以上のものは食べていないと思うよ。ぜったいだ」

デラはくっくっと笑い、彼の手を軽くたたいた。「仕上がらなければ、彼女はなにも食べられませんよ。そのジャガイモをことこと煮えてるスープにいれて、どこかへ行きなさい。匂いをかぎ回ってる人がいないほうが、ずっとはかどりますからね」

「はい、はい」タッカーが頰にキスをすると、デラはぼやきながらも、にっこりした。数分後、タッカーが湯気の立ったキッチンを出ると、ドゥウェインが居間で寝そべって、また野球の試合を見ていた。「ひげくらい剃ったらどうなんだい」

ドゥウェインは姿勢を変えて、床に置いてあったコークの瓶に手を伸ばした。「日曜日だぞ。日曜日にはひげは剃らないんだ」

「客が来るんだよ」

ドゥウェインはごくごくとコーラを飲み、ショートがお手玉をするとののしった。「もし僕がひげを剃ったら、おまえより僕のほうが格好いいと彼女は思うかもしれない。そうなったら、おまえの立場はどうなる？」

「危険は承知だ」

ドゥウェインは鼻を鳴らした。「このイニングが終わる前に、ピッチャーは交代になる――やつらにちょっとでも知恵があればな。そうなったら剃るよ」

満足したタッカーは、階段を上がりはじめた。自分の部屋に入る前に、ジョージーに呼び止められた。

「タッカー？　兄さんなの、ハニー？」

「シャワーを浴びるところだ」

「ねえ、ちょっとだけこっちへ来て、助けてちょうだい」

タッカーはグランドファーザー時計を見て、キャロラインが来るまでまだ三十分あることを確認すると、ジョージーの部屋へ向かって廊下を歩いていった。

そこはまるで、クリアランス・セール後のデパートのようだった。ブラウスやドレス、ランジェリー、靴などが、ベッドや椅子や窓下の腰掛けに投げだされている。黒いレースのテディが、忘れ去られた恋人が彼女のためにステートフェアで勝ち取ってくれたぬいぐるみのピンクの象の体に、意味ありげにぶら下がっていた。

ジョージーはまだ小さな赤いローブを着ていて、クローゼットに頭をつっこんで、まだそこにかかっているものをかき回している。

いつものように、部屋には香りが漂っている。香水とパウダーとローションの混じり合った香りだ。その結果、ブルーミングデールの香水売場と高級売春宿の中間みたいになっていた。

タッカーはさっと部屋を見渡し、明確な結論に達した。「デートか?」

「テディがグリーンヴィルの九時のショーに連れていってくれるの。ディナーに彼を招待したわ。どうせほかにも客がいるんですもの。これどう?」振り向いたジョージーは、短いオレンジ色のレザーのスカートをウェストにあてている。

「レザーじゃ暑すぎるよ」

ジョージーは口をとがらした。このスカートなら脚を見せびらかせるからだ。だが、脇へ放り投げた。「そうね。欲しいものはわかってるの。あのコットンドレス、ピンクのよ。先月、ジャクソンのガーデンパーティであれを来て、結婚の申し込みを一件と、いやらしいお誘いを三件も受けたの。さてと、どこいっちゃったんだろう」

タッカーは、すでに放り投げられていた服を妹がいじくりだすのを見ていた。「クリスタルのためにドクターを下見してあげてるのかと思っていた」

「そうよ」ジョージーは顔をあげて、にやりとした。「だけど、クリスタルのタイプじゃないって判断したの。彼は一日か二日で北部へ戻ってしまうから、彼女を悲しませるだけだもの。仮にふたりの間が真剣なものになっても、彼女には彼のところへ行く余裕もないし。その点、私なら大丈夫だわ。まだ頭は痛むの？」

「たいしたことはない」

「ここ見て」ジョージーはふくらはぎの小さな傷を指さした。「あなたが勢いよく飛び出していったとき、砂利をはねとばしたの。スカートをはくとしたら、あざ隠しを使わなくちゃならないわ」

「ごめん」

ジョージーは肩をすくめ、またピンクのドレス探しに戻った。「まあ、いいわ。あなたは動揺していたんですもの。彼女が嘘をついていたことはみんなに知れ渡るわ、タッカー。火曜日に彼女の埋葬がすむ前に、全員が知るでしょうね」

「だろうな」タッカーはシェルピンクのきれ端が目に留まり、しゃがんで服の山の下からドレスを引っぱり出した。「気持ちは落ち着いたよ、ジョージー。バークから話を聞いてかっとなったただけだ」

ジョージーは彼の額の包帯に触れた。ふたりはすぐそばに立ち、彼女の香水に包まれていた。ふたりに共通しているのは母親似の顔だけでもなければ、ロングストリートの名前だけでもなかった。ふたりの間には、血よりも深い絆があった。それがふたりの心を強く結びつけていたのだ。

「彼女が兄さんを傷つけたのよね、タッカー」

「プライドにいくつか穴が開いた、それだけさ」タッカーはジョージーの唇にそっとキスした。

「すぐに治るよ」

「あなたは女に優しすぎるのよ、タッカー。だからみんなあなたに恋してしまって、あなたは面倒を抱え込むことになるんだわ。もう少し厳しい態度で接すれば、女のほうだって妙な期待を抱かなくなるのに」

「心に留めておくよ。今度女性を誘うときには、その人にブスだって言うことにする」

ジョージーは笑い、立ち上がってドレスを体の前に当て、姿見の前で体をひねったり、回したりした。「詩を暗唱するのもなしよ」

「だれから聞いた？」

「カロランヌが星を見に、レイク・ヴィラージュへ連れていってもらったとき、あなたが詩の朗読したって言ってたわ」

タッカーは両手をポケットに押し込んだ。「女っていうのはどうしていつも、そういう個人的なことをマニキュアとかパーマをしてもらいながら話してしまうんだろう」
「男がビール瓶片手に、ペニスの大きさ自慢をするのと同じよ。これどう見える？」
タッカーは顔をしかめた。「女性にお世辞を言うのはやめにしたんだ」
彼がシャワーへ歩き出すと、ジョージーはただ笑っていた。

キャロラインはスウィートウォーターに圧倒され、車を小道の途中で止めて見つめた。屋敷は夕陽の中でパールのように白く輝いていた。全体が優雅に湾曲して、繊細な鉄細工でできていて、ほっそりとした柱があり、窓は輝いている。フープスカートを来た女性が芝生の上をそぞろ歩いたり、フロックコートを着た紳士が連邦脱退の可能性についてポーチに座って話し合ったり、寡黙な黒人の召使いが冷たい飲み物を運んだりしているさまを思い描くのに、想像力は必要なかった。

いたるところに花が咲き、格子垣にからまり、煉瓦で縁取りをした花壇にあふれている。クチナシとマグノリアとバラのうっとりするような香りが辺りに漂っていた。

色あせて端が敗れた南部連合の旗が、前庭の中央の白いポールに掛けられている。

屋敷の向こう側に、こぎれいな石造りの建物が見えた。かつて奴隷小屋、燻製《くんせい》小屋、夏用のキッチンだったものだろう――キャロラインはそこまでも想像できた。芝生の先には綿の木の生い茂った、平らで肥沃な土地が何エーカーも広がっている。畑のひとつの真ん中に、木が一本見えた。怠慢かあるいは感傷から残された、大きなイトスギの古木だ。

どういうわけか、それ──たった一本の木──のせいでキャロラインの喉が熱くなった。その純粋な荘厳さ、それが象徴している忍耐強さが、彼女の心の奥深くに触れてきたのだ。その木は一世紀以上もそこにあって、南部の盛衰、生きるための苦闘、そして終わりまでをずっと見てきたに違いない。

春の種まきや夏の収穫を、いったいどれだけ見てきたことだろう。

視線を屋敷へ戻した。これも継続と変化を象徴している。多くの北部人が怠惰であると考えがちな、古き南部の荘厳な優雅さがある。あそこで子供たちが生まれ、成長し、そして死んでいった。デルタ地帯のひっそりとした場所のリズムが延々と続く。南部の文化と伝統という穏やかな律動が生き続けてきたのだ。

その証拠がここにある。同じようにキャロラインの祖母の家にも、イノセンスへと続く道路脇に点在する家々、農場、そして畑にも。イノセンスの町自体にもその証拠はあった。

どうしてそういうことがわかりだしたのだろう、とキャロラインは思った。

タッカーが正面玄関から出てきて、ポーチに立つのを見たとき、彼のこともわかりだしたのだろうか、と思った。キャロラインはまた車をスタートさせ、ボタンの花壇をゆっくりと回り、停車した。

「あそこでじっと止まっているから、君が気を変えたのかと心配になっていたんだ」

「そうじゃないわ」キャロラインは車のドアを開け、外へ出た。「ただ眺めていたの」

タッカーのほうも眺めていたのだが、彼の胸を締めつけている指の力が緩むまで、口にするのはやめようと決めた。キャロラインは薄くて白いドレスを着ている。ゆったりしたスカートは、風が吹くとみごとに膨らみそうだ。ドレスは肩にかかる指二本分のストラップで支えられ、腕はむき出しだ。首の回りを磨きあげられた石のネックレスが飾っている。髪は後ろへなでつけられ、耳からぶら下がっている揃いの石を際だたせていた。彼女の顔はなにか神秘的で女性らしい作業が施され、目はいっそう深く、口元はいっそうぼんやりとして見える。

ステップを上って近づいてくると、キャロラインの軽やかで、うっとりするような香りがふわっとタッカーを包んだ。

タッカーは左手で彼女の右手をつかみ、ダンスを踊るように、ゆっくりと振り向かせながら彼の腕の中へ誘い込んだ。キャロラインは笑い声をあげた。ドレスの背中のくりがどんなに深いかを目にすると、タッカーは思わず生唾を飲んだ。

「君に言わなければならないことがあるんだ、キャロライン」

「いいわよ」

「君はブスだ」キャロラインが口をはさむ前に、タッカーが首を振った。「僕のやり方として、やめなくてはならないことがあるんだ」

「なかなか興味深いやり方ね」

「妹の考えさ。こうすれば女性が僕に恋するのを防げるはずだって」

どうして彼はいつも、彼女を微笑みたいと思わせるのだろう。「きっと効果があるわよ。私を中へ入れてくれないの？」

タッカーは彼女の左手から右手へと握り変えた。「そうするのをずっと待ちわびていたような気がする」彼は彼女をドアへ導き、ドアを開けた。そこで立ち止まり、キャロラインをじっと見た。彼女を、花々とマグノリアの木を背景にして玄関口――彼の家の玄関口――に立つ彼女がどう見えるかを、見ていたかったのだ。彼女はぴったりだ、とタッカーは気づいた。

「スウィートウォーターへようこそ」

足を踏み入れた瞬間、大きな声がキャロラインの耳に届いた。

「あなたがわざわざ私の食卓に来るようにだれかを招いたんなら、あなたにできるのはテーブルのセッティングだけなんですよ」デラは曲線を描く階段の下に立ち、一方の手でマホガニーの親柱をつかみ、もう一方の手をがっしりした腰に当てていた。

「だから、やるって言ったでしょ？」ジョージーの声が階段を転げ落ちてきた。「なにをそんなに汗だくになっているのか、訳が分からないわ。顔の準備が終わったら、すぐにやるわよ」

「あんなに塗りたくっていたら、終わるのは来週になるでしょうよ」デラが振り返った。キャロラインに気づくと、彼女の顔にあったもっともな憤りは、好奇心に取って代わった。「おやまあ、それじゃあ、あなたがエディスのお孫さんね？」

「ええ、そのようです」

「エディスと私は、彼女の家のポーチで、よくおしゃべりを楽しんだのよ。あなたは少し彼女に似ているわね、目の辺りが」

「ありがとう」

「この人がデラ」タッカーが告げた。「僕たちの世話をしてくれているんだ」

「三十年近くやってきましたけど、たいした効果はありませんでしたね。さあ、彼女を客間に案内して、上等のシェリーをお出ししてください。ディナーはじきに準備できますから」最後に階上をひとにらみしてから、デラは声を大きくした。「だれかさんが自分を飾り立てるのをやめて、テーブルを用意してくれたらですけど」

「私にやらせてください」キャロラインが申し出た。だがデラはすでにリビングへ向かって廊下を歩きかけていた。

「いいえ、そんなことをしなくていいんです。タッカーはジャガイモの皮をむき、あの子はテーブルに食器を並べる。死体のお医者さんをディナーに呼んだんですから、そのくらいはできるでしょう」デラはキャロラインの腕をぽんとたたき、キッチンへ足早に向かった。

「あの……死体のお医者さんって?」

タッカーはにやりとして、シェリーを取りに、アンティークのウォールナットのワゴンまで歩いていった。「病理学者さ」

「ああ、テディのことね。彼はほんとに……面白い人だわ」キャロラインは背の高い窓、レースのカーテン、トルコ絨毯のある部屋をゆっくりと見渡した。対になった長椅子――たしかそう呼ぶはずだ――は淡いパステルカラーだ。繊細な縞模様の壁紙、手作りのクッション、ふっくらしたオットマンは冷たい感じの色でそろえられている。そこにアンティークの重厚さがとけ込む。白い大理石でできた暖炉の上の炉棚には、ベビーローズでいっぱいのウォーターフォードクリスタルの花瓶がある。

「とても美しいお屋敷ね」キャロラインは差し出されたグラスを受け取った。「ありがとう」

「そのうち案内してあげるよ。歴史もすべて話すしね」

「楽しみだわ」窓辺へ行くと、庭を見渡すことができ、その向こうには畑や古いイトスギがある。「あなたが農業をしているとは知らなかったわ」

「うちは農園主なんだ」タッカーは訂正しながら、彼女の後ろに立った。「十八世紀からずっとロングストリート家は農園を保持してきた。ボーレガード・ロングストリートが一七九六年にナチェスで行われた二日間のポーカーで、極上のデルタ地帯の農地六百エーカーをヘンリー・ヴァン・ハーヴェンからだまし取った後はね。レッド・スターとかいう売春宿で行われたんだ」

キャロラインが振り向いた。「作り話ね」

「いいや。僕は父からそう聞いたし、父はそのまた父親から。運命の九六年の四月の夜からずっとそう伝えられてきた。まあ、だまし取るっていう部分は推測だけどね。そこはラーソンの人間が付け加えたんだ。彼らはヴァン・ハーヴェンのいとこだったものでね」

「白けちゃうわね」キャロラインは微笑んだ。

「それもあり得るし、真実かもしれない。だが、いずれにしても結果は同じだ」キャロラインが彼を見る目つき、彼女の唇が少し傾く感じ、笑っている目が、タッカーには楽しかった。

「ともかく、ヘンリーは土地を失ったことにすごく腹を立てて、ボーを待ち伏せしようとした。

レッド・スターの一番の子のひとりとお祝いをした後をね。彼女の名前はミリー・ジョーンズ」

キャロラインはシェリーをすすり、首を振った。「あなたは短編小説でも書くべきだわ、タック」

「僕は事実を話しているだけだ。さて、ミリーはボーのことがいたくお気に召した——ロングストリート家がいつも類《たぐ》いまれな恋人として知られていたって話したっけ？」

「いいえ、聞いてないわ」

「何世代にもわたって、文書で証明されているんだ」タッカーが断言した。彼は彼女の目が笑いできらきらし、口元が柔らかくなるのがとても好きだった。もしも話すネタがなかったなら、でっち上げだってしただろう。「ミリーはボーのスタミナと、彼が帰り際にベッドテーブルに置いていった追加の五ドル金貨をありがたく思い、窓辺へ行って、彼に手を振った。そのとき彼女が見つけたんだ。藪の中で火打ち式銃に弾を込めて、身構えているヘンリーを。その瞬間、ミリーは叫んだ。銃が発射された。ボーのフロックコートの袖が焦げたが、彼の反射神経は鋭く、ボーはナイフを取り出して、弾が飛んできた藪のほうへさっと投げた。ヘンリーの心臓に見事命中。じいさんからよく聞かされたよ」

「彼はベッドだけじゃなく、ナイフの名手でもあったのね」

「才能豊かな人だった」タッカーが同意した。「しかも分別もあったんで、ナチェスにうろうろして、自分の行為や死んだ男やアーカンソーナイフなんかのことで不愉快な質問を受けないほうがいいと決断した。ロマンチックでもあった彼は、かわいくて美しいミリーを売春宿から連れだし、デルタ地帯へ旅したわけだ」

「そして綿を植えた」

「綿を植え、金持ちになり、子供を作った。この家を建てはじめたのは彼らの息子で、一八二五年のことだ」

キャロラインはしばらく無言でいた。彼の流れるような言葉、声のゆるやかなリズムに飲み込まれるのは、あまりに簡単だった。(どこまでが真実で、どこまでが作り話かは、たいした問題ではない。大事なのは語られている、ということだ)キャロラインは窓から離れた。タッカーがまた触れようとしていることを強く意識していたし、自分が彼を止めたいのかどうかよくわからなかったのだ。「私は自分の家族の歴史なんて、ほとんどなにも知らないわ。もちろん二百年もさかのぼるなんて論外よ」

「デルタの人間は未来よりも過去に目を向ける。歴史っていうのは最高のゴシップになるからね。そして明日は……明日はどうせなるようにしかならないよ、だろ?」

タッカーは彼女のため息が聞こえたような気がしたが、その音はあまりに小さかったので、そうではなかったのかもしれないと思った。

「私は生まれてからずっと、明日のことを考えて生きてきたわ。来月や次のシーズンの計画をたてて。きっとここの空気のせいね」と言って、今度ははっきりとため息をついた。その音には物思わしげな響きがあった。「祖母の家に足を踏み入れてから、次の週のことなんか考えられなくなったの。考えたくもないんだけど」キャロラインはミシシッピに来ると決めて以来、なんとか逃げてきたマネージャーからの電話のことを思い出した。

タッカーは彼女を抱きしめたいという強い衝動に駆られた。ただ両腕で包んで、肩を貸すだけだ。だが、そんなことをして、ふたりの間に起きているなにかが台無しになってしまうのが怖かった。

「どうして不幸なんだい、キャロ?」

びっくりしてキャロラインは彼を見つめた。「そんなことないわよ」だが、それが真実の一部でしかないことをキャロラインは知っていた。そしてその〝一部〟というのも嘘だった。

「僕は話すのと同じくらい聞くのもうまいんだ」キャロラインの顔に触れるタッカーの手はやさしかった。「そのうち試してみるといい」

「そのうちね」だがキャロラインは身を引いて、ふたりの間に距離を置いた。「だれかが来るわ」

タッカーは今はタイミングが悪いと判断し、また窓を向いた。「死体のお医者さんだ」そう言って、にやりとする。「ジョージーがテーブルをセットしたかどうかを見に行くとしよう」

11

グリーンヴィルにある、便座のない傷だらけのトイレと、落書きだらけの壁の郡の拘置所の中で、オースティン・ヘイティンガーは板のように固い寝台に腰掛け、足下近くの床に注ぐ陽射しの縞模様を見つめていた。

どうして自分がふつうの犯罪者のように、まるで獣のように、独房に入れられているのかわかっていた。どうして自分が、汚らわしい言葉を書きなぐった汗じみた壁の檻の中で、鉄格子を見つめさせられているのかわかっていた。

ボー・ロングストリートが金持ちだったからだ。やつは神を冒瀆するほどの金持ちの農園主で、自分の汚れた金をすべて、ろくでもない子供たちにやっちまった。

あいつらがろくでなしなのは間違いない、とオースティンは考えた。マデリーンはあの裏切り者の指輪をはめたかもしれないが、神の目にかかれば、彼女はただひとりの男のものだ。

ボーは国に奉仕し、黄色人種から善良なるキリスト教徒を救うために、うんざりするような朝鮮半島へ出かけていくこともせず、国に残って、罪と安楽の中でさらに金をもうけたのだ。

オースティンは、ボーがマデリーンをだまして結婚したのではないかと、ずっと疑っていた。だからといって彼女の裏切りが正当化されるわけではないが、女は弱いものだ。肉体も意志も心も弱いのだ。

導いてやる強い力――そして時折の裏ビンタ――がないと、彼女たちは愚かな行為やあやまちを犯してしまいがちだ。メイビスが間違いを犯さないようオースティンが最善を尽くしたことは、神が証明してくださる。

彼は自暴自棄で訳が分からないまま、自分の荒れ狂う肉欲に陥れられて、メイビスと結婚した。「私と一緒にしてくださったあの女が、木から取ってくれたので、私は食べたのです（創世記第三章十二）」そう、たしかにメイビスは彼を誘惑し、そして弱き身であるオースティンは屈した。

オースティンはそれがイブから伝わってきたものだと知っていた。まずサタンがそのなめらかで、誘惑的な声で女たちに話しかけたのだ。女は罪に対して無防備であるが故に転落し、悪賢しさで男を引きずり込むのだ。

だがオースティンは彼女に忠実だった。三十五年間で彼が別の女に目を向けたのは、一度きりだ。

メイビスに対して夫としての権利を行使し、彼女の中にぶち込んだとき、暗闇の中でマデリーンを感じ、味わい、匂いを嗅いだとしても、それはマデリーンが彼のものだということを思い出させるための神の御技にすぎない。

マデリーンは彼に関心がないふりをしていた。だが、オースティンは知っていた。ずっと長い間、彼女がボーのもとへ走ったのは、女がよくやるように、オースティンをじらし、苦しめるためだったのだ、と知っていた。彼女はオースティンのものだ。彼だけの。彼が戦場へ赴く前に告白したときに見せた衝撃的な拒絶も、見せかけにすぎなかった。

ボーさえいなかったら、彼女はオースティンの帰りを待っていたのだ。あれがオースティンにとって、終焉の始まりだった。

自分の家族にちゃんとした暮らしをさせようとして、手に傷を作り、腰を痛くし、じっと耐えて働いてこなかったか？　彼がそうやって働き、失敗し、汗を流し、土地を失っている間、ボーは立派な白い家にいて、笑っていた。

笑っていたのだ。

だがボーは知らなかった。あれだけの金、上等な服、しゃれた車を持っていたにもかかわらず、真夏の埃っぽい日、空気がよどみ、風一つなく、熱で空が激しく焼かれていたとき、オースティン・ヘイティンガーが彼のものを奪ったことを、ボーは知らなかった。

あの日の彼女の姿を、オースティンは今もはっきり覚えている。脳裏に浮かぶ姿はあまりに鮮明で、彼の両手は震え、血管は激しく熱く脈打った。

彼女は彼のところへやってきた。バスケットを持って、彼の家のポーチへ。彼と、泣きわめく彼の息子と、次の子供の出産のために汗をかいて、中で横たわっていた彼の妻のために、施し物でいっぱいの大きな麦藁のバスケットを持って。

彼女は青いドレスに、薄い青いスカーフをなびかせた白い帽子で装っていた。マデリーンはいつでもスカーフをひらめかせていた。帽子の下で黒い髪がカールし、クリームのような肌を縁取っていた。ボーの罪深い金で買うことができたローションでいやというほど手入れをした肌を。

彼女は春の朝のようだった。たわんだポーチへ向かって泥道をゆったりと歩き、その目は穏やかで微笑んでいた。まるで貧困など目に入っていないようだった。壊れたシンダーブロックでできたステップも、ひもにぶら下がっているみすぼらしい服も、土埃の中でついばんでいるやせこけた鶏も。

彼女はさわやかな声をかけながら、オースティンが自分の女に生ませた赤ん坊たちのために、ボーの金で買った、もう着なくなった服でいっぱいのバスケットを差し出した。彼の妻が、医者を呼びにいく頃合いだと弱々しい声で呼びかけたが、オースティンはマデリーンの声を聞きのがすことはできなかった。

マデリーンが中へ入りかけたときの様子を、オースティンは覚えていた。裏切りと欺きがなければ、彼のベッドにはけっして寝ることのなかった女を、彼女は心配していたのだ。

「お医者さんを連れてきて、オースティン」と彼女はあのさわやかで、春の小川のような声で言った。彼女の黄金色の瞳にあったやさしさが、彼のはらわたを焼ききった。「いそいで呼んできて。奥さんと坊やには私がついているから」

オースティンをとらえたのは狂気ではなかった。彼はそれはけっして認めない。あれは正義だ。正義と憤りが彼の中であふれ、マデリーンをポーチから引きずり下ろしたのだ。彼女を土の上に引き倒したとき、彼の中を真実が駆け抜けていた。

たしかに彼女は彼を求めていないふりをした。彼女は叫び、抵抗した。だがすべて嘘だ。彼には権利があった。彼女の中へ押し入るという、神がくださった権利。仮面をかぶった彼女がどんなに泣き、哀願しようと、その正しさに彼女は気づいていたのだ。

オースティンは彼女の中へ精を放った。そしてその後これほどの歳月がたっているのにまだ、彼はあの力強い放出を覚えていた。自分の男の一部が彼女の中へ流れ込んだときに、どんなふうに体が跳ね返り、震えたかを。

彼女は泣くのをやめた。彼が土の上で横に転がり、白い空を見つめていると、彼女は起きあがり、去っていった。彼に残されたのは、自分の耳の中の征服の響きと、口の中の苦みだった。

そして彼は待った。昼も夜も、ボーが現れるのを待った。次男が生まれ、妻が無表情でベッドに寝ている間、オースティンはウィンチェスター銃に弾を込め、準備をして待った。殺したくてうずうずしていたのだ。

だがボーは現れなかった。そしてオースティンはマデリーンがふたりのことを隠しているのだと知った。そのことが彼の運命を定めた。

そしてボーは死んだ。マデリーンもいない。ふたりはブレッスド・ピース墓地でいっしょに眠っている。

今度は息子が現れた。あの息子が逆恨みをして仕返ししてきた。次の代へと引き継がれたのだ、とオースティンは思った。あの息子はオースティンの娘を誘惑し、汚した。そして娘は死んだ。

報復は彼の権利だ。報復は彼の剣なのだ。

オースティンは目をしばたたかせ、光の縞模様にまた焦点を合わせた。縞模様の間隔は狭まっている。近づいてきた夕暮れとともに移動していた。オースティンは二時間以上も、過去の中をさまよっていたのだ。

現在に目を向け、計画を練るときだ。うんざりしながら、ゆるやかな青いパンツを見下ろした。囚人服だ。じきにこんなものは脱いでやる。ここから脱出するのだ。神は自ら助くるものを助けるし、彼は方法を見つけるつもりだ。

なんとかしてイノセンスへ戻り、三十年以上前にやるべきだったことをするつもりだ。ボーの息子の中に生きている彼の一部を殺すのだ。

それで帳尻が合う。

キャロラインは花で飾られたパティオに出て、夏の空気を深く吸い込んだ。光は穏やかで、静かに夕暮れへと移り、草むらでは虫が動いている。彼女はひとりよがりの、満ちあふれる感情が、どれほど心地よくなるかを忘れていた。

食事は古い銀のトレーで供された、大皿料理だけではなかった。それはゆったりとした、けだるいほどのひとときで、香りと味とおしゃべりで満たされていた。テディはナプキンと食器で手品をやってみせた。一応しらふだったドゥウェインは、物まねという思いがけない才能を披露し、ジェームズ・スチュワートといった古いスタンダードから、ジャック・ニコルソン、さらにはジュニア・タルボットといった身近な人間のまねをした。

タッカーとジョージーはとりとめのない、ほとんどはセックス・スキャンダルに関する生きとした話でキャロラインを笑わせつづけた。ただし、そのほとんどが五、六十年も前のものだった。

うちのディナーとはぜんぜん違う、とキャロラインは思った。彼女の母はふさわしい話題を一方的に話し、糊付けしたダマスク織りのクロスには一滴たりともこぼさない。重苦しく、活気のないディナーで、家族の食事というよりも会社での会議に似ていた。先祖のちょっとした過ちについてはけっして語られないし、ジョージア・マクネア・ウェイバリーの胸元からゲストがフォークを引き抜くのを、彼女はけっして面白がらないだろう。

ぜったいに。

だがキャロラインは記憶にないほど楽しみ、その夜が終わりかけているのが残念だった。

「幸せそうだね」タッカーが言った。

「当然じゃない?」

「そんな君を見てうれしい、それだけさ」タッカーは彼女の手を取った。ふたりの指が絡まったときに彼が感じとったのは、抵抗というより迷いだった。「散歩はどう?」

美しい場所ですてきな夜を過ごし、キャロラインの気分はほぐれていた。「いいわ」

厳密には散歩ではない、と思いながら、キャロラインはバラの茂みやクチナシの強い香りの中を曲がりくねって進んだ。そぞろ歩きといったほうが近いだろう。急がず、目的もなく、悩みもない。そぞろ歩きとはタッカーにぴったりだ、と思った。

「あれは湖?」日が落ちる寸前の光に水がきらめくのを見て、キャロラインが尋ねた。

「スウィートウォーターだ」彼女の意志を汲んだように、タッカーは足の向きを変えた。「ボーはあそこに、湖の南側に自分の家を建てたんだ。今でも土台の名残が見られるよ」

キャロラインが見たのは、ばらばらに転がっている石だった。「なんていう景色かしら。何エーカーも自分の土地だなんて。どんな感じがするの?」

「わからないな。ただあるっていうだけだから」

不満に思いながら、キャロラインは広く平らな綿畑を見渡した。彼女は都会育ちだ。都会では大金持ちだろうと持っている土地はわずかで、人々は密集した中で暮らしている。「でも、これだけのものを所有するっていうのは……」

「人間のほうが所有されているんだ」自分の言葉にタッカーは驚いたが、肩をすくめ、最後まで話し続けた。「人間はそれに背を向けることができない。先祖から遺された場合はなおさらだ。ロングストリート家が二世紀近くもスウィートウォーターを保有してきたことを思い出すと、土地が使われずにいるのを見ていることはできない」

「あなたはそうしたいの? 背を向けたいの?」

「見てみたい場所がいくつかあるんだ」彼の肩がまた動いた。キャロラインはその思いがけない、不安げな動きに気づいた。「だけど、旅をするのはやっぱり面倒だ。いろいろと努力しなければならないからね」

「なら、おやめなさい」

キャロラインのじれったそうな口調に、タッカーは微笑みそうになった。「まだなにもしていないんだ」彼は彼女の腕に手をすべらせた。「だが、考えてはいる」

苛立ちながら、キャロラインは離れた。「私が言いたいことはわかってるはずよ。あなたの頭は、一番楽な道以外にも道があるように振る舞ったかと思うと、次の瞬間にはそれを締め出してしまうのね」

「辛い道を選ぶ意味がわからないんだ」

「正しい道についてはどうなの？」

哲学について論じたがる女性とは、そうそう出会ったことはなかった。タバコを取り出すと、タッカーは気楽な雰囲気で話しはじめた。「ある人間にとって正しいことが、別の人間にも正しいとは限らない。ドゥウェインはうちから出され、学位を取ったが、なんの役にも立てていない。彼はただのんびりと座って、物事がどうあるべきだったのかなんてことをくだくだ考えているんだ。ジョージーは家を出て結婚し、二度もね、それからちょっとしたことで逃げだし、最後には、状態は本来あり得るものよりもよくなっているふりをして、ここへ戻ってくる」

「あなたはどうなの？　あなたの道は？」

「僕の道は、あるがままをうけいれることだ。で、君は……」タッカーは肩越しに彼女を見た。

「君はなにかが起こる前に、それがなんなのかを見極めようとする。だが、僕たちのどちらも間違っているわけじゃない」

「でも、見極めることができて、それがあなたの望むものでなかったら、それを変えることができるわ」

「試すことは可能だ」タッカーが同意した。「ものごとの最後の仕上げをするのは神のお力だ、荒削りは人間がするにしても」タバコを吸った。「ハムレット（第五幕第二場）だ」

キャロラインはただ見つめるしかなかった。彼女の予想では、タッカーはシェークスピアを引用するのに一番遠い存在だったのだ。

「あそこの畑を見てごらん」タッカーは親しげに彼女の肩に腕を回し、彼女と向き合った。「あの綿は、すべてが平等に生長することになっている。表土は一フィート下やたっぷり肥料を加えるよりもずっと良質なんだ。厄介なゾウムシを噴霧器で追い払い、夏が終わると収穫し、梱包し、トラックで輸送し、販売する。そして僕は、実際には状況をまったくよくしないんじゃないかと、死ぬほど心配する。さらに、心配事をするための監督も雇っている」

「それ以上のことがあるはず……」キャロラインが言いはじめた。

「原則的な話をしているんだ、キャロ。栽培され、収穫され、そしてどこかで、今夜君が着ているような美しいドレスへと変身する。もちろん、僕は一晩中眠らずに、雨は充分に降るかとか、雨が多すぎやしないかと心配することもできる。トラック業者がストライキをしないか、あるいはワシントンのバカ者どもがまたへまをして、不況に陥りはしないかとかね。逆に、一晩中ぐっすりと眠ることだってできる。どっちにしても結果は同じなんだ」

中途半端に笑いながら、キャロラインはタッカーを見た。「どうしてなるほどと思っちゃうのかしら？」と言って首を振った。「その論理には欠陥があるはずだわ」

「見つかったら教えてくれ。だが僕は確固とした理論だと思っている。もうひとつ例を挙げてみよう。君が僕にキスさせないのは、あまりに気に入りすぎてしまうのが心配だからだ」

キャロラインがきっと眉を上げた。「信じられないくらい自己中心的だわ。私がぜったいに気に入らないと確信しているからだっていう可能性だってすごく高いのよ」

「いずれもあり得るな」タッカーは楽しそうに言うと、腕を彼女のウェストに滑らせた。「君は問題が生じる前に、答えを見つけだそうとしている。そんなことだから、頭が痛くなるんだ」

「本当？」キャロラインの声は素っ気なく、腕は両脇に下ろしたままだ。

「本当だとも。ちゃんと研究したんだから。深い川縁に立って、水が冷たすぎるんじゃないかって心配しているようなものさ。だれかにお尻をけっ飛ばして、落としてもらうほうが君のためなのかもしれないな」

「それをあなたがやるっていうの？」

タッカーの唇が笑みでゆるんだ。「君のためにするんだって言うことはできるよ。そうすれば、君は落っこちて、もしもなんてことを考えなくなるからね。だが本当は……」タッカーは顔を下げていった。彼の暖かい吐息が唇にはらはらとかかると、キャロラインの中でなにかがよじれた。「このことを考えると、夜眠れなくなる」タッカーは彼女の顎を遊ぶように噛んだ。「僕には睡眠が必要だ」

タッカーの唇が、ガの羽のように軽く、彼女の唇の上を飛び交うと、キャロラインの体がこわばった。熟練の手口だわ、と思いながらも、彼女の心臓は高鳴りだした。女の欲望を利用するのにきわめて長けている男がいることを、忘れていたのだ。

「よかったら、君もキスを返してくれていいんだよ」タッカーが彼女の口にささやいた。「そうでなくても、僕は満足だけど」

最初に彼は、唇からこめかみを滑り、閉じたまぶたを経由して頬へ下りてくるという、彼女の顔の旅をゆったりと楽しんだ。彼の中にはやさしさがあまりに深く浸透していたので、突進して、奪いたいという性急さが高まっていても無視したのだ。その代わりに、彼女の最初のうちのかすかな震え、そして少しずつ、彼女の体から力が抜けていくという至福に神経を集中した。彼の口がゆっくりと、静かに彼女の唇へ戻っていくにつれ、彼女の息が早くなることにも。

なんとすばらしいのだろう。じょじょに女性が身を任せてくるのを感じ、彼女の吐息がきゅうに乱れるのを聞き、口づけに水と闇をとけ込ませていくにつれ、そのふたつの香りよりも強く彼女の匂いをかぐということは。

今度は、触れた瞬間に彼女の唇が開いた。タッカーが、苦しめるかのように少しずつ力をいれていくと、キャロラインの手が上がり、彼の腕をつかんだ。彼の頭に最後に浮かんだまともな考えは、水は冷たくなかったが、予想よりはるかに深い、ということだった。

キャロラインは、耳の中で絶えず轟音《ごう》が鳴り響いているようで、なにも考えられなかった。バランスをとるために彼をつかんだが、どんなにひっしにしがみつこうと、世界は回り続けている。警告ははかなくも消え去った。すばやく、やるせないうめきをもらすと、キャロラインはキスに身を投じた。

タッカーは彼女を飲み干した。だが、それでも充分ではない。その味は熱く、とろけるようで、彼はさらに渇望していた。舌と歯がキスをいっそう激しい愛撫へと駆り立てる。それでもまだ彼はキスしたくてたまらなかった。

タッカーはキスなど切望するはずではなかった。キャロラインが彼にしがみついたからといって、頭がくらくらするはずではなかった。彼女のうめくような声で名前を呼ばれても、震えたりするはずはなかったのだ。

女を求めるのがどういうことなのか、タッカーは知っていた。それは男であることの自然で、楽しい部分だ。体を引き裂かれたり、はらわたに穴が開いたりするようなものではなかった。ひざまずいて懇願するのではないかと不安になるほど、脚が震えるようなものではなかった。

タッカーはどこか高くて、細い縁をふらふら歩いている気分だった。自衛本能が彼の腕を大きく回させ、崩れてしまう前に後ずさりさせた。そして彼はそっと彼女の肩に両手を置いて、体を離した。額を彼女の額に当てながら、呼吸を整えようとした。

キャロラインはたよりない手を、まだ彼の腰に置いていた。少しずつ、激しい興奮のかすみの中から思考力がよみがえり、落ち着いた。これは、抱擁の心地よさを感じたり、男性の唇に本物の欲望を味わうのが久しぶりだったからにすぎない。彼女が一瞬、我を失った言い訳としては、それで充分だった。

だが、今は自分を取り戻した。もはや、頭の中で血管が脈うってはいない。虫がうごめく音や、カエルの鳴き声もちゃんと聞こえる。ホイッパーウィルヨタカのここちよい、三音のさえずりも。

光はぼんやりとしてきて、昼と夜の間の最後の魔法の瞬間にとらえられている。すでに日の光はその勢いを失い、じょじょに弱まり、それとともに情熱的な暑さも消えていった。

「僕たちはふたりとも間違っていたようだ」タッカーが言った。

「なんのこと？」

「君は自分が気に入らないだろうと考え、僕は一度キスしたら、よく眠れるようになると考えていた」大きく息を吐いて、タッカーは顔を上げた。「はっきり言っておくよ、キャロライン、女性を求めるのは、僕にとってはいつだって楽しいことだった。僕が十五歳のとき、ローレン・オハラと彼女の父親の納屋で、お互いの服を苦労して脱がせあってからね。あの記念すべき日以来、その喜びを込み入ったものにした女性は、君がはじめてだ」

キャロラインは彼を信じたかった。彼が今感じたものは、これまで感じたなによりも扱いにくく、心がこもり、危険なものだと信じたかった。そして彼を信じたからこそ、キャロラインは怖くなって、彼を振り払った。

「このまま放っておくのが一番だと思うわ」

タッカーの目は、口づけのせいで腫れて、柔らかくなったキャロラインの唇をちらっと見た。

「とんでもない」穏やかな口調だ。

「私は本気よ、タッカー」キャロラインの声に力がこもってきた。「私は先のない関係を終わらせたばかりで、次を始める気はないの。それにあなた……今のあなたは、別のものを加えなくても、充分に面倒なはずよ」

「普段なら僕もその意見に同意する。ねえ、君の髪はこの薄闇の中で見ると光の輪みたいだ。僕は罪のあがないをしたいのかもしれない。天使と罪人ってわけだ。僕たちがすごく違うのは確かだからな」

「そんなバカげたことは……」

彼はさっと手を差し出した。あまりに早かったので、彼に髪をつかまれ、キャロラインは続きの言葉を飲み込んでしまった。今度話し出したタッカーの声は、穏やかだがスチールのように硬かった。「君にはなにかあるんだ、キャロライン。それがなんなのかわからないが、とんでもないときに僕を困らせる。ふつうそんな反応を示すには、もっともな理由があるものだ。いずれそれがなんなのかわかるはずだ」

「私の時間は、あなたのと同じようには流れないのよ、タッカー」キャロラインは自分の声が感心するほど冷静だと思った。心臓が喉元で高鳴っているにしては。「二カ月もしたら、私はヨーロッパにいるわ。ひと夏の情事なんていうのは私の計画にないの」

かすかな微笑みが彼の唇を照らした。「君は計画を立てる人だ。そのことは気づいていたよ」

タッカーは前に出ると、彼女の唇に激しく唇を押しつけ、キャロラインを愕然とさせた。「君を手に入れてみせるよ、キャロライン。遅かれ早かれ、僕たちはお互いのものになる。その時期は君にまかせるよう努力するつもりだ」

「そんなとんでもなく傲慢で、軽蔑に値する男の言い分は、聞いたことがないわ」

「それは見解によるな」タッカーはやさしく言った。「僕はフェアな警告のつもりで言ったんだ。だけど君を怒らせて、消化を悪くさせたくはない」タッカーは彼女の手を握り、家へ戻りはじめた。夕闇の中でホタルが光り、踊っている。「しばらくポーチに座らないか？」

「あなたとは、どこにも座るつもりはないわ」

「ハニー、君がそんなことを言うと、僕を好きにならずにいられないんだと思ってしまうよ」

キャロラインが短くうなると、タッカーはにやっとした。「私が自称デルタのドンファンを好きになる日なんか……」

今度はタッカーがうなり、さっと彼女を抱き上げて、ぐるぐる回った。「君のその生意気な口に夢中なんだ」そして熱い口づけをした。「きっとスイスのお上品なフィニッシングスクールに行ったんだろうね」

「行ってないわ。下ろしてよ」キャロラインは一瞬もがいた。「本気よ、タッカー。だれかが来るわ」

タッカーは彼女を下ろさなかったが、芝生の向こうへ目を向けた。一対のヘッドライトが急速に近づいてくる。「ちょっと行って、だれが来たのか見てこよう」

キャロラインを道路へと運びながら、彼女を動揺させたのと同じくらい、タッカーは彼女のすらっとしてスリムな体を腕に抱く喜びを感じていた。そして彼女も怒るのをやめたら、ロマンチックだと思うだろう、と考えた。

「一番星が出ている」うちとけた口調でタッカーが言い、キャロラインに怪しんでいるようなうめきを出させた。

「君は小麦粉の袋ほどの重さもないね。感触ははるかにいいけど」

「たいした詩人ね」キャロラインは歯をかみしめながら言った。面白いなんて思いたくなかったのだ。

だがタッカーは我慢できなかった。「星のように美しく、空にただひとつ輝いている」彼女に微笑みかけた。「ワーズワースならもっとうまく表現するだろうね」

キャロラインが適当な言葉を思いつく前に、タッカーは彼女を立たせ、お尻をぽんとたたき、さびついたカトラスからいそいで下りてきたボビー・リーに手を振った。

「よお、マーヴェラに求愛するために出かけてるはずじゃなかったのか?」

「タッカー」ボビー・リーはしおれたオールバックの髪をなでつけた。つけっぱなしのヘッドライトの中にいると、彼は恐怖か不安に青ざめているように見えた。「用がすんだらすぐに行くつもりです」遅まきながらキャロラインに会釈をした。「こんばんは、ミズ・ウェイバリー」

「こんばんは、ボビー・リー。ちょっと失礼して、帰る前にもう一度、デラにディナーのお礼を言ってくるわ」

キャロラインが一歩も歩き出さないうちに、タッカーに手をつかまれた。「まだ早い。なんの用だい？」タッカーはボビー・リーに尋ねた。

「今日の午後、ジュニアがあなたの車を運んできました。まったく。あれはもうめちゃめちゃですよ、タッカー」

タッカーは顔をしかめ、包帯を巻いた頭にそっと触れた。「ああ、胸が張り裂けそうだよ。五千マイルも走ってないっていうのに。車枠が曲がっているんだろ？」

「ええ。くそみたいに――あ、すみません――曲がっちゃってます。リフトに乗せて上げたんで、すぐにわかったんです。ジャクソンへ持っていかなければならないと思いますけど、今年の一月のアイスストーム《着氷性暴風雨》でバッキー・ラーソンがビュイックを六一号線でぶちこわして以来、あれほど見事な事故車にはお目にかかっていなかったんで、よく見させてほしいんです」

タッカーはカトラスに腰を預けた。「君が牽引していくときに見たけど、あのビュイックは戦車につぶされたみたいだったな。バッキーが鎖骨の骨折と十八針縫っただけで済んだなんて、奇跡だ」

「時々目が変な様子になりますけどね」ボビー・リーが付け足す。「もちろん前からずっとそうだったけど、今はそのへんも考えにいれないと」

タッカーがうなずいた。「彼の母親が妊娠中に、アメリカマムシの巣に怯えて逃げ出したことがある。それが影響しているのかもしれないな」

キャロラインはもう逃げ出したい気分ではなくなっていた。だが、両手で頭をかかえ、大笑いしたい衝動を抑えなければならなかった。「タッカーの車が壊れたことを知らせるために、わざわざここまで来たの?」

ふたりの男はまったく同じ、困惑した表情でキャロラインを見た。ふたりにとって、ボビー・リーが言おうとしていることのための御膳立てをしているに過ぎないのは、明らかだったのだ。

「いいえ、そうじゃないんです」ボビー・リーは礼儀正しかった。「どうしてあの車が壊れることになったのかを話しに来たんです。タッカーは本当に滑るように運転するんです。みんな知ってますよ」

「ありがとう、ボビー・リー」

「事実を言っただけですよ。ええっと、要するに、ジュニアがブレーキ痕もなにもなかったっていうことを言っていたんです」

「ブレーキが壊れたんだ」

「ええ、彼もそう言ってました。だから僕は考えたんですよ。ジュニアの奥さんが何度も電話してきて、赤ちゃんといっしょにグリーンヴィルへスパゲッティを食べに連れていくって約束したと文句を言ったんで、僕が留守番を買って出たんです。日曜日はどうせすいてますからね。そこで、あなたの車のブレーキをよく見てみようと思ったんです」

ボビー・リーはポケットからダブルバブルを出して、包み紙をむき、口に放り込んだ。「導管やら、パワーステアリング用の油圧装置なんかをよく見てみたんです。あんなに好奇心をもっていなかったら、見落としていたかもしれません。でも、見つけたんです」

「なにを?」タッカーが黙っているだけで満足しているようなので、キャロラインが詰問した。

「導管に穴が開いていたんです。腐ったとかそういうことでなく、突き刺してあったんです。錐かアイスピックみたいなもので。オイルが少しずつ漏れていったはずです。だからハンドルが言うことをきかなくなったんです。ね? もし予想していたなら、なんとかできたかもしれないけど、猛スピードでカーブにさしかかったから、車はまっすぐに走り続けた。そこでブレーキを踏んでも、雄牛の乳首なみに役立たずだったってわけです。失礼、ミズ・ウェイバリー」

「なんてこと」キャロラインの指がタッカーの腕に食い込んだ。「だれかが意図的に彼の車を壊したっていうの? 彼は死んでいた可能性だってあるのよ」

「ええ、そうですね」ボビー・リーも同意見だった。「まあ、衝突するだけっていうほうが可能性は高かったでしょうけど。このあたりの人間なら、タッカーがF1ドライバーなみに車を操ることは知ってますから」

「教えにきてくれて、ありがとう」タッカーはタバコを飛ばし、その炎が描く放物線を目で追った。彼は怒っていた。血管が脈うつほどに怒っていた。そしてしばらく静かにしていたかった。「今夜、マーヴェラに会いに行くんだろう?」

「そのつもりです」

「それなら、今話したことを保安官に伝えてくれ。だが、彼だけだ、いいか? ほかのだれにも言うな」

「それがお望みなら」

「しばらくの間はな。当面、隠しておけたらありがたいんだ。さあ、あまり遅くなって、マーヴェラに叱られないうちに町へ帰ったほうがいいぞ」

「そうします。じゃあ、また、タッカー。おやすみなさい、ミズ・ウェイバリー」

キャロラインが口を開いたのは、カトラスのテールランプが小道の端でウィンクして消えてからだった。「彼が間違っているかもしれないわ。まだほんの子供ですもの」

「あいつは郡で最高のメカニックのひとりだ。話の筋は通っているしな。頭ががんがんしていなかったら、自分で見ていただろう。次は僕を困らせたがるほど怒っているのがだれかを突き止めるだけだ」

「困らせる？」キャロラインが繰り返した。「タッカー、ボビー・リーがあなたの超人的な運転技術を信じていようと関係ないわ。あなたはひどい怪我をしていたか、もしかしたら命を落としていたかもしれないのよ」

「僕のことを心配しているの、シュガー？」彼の気持ちは別のほうを向いていたが、タッカーは微笑み、彼女の腕をさすった。「うれしいね」

「ふざけないで」

「そんなに怒るなよ、キャロ。君がかっとなっているのを見るのを僕が好きなのは、神様がご存じだけどね」

キャロラインは凍るような声で言った。「私のことを無力な女みたいに、頭をなでて、はぐらかそうとしても、黙っているつもりはありませんからね。私はあなたを助けたいの」

「なんてやさしいんだ。だめだ……」キャロラインが毒づいて、彼を振り払おうとすると、タッカーが抑えた。「本心だよ。ただ、全体をしっかり見極めるまでは、助けてもらうことがないんだ」

「エダ・ルー・ヘイティンガーに近いだれかに違いないことは、はっきりしてるわ」キャロラインは顔を上げた。「もちろん、考慮しなければならない嫉妬深い夫のリストがあるっていうなら別だけど」

「結婚しているご婦人とはつきあわないよ。例外は一度だけ」とタッカーは言い、キャロラインの表情に気づいた。「いいんだ。とにかく、オースティンは留置所にいるし、哀れなメイビスがアイスピックを持って、僕の車の下に滑り込むなんて、想像もできない」

キャロラインは顎を突き出した。「彼女には兄弟がいるわ」

「たしかに」タッカーは口を一文字に結んで考えた。「ヴァーノンはクランク軸と柵のポストの違いもわからないだろう。彼は悪賢いタイプでもない。父親に似て、もっとおおっぴらなんだ。それから末っ子のサイは……僕が見るところ、あの子に卑劣なところはないな」

「だれかを雇うことだってできるわ」

タッカーが鼻を鳴らした。「なにを使って？」タッカーは彼女の額にそっと唇を押しあてた。「悩まないで、ハニー。僕が一晩寝て考えるよ」

にらみつけながら、キャロラインは後ろへ下がった。「あなたならそうでしょうね」ゆっくりと言った。「あなたなら、目を閉じたら、こんなことがあった後でも、赤ちゃんみたいに眠れるに違いないわ」

「僕はもう車をダメにして、頭をぶつけたんだよ」タッカーはあらためてはっきりさせた。「その上、眠れなくなって、だれだか知らないけど、そいつを喜ばせなきゃならない理由がわからないね」タッカーの目に浮かんだ表情を、彼女は理解しはじめていた。それは彼女の頭には警告を、心にはときめきをもたらした。「夜、僕を眠れなくさせるのは、君だけだ。さて、たしか僕たちは……」タッカーは、また別のヘッドライトが跳ねながら近づいてくるのに気づき、言葉を飲んだ。「やれやれ、今夜は大忙しだ」

「私はもう行くわ」キャロラインはきっぱりと言った。「デラには明日電話をして、お礼を言うことにする」

「ちょっと待って」タッカーはどんな車なのか見極めようとした。はっきりしているのは、マフラーがしばらく前に壊れている、ということだけだ。騒音は死人さえ起こすほどだ。キャロラインのBMWの後ろにふらふらと止まった地味な黒のリンカーンが、そんなに騒々しい音を出せるとは、信じられなかった。

ドアが開き、絞り染めのTシャツとブルージーンズ、アーミーブーツに身を包んだ、小柄で白髪の女性が現れた。タッカーは歓声をあげ、笑顔になった。

「ルルおばさん」

「おやまあ、タッカーだね？」彼女の声は貨物列車のように大きくて、ががらで、埃まみれだった。「そんな暗いところで、女の子といったいなにをしているんだい？」

「したいことまではいってないんだ」タッカーは大きく二歩で彼女の傍らへ行くと、体を半分に折り、おしろいをはたいた紙のように薄い頬にキスした。「相変わらずきれいだね」タッカーが言うと、彼女はくすくす笑い、彼をたたいた。

「きれいなのはおまえのほうだよ。おまえの母親に、本人よりもよく似てる。あなた、ちょっとそこの」彼女は骨張った指でキャロラインに合図した。「こっちへ来て、よく見せてちょうだい」

「彼女を怖がらせないでくれよ」タッカーが警告した。「ルルおばさん、こちらはキャロライン・ウェイバリーだ」

「ウェイバリー、ウェイバリー……ここいらの人間じゃないね」彼女は澄んだ目で、なにも見逃さないようにキャロラインを上から下まで見た。「それにおまえのいつものタイプとも違うね、タッカー。おっぱいが大きくもないし、間抜けにも見えないよ」

キャロラインはしばし考えた。「ありがとうございます」

「ヤンキー！」ルルはクリスタルを粉々にするほどの金切り声をあげた。「なんとまあ、この子はヤンキーだよ」

「半分だけだよ」タッカーがあわてて言った。「彼女はミス・エディスの孫娘なんだ」

ルルは目を細めた。「エディス・マクネアかい？　ジョージとエディス夫婦？」

「ええ、そうです」キャロラインは内心おかしくてたまらなかった。「夏に祖父母のところに遊びにきました」

「死んだ、そうだよね？　そうだ、あの夫婦は死んだ。だが、ふたりとも生まれも育ちもミシシッピだから、大きな意味があるよ。その髪は、お嬢さん、本物、それともかつらかい？」

「私……」キャロラインは無意識に片手で髪を持ち上げた。「自分の髪です」

「けっこう。ヤンキー以上に、スキンヘッドの女は信じられないからね。さあ、挨拶は済んだ。タッカー、私の荷物を運んで、ブランデーを持ってきておくれ。それからタルボットの坊やに車をなんとかしてもらわなくちゃ。マフラーがテネシーのどこかでなくなったんだ。アーカンソーかもしれない」彼女はステップの前で立ち止まった。「さて、いらっしゃい、お嬢さん」

「いえ、あの……もう帰るところなんです」

「タッカー、私がブランデーをいっしょに飲もうとヤンキーに声をかけたときには、いっしょに飲んだほうがいいんだってことをよく教えておやり」

そう言うと、ルルはアーミーブーツでステップをどしどしと上がった。

「大した人だろ？」タッカーがまだうなっているエンジンを切りながら、そう尋ねた。

「大した人だわ」キャロラインは同意し、相対するためにブランデーを利用することにした。

12

サイ・ヘイティンガーの手のひらは汗ばんでいた。それ以外の部分についても、コマーシャルでうたっているほどアリッド制汗剤の効果は出ていない。脇の下にはバンのロールオンタイプを念入りに塗ったのに、汗がしたたっている。そこには、ほぼ一年前から毛が生えていた。脚の間にも。このふたつの事実に彼はぞくぞくすると同時に、当惑してもいた。

彼の汗は若者らしく、透明でほとんど不快感を与えない。朝の蒸し暑さと、彼本人の不安と興奮からわき出るものだ。今彼がやっていることは、父親の神聖で、とてつもなく激しい怒りを買うことになるだろう。

サイはロングストリート家に仕事をもらいに行こうとしているのだ。

もちろん、父は拘置所にいるのだから、幾分かは気も楽だった。だがそのことが、ささやかながらも強い罪悪感を呼び、いっそう汗をかかせている。

〝ダイヤルを使って満足？〟というフレーズが頭に浮かんだ。〝みんなにも使ってほしいでしょ？〟

どうしてコマーシャルのことなんか考えているのかわからなかった。母親が昼も夜も、古びたテレビをつけっぱなしにしているせいかもしれない。いっしょにいて、と母は手を合わせ、縁の赤い目の端でぼんやりと彼を見た。今では、ずっと泣いていて、サイのこともルースアンのこともほとんど気づいていない様子だ。

たわんで、色あせたソファに座っている母を見かけたことがあった。真っ昼間だというのにまだバスローブ姿で、洗濯物のかごを足下に置き、鼻をすすりながら『デイズ・オブ・アワ・ライブス』を見ていた。このとき、母の涙が彼女自身のためなのか、それともセーレムという架空の町の人々の苦難に同情してなのか、サイにはわからなかった。

サイにとって、セーレムのホートン家やブレイディ家のほうが、母よりはるかに現実的だった。毎晩、テレビがリーノの一人芝居や、連続ホームコメディの再放送や、手をたたくだけで明かりがついたり、テレビが消えたりして社会に魔法のような恩恵をもたらすクラッパーという妙ちきりんな装置のコマーシャルを延々流している間、母は幽霊のように家の中をうろついているのだ。

それはまるで電気製品への祝辞のようで、サイはなにやらぞっとする思いがした。

母親が居間にいて、両手をたたき、明かりやテレビがぱっとつくのを、サイは思い描くことができた。

「ありがとう、ありがとう」ぼやけた画面が言うだろう。「さて私の次の仕事のために、あらゆる罪人たちに天国の門をくぐる道を示すため、サミュエル・ハリス師が来てくださいました」

そう、サイの母親はああいう宗教番組が大好きだ。眠くなるような声のいろんな聖職者が、大声で罪に反対し、救済と社会保障手当の小切手とを交換しようと訴える番組だ。

その前日、ジムと釣りから帰ってきた後、オルガンの調べとハレルヤの音をたどってキッチンを通り抜けて居間に入ると、そこで母親がビー玉のような目で画面に見入っていた。サイは少なからず怖くなった。というのは一瞬――ほんの一瞬だが――テレビ伝道師の顔が父親の顔になり、そのすべてを見通す父親の目が、まっすぐサイを見つめてきたからだ。

「股間に毛なんか生やすと、悪魔がおまえの心に入り込んでくる」と言って彼は非難した。「次は姦淫だ。姦淫！　おまえの股間にあるのは悪魔の道具なんだぞ」

埃っぽい道の端を歩きながら、サイは悪魔の道具の位置を直した。父親の声を思い出して、縮み上がったような気がしたのだ。

父親には自分が見えない、ということをサイは思いだし、腕で額の汗をぬぐった。彼は拘置所にいるし、しばらくはいることになるだろう。タバコやマーズ・バーの万引きから、重大な自動車窃盗にまで転落していったAJのように。独房のドアが長兄の後ろでがちゃんと閉められた瞬間、父は自分にはもうオースティン・ジョセフという名の息子はいない、と言った。その父親が今は同じような立場にいる。自分にはもう父親はいないということになるのだろうか、とサイは思った。

その可能性があると考えると、心からほっとすることができ、そのせいで新たな罪悪感がサイの体を貫いた。

父のことを考えるのはやめよう。この仕事をもらうことを考えるのだ。スウィートウォーターに足を踏み入れるのを母親が禁ずることはわかっていた。きっと母の顔は青白く、生気のない表情になるだろう――父が彼女には懲らしめが必要だと決めたとき、彼女が見せる表情に。母はいったいどんな罪を犯したのだろう。サイは両脇で手を握ったり開いたりしながら、自分に問いかけた。自分の血で洗い流す必要があるのは、どんな罪だろう。

目の回りを黒くされ、唇を裂かれ、肋骨を痛めつけられることで悪魔から救われたとき、母は自分がどんなふうに転んだのかを隣人に告げた。保安官が現れると、ぞっとするような笑顔を作り、何度も繰り返し、ポーチのステップから転がり落ちたのだ、と言い張った。どんなに頻繁に、どんなに激しくあの大きなこぶしの雨が振り下ろされようと、母が父を裏切ることはないだろう。

だから、彼女がスウィートウォーターへ行くことを禁じるとサイはわかっていた。だから、母には言わなかったのだ。

最近の母は、テレビの世界と弁護士へ泣きつく電話以外のことには、ほとんど気が回らない。だから朝、家をこっそり抜け出すのは簡単なことだった。急ぎさえしなかった。母が外を見て、サイが道を歩いていくのに気づいても、彼女の視線は一瞬息子に注がれ、すぐにテレビ画面に戻ることを知っていたからだ。

泥道を三マイルほど行ってグースネック・ロードの砂利道に出ると、幸運にもハートフォード・プリュエット老のシボレー・ピックアップに二マイル乗せてもらえた。スウィートウォーターまで残すところ四マイル歩くだけだ。

マクネア家のつぶれた郵便受けと折れた柱の前に来るころには、サイは喉がからからになっていた。靴の底を通して熱がはい上がってくるのが感じられた。喉は肉を取り去った骨のように乾いている。やがて、朝の静寂の中、ジムの父親の甘ったるい歌が聞こえてきた。

あこがれが体の中を勢いよく駆け抜け、サイはただ呆然と立ちつくした。ジムが父親の節くれだった大きな手で尻をたたかれたことを知っていた。ジムが話してくれたのだ。四歳のとき、沼地に迷い込んだ彼を父親が発見し、息子の両脚を打ち据え、家へ帰るまでずっと、ジグを踊らせたのだ。

だがジムの父は、こぶしで殴りつけたり、パンと水しか与えずに丸二日も自室に閉じこめたりしたことは一度もなかった。ジムによれば、父親は一度も妻に手を挙げたことはない。一度も。

さらに、父親であるトビーの手がやさしく、そしてどこか誇らしくジムの肩におかれるのを、サイは自分の目で見たことがあった。肩に釣り竿を抱えて、父子が歩いていくのも。実際には触れあっていなくても、ふたりがつながっていると言えるだろう。

サイは惨めな思いで喉が熱くなり、私道へ入って、ジムと父親がミス・エディスの家のペンキを塗っているのを見たい気持ちをぐっと抑えた。きっとトビーは振り返ってにっこりし、黒い肌に月のように白く映える歯を見せるだろう。二十年近く前、その肌にサイの父親が傷をつけたことがあった。

「おや、だれが来たのか見てみろ、ジム」とトビーは言うだろう。「どうやらこの子はペンキ塗りをするつもりらしいぞ。じつは、昼食においしいトマトサンドを持ってきているんだ。もし刷毛を持って仕事をしたら、おまえの分も見つけだせるかもしれないな」

サイは私道へと進みたくてたまらなかった。足はまだガラスの飛び散った道路の上にあるのに、体は私道のほうへ傾いているように感じられる。

(俺の息子は黒人といっしょにはいないんだ) サイの頭の中を、オースティンの声がさびたナイフのように貫いた。(もし神が俺たちがあいつらといっしょになることをお望みなら、あいつらを白くするだろうよ)

だが、サイが私道に背を向けたのは、そんなことのせいではなかった。もし午前中にジム父子とペンキを塗り、トマトサンドを食べてしまったら、スウィートウォーターまでの数マイルを進む勇気を二度と奮い立たせることはできない、と知っていたからだ。

鉄の大門を通過するころには、サイの色あせたチェックのシャツは体に張りついていた。渦巻くような暑さが続く中、ほぼ八マイルも歩いてきて、今となっては朝食を取ってくればよかったと思っていた。腹が不吉にうなったかと思うと、次の瞬間には吐き気で冷や汗が出た。

尻ポケットからバンダナを出し、顔と首をぬぐった。なにも食べなくてよかったのかもしれない。胃の中になにかあったら、すぐに吐いてしまっていただろう。昨日の夕食も抜きだった。というのも、釣り場でむさぼるようにして食べたレモンパイで、なんだか気持ち悪かったからだ。
あのレモンパイのことを考えると、胃袋がせり上がってきて、それを元のように落ち着かせるには、二回ごくりと生唾を飲まなければならなかった。サイは並んだマグノリアの向こう側に広がる、ひんやりとした青草をうらめしそうに見た。少しの間、あそこに大の字になって、火照った顔をさわやかな草に押しつけたかった。

だが、だれかに見つかったら、仕事をもらえなくなるかもしれない。

サイは足を一歩ずつ、交互に前に出した。

スウィートウォーターは一、二度見たことがあるだけだ。ものすごく大きくて、白い壁があって、背の高い窓がきらきらしていたのは気のせいだったのか、と思うこともあった。だが、現実に見るスウィートウォーターは、彼の想像よりはるかに壮大だった。あそこに人が住み、食べ、眠っているというのが、サイには信じられなかった。彼は生まれてからずっと、泥の庭の狭苦しい掘ったて小屋に暮らしてきたからだ。

太陽が白い壁と輝く窓に光を注いでいるのを、サイは暑さと空腹でふらつきながら、じっと見つめた。砂利道からゆらゆらと蒸気が立ち上がり、屋敷はまるで水中にあるように見える。水中の宮殿だ、とサイは考え、水中に暮らしているという人魚について読んだことをぼんやりと思い出した。

サイは水の中を歩いているような気分だった。足取りはのろく、吸い込む空気はどろりとした暖かい液体のようで、喉を和らげるどころか、詰まらせそうになる。少し神経質になったサイは、足下にぴかぴかの緑色の尾ではなく、ひびわれて埃だらけの靴があるのを見て、ほっとしたのか、がっかりしたのかよくわからなかった。

強い花の香りをかぎながら、最近サイの父親がタッカーをぶちのめしたという、ボタンの花壇を回った。

サイはミス・デラが玄関に出てきてくれることを願った。派手な赤毛とカラフルなアクセサリーをつけたミス・デラが好きだったのだ。前に、彼女の荷物をマーケットから車に運んだだけで、二十五セントくれたことがあった。しかも、ミス・デラの腕はがっしりとしているから、二十五セント節約できるとわかっていたのにだ。

もし彼女が出てきたら、裏へ回るよう言うかもしれない。サイがキッチンへ行ったら、冷たいレモネードと、もしかしたらビスキュイをくれるだろう。サイは礼儀正しくありがとうといい、ルシアス・ガンがどの辺にいるかを尋ねよう。そうしたら監督官に仕事について訊けるだろう。

ふらふらしながら、気がつくとサイはポーチに立ち、磨かれた真鍮のノッカーのついた、彫刻入りの大きなドアの前にいた。彼は唇をなめ、手をあげた。

サイがノッカーに触れる前に、ドアがぱっと開いた。彼の前に立っていたのはミス・デラではなく、オレンジの口紅をつけ、ワシの羽のようなものを頭に差した、小柄な老婦人だった。彼女のちりめんのような首の回りできらきら光っている石が、ロシアン・ダイアモンドだとは、サイは知らなかった。彼女は裸足で、一組のボンゴを抱えていた。

「私の母方の曾祖父はチカソー族とのハーフだったの」ルルはぽかんと口をあけたサイに話しかけた。「そのころは、私の先祖があなたの先祖の頭の皮を剝いでいたかもしれないわね」

「ええ」サイはこれ以外にましなことを言えなかった。

オレンジ色にぬめっとしたルルの唇が曲線を描いた。「あなたの頭はとってもいい形をしているわ」ルルが頭を後ろへ投げ出して、甲高く鬨《とき》の声を上げ、サイは後ろへよろめいた。

「ぼ、僕は……僕は、ただ……」サイはこれだけを口にするのがやっとだった。

「ルルおばさん、あんまり怖がらせるから、その子は口から泡をふいているじゃないですか」

タッカーがにやにやしながら現れた。「ただの冗談なんだよ」一瞬間をおいて、少年がだれだかわかると、タッカーの顔から笑みが薄れた。「僕になにか用かな、サイ？」

「ぼ、僕、仕事をもらいに来ました」それだけ言うと、サイは気を失ってばったり前に倒れた。


サイが目を覚ますと、額になにかがしたたっていた。一瞬、あの頭のおかしな女に頭の皮を剝がれ、頭から血が流れているのかと思った。意識をなくした甘ったるい世界から力無くもがきでて、起きあがろうとした。

「じっとしていなさい」

それはミス・デラの声だった。サイはほっとして、また意識を失いそうになった。だが彼が目を開けるまで、ミス・デラが彼の頰を軽くたたきつづけた。

彼女はオウムの形をした、色づけした木製のイヤリングをしていた。彼女が濡れたふきんで顔を冷やしてくれている間、サイはイヤリングが揺れるのを見ていた。

「完全に気を失っちゃったのね」ミス・デラは機嫌よさそうだ。「タッカーがあんたをつかまえようとしたんだけど間に合わなくて、ポーチに頭を打ちつけちゃったのよ」デラはサイの首の後ろに手を入れて支え、グラスを彼の口元に運んだ。「私はちょうどステップを下りてきたところで、見ちゃったの。タッカーがあんなに素早く動いたのを見たのは、彼の父親がサンルームの窓ガラスを壊しているのを見つけたとき以来だわ」

ソファの裏側からルルが身を乗り出して、サイの顔をのぞきこんだ。彼女がライラックの香りがすることにサイは気づいた。

「あんなに怖がらせるつもりはなかったんだよ、坊や」

「いえ、違うんです。僕はただ……たぶん、日に当たりすぎたんだと思います」

サイが悔しそうに言うのを聞くと、タッカーが進み出た。「大騒ぎするのはやめよう。この家で気を失ったのは彼が初めてというわけでもないんだし」

デラは叱りつけようと振り返ったが、タッカーの静かに警告するような目を見て理解した。

「さて、仕事をしなくちゃ。ルルさん、すみませんが手伝ってもらえませんかね。ローズルームのカーテンを交換しようと思っているんです」

「なんでこうなるんだろうねぇ」ルルはそう言いながらも、ついていくだけの関心はあった。

ふたりきりになると、タッカーはコーヒーテーブルに腰掛けた。「ルルおばさんはインディアンの伝統に興味をもっているんだ」

「はい」サイはどうしようもなく恥ずかしかったため、よろよろと立ち上がった。「もう帰ります」

タッカーは、サイの骨張った高い頬に決まり悪さをはためかせた、青白い顔を見つめた。「仕事の話をするために、わざわざここまで来たんじゃないか」十マイル近くも、とタッカーは思った。この暑さの中を、この子はずっと歩いて来たのか？「いっしょにキッチンへ来ないか？ちょうど朝食にしようと思っていたんだ。食べながら、君の話を聞かせてくれ」

サイはかすみの中で希望の光が見えたような気がした。「はい。ありがとうございます」

タッカーに続いて、つややかな床の廊下を歩きながら、サイは思わず見とれそうになった。壁には油絵が掛けられ、サイが今までに見たなによりも豊かでエレガントだった。思わず触ってみたくなったが、手は両脇に抑えておいた。

キッチンは、ローズ色のカウンターや光るように白いタイルが、黄金色の光に包まれ、ひんやりとしていた。

タッカーがワールプールの冷蔵庫を開け、食料棚を次々と開けていくと、サイの胃液が活動しはじめた。そしてタッカーがハムの載った大皿を取り出すと、サイの目は飛び出しそうになった。

「これを焼く間、座ってたらどうだ」

サイは冷たいままでもかまわなかった。たとえ生でも。だが、そう訴えたいのをぐっとこらえ、腰を下ろした。「はい」

「この辺にビスキュイもあるはずなんだ。コーヒーとコーラとどっちがいい?」

サイは湿った手のひらを太股にこすりつけた。「コーラをお願いします、ミスター・ロングストリート」

「うちのポーチで失神したんだから、僕のことはタッカーと呼んでくれていいよ」タッカーは冷たくひえた十六オンス入りコーラの瓶の栓を抜き、サイの前に置いた。

タッカーがハム二枚をフライパンに入れるころには、サイは半分を飲み終えていた。げっぷが出て、サイの青ざめていた顔が、アメリカンビューティ種のバラのように赤くなった。

「すみません」サイがつぶやくと、タッカーは笑いをかみ殺した。

「自然なことだよ」ハムがジュージューいって、その匂いがサイを苦しめだしたとき、タッカーが冷たいビスキュイをサイの前に出した。「とりあえずコーラでそいつを飲み下しておいてくれ。残りは電子レンジで温めるから。使い方がわかればだけど」

タッカーが電子レンジをにらみつけている間、サイはビスキュイをがつがつと二口で食べ終えた。その動きを目の端でとらえたタッカーは、ハムに卵を加えることにした。少年はまるで飢えた狼のようだ。

卵は中央が少し液状で、端が焦げていたが、タッカーが皿を置くと、サイは感謝で目を丸くした。

いっしょに食べながら、ハムエッグにかぶりついている少年をタッカーは見つめた。

なかなかいい顔立ちをしている、とタッカーは思った。サイはどこか、家庭用聖書にある使徒ヨハネを思い出させる。若くて、きゃしゃで、内にある光を放っている。だが彼は横木のように細い。若者に特有のひょろっとした感じではなく、痛ましいくらいにか細くて、肘はとがり、手首は棒きれのようだ。いったいあのろくでなしはなにをしていたんだ、とタッカーは思った。我が子を飢えさせて、天国へ送るつもりか？

タッカーは辛抱強く、サイがなめるように卵を食べてしまうのを待った。

「すると、君は仕事を探しているわけだ」とタッカーが切り出すと、サイは口をいっぱいにしたままうなずいた。「なにか特に考えていることでも？」

サイは勢いよく飲み込んだ。「はい。あなたが畑仕事をする人間を捜していると聞きました」

「畑の作業員の採用については、ルシアスに任せてある」タッカーが言った。「彼は一、二日ほどジャクソンに行って留守だ」

サイは、おいしい食べ物によって取り戻した力が、ゆらいでいくのを感じた。はるばるここまで来たのに、出直してこいと言われたのだ。

「あなたが雇ってくださることはできないんですか？」

もちろん可能だった。だがタッカーにはこの青白くて、目がくぼみ、鉛筆のように細い腕をした少年を畑に出すことなど考えられなかった。必要な手は足りていると言いかけたが、少年の黒くくぐもった瞳にあるなにかが彼を止めた。

この子はエダ・ルーの弟だ、とタッカーは思い出した。オースティンの息子なのだ。ヘイティンガーの人間を雇うなど、とんでもないことだ。その一人の心配をするなど、タッカーのすることではない。だが期待とあきらめと痛ましいほどの若さをたたえた瞳が、タッカーをじっと見つめていた。

「トラクターに乗れるかい？」

期待の光が強くなった。「はい」

「雑草とパンジーの違いはわかるか？」

「わかると思います」

「自分の親指を打たずに、ハンマーを使えるか？」

思いがけずサイは唇がひきつるのを感じた。「たいていは」

「僕が欲しいのは、畑の作業員じゃない。ここでいろいろなものを補修する人間を探している。いわゆる何でも屋だな」

「ぼ、僕、なんでもできます」

タッカーはタバコを取り出した。「一時間に四ドルあげよう」サイがびっくりしてなにかぶつぶつ言ったのを、タッカーは聞かなかったふりをした。「昼、あるいはその頃に、デラがランチを出す。ゆっくり食べていいが、ちゃんと時計を見ておいてほしい。君がコーンブレッドをむしゃむしゃ食べるのに対して、給料を出す気はないんだ」

「ごまかしたりしません、ミスター・ロングストリート……ミスター・タッカー。誓います」

「そうだな。君はそんなことはしないと思うよ」少年は、まるで昼と夜みたいに、家族のほかの人間とは違っていた。どうしてこんなことが起きるのか、タッカーは不思議だった。「もしよかったら、今から始めていいよ」

「もちろんです」サイはもう椅子から立ち上がっていた。「僕、毎日朝一でここに来ます。僕……」サイの言葉が消えた。明日はエダ・ルーの葬式だということを思い出したのだ。「あ、あの、明日は……」

「わかってるよ」タッカーにはそれしか言えなかった。「今日は僕のためにちょっとした仕事をしてほしい。次は水曜日に来てくれれば、それでいい」

「はい。ここに来ます。きっと来ますから」

「よし、じゃあ行こうか」タッカーは彼を従えてドアから出て、パティオを抜け、芝生を歩いて納屋へ向かった。ヘビが昼寝をしているかもしれないので、脇を数回たたいてから、タッカーは扉を開けた。蝶番が古い骨のようにきしんだ。「ときどきここに油を差してほしい」タッカーがぼんやりと言った。

タッカーはその匂いに圧倒されていた。ピートの濃厚な湿り気で、それを母が地面に撒いて、ひっくり返していた記憶をよみがえらせたのだ。彼が探していたものは、庭用の鋤、鍬、刈込みばさみといっしょに反対側にある壁に立てかけてあった。微笑みながら、タッカーは昔自分が使っていた十段変速のシュウィン社製自転車を引っぱり出した。

タイヤはふたつともぺしゃんこだったが、空気入れも補修剤もあった。チェーンは、納屋の扉の蝶番以上に油が必要だったし、サドルは見事なまでにカビに覆われていた。

タッカーはハンドルについているベルの突起をはじいた。ちゃんと鳴る。アスファルト道路をイノセンスへと飛ぶように走っていた自分が目に浮かんだ。チェリー味のアイスキャンデーとコーク目指して、何マイルも一気に進んだのだ。太陽を後ろに従え、前途はようようとしていた。

「僕のためにこれをきれいにしてほしい」

「はい」サイはうやうやしい気持ちでハンドルに触れた。前に自転車を持っていたことがあった。あぶなっかしい中古品で、白樺の枝を彫って作ったフルートと交換して手に入れたのだ。ある日の午後、彼はそれをうっかりドライブウェーに出しっぱなしにしてしまい、父親がピックアップでぺっちゃんこにしてしまった。

（これで財産への責任とはどういうものかわかっただろう）

「それから僕のためにいつも調子を整えておいてほしい」タッカーがそう言い、サイは黙っているしかなかった。「いい自転車というのは、いい……」くそ、女と言いかけたのだ。「馬に似てる。ちゃんと、しかもしょっちゅう乗ってやる必要があるんだ。たぶんここと君の家を毎日往復するぐらいがいいだろう」

サイは口を開け、閉じ、それをもう一度繰り返した。「僕に乗ってほしいって言うんですか？」サイはハンドルから手を離した。「そんなことはできません」

「自転車に乗れないのかい？」

「乗れます。自転車には乗れますけど……それはいいこととは思えません」

「一日に二十マイルも歩いて、うちのポーチにぶっ倒れるのだって、いいこととは思えない」

タッカーは少年の両肩に手を置いた。「僕は自転車を持っている。だがそれを使っていない。もし僕のために働くつもりなら、僕の最初の指示に逆らうな」

「はい」サイは唇をなめた。「父さんが見つけたら、かんかんになります」

「君は頭がいいらしい。頭がいい子は、こういう自転車を隠しておけるような場所、道からはずれていて、家に近く、だれの目にも留まりそうもない場所を知っているはずだ」

サイの頭に、ジムとよく兵隊ごっこをした、デッド・ポッサム・レーンの下の暗渠《あんきょ》が浮かんだ。「ええ、そのとおりです」

「けっこう。必要なものはみんな納屋にあるはずだ。足りなかったら、デラか僕に言うように。時間を記録しなさい。給料の支払いは金曜日だ」

サイはタッカーが去っていくのを見送り、それから視線を落として、シュウィンの十字架を覆っている汚れの下にある、鈍い青いペンキの斑点を見た。

三時間後、タッカーが短時間で思いつくことのできた仕事を忙しくこなし、すべて完了させた後、サイはアスファルト道路を自転車で走っていた。十段変速は、タッカーが乗っていたときほどなめらかな走りは見せなかったが、サイにとっては、馬、種馬、風に舞うペガサスだった。

今度は、マクネア家へ続く私道まで来ると、サイは曲がった。砂利道の上を危ないくらい傾けて、「わお、やった」と愛車に声をかけ、なんとか直立させた。

ジムと父親が目に入った。ふたりとも家の横手にたてかけた延長梯子《はしご》に載っていて、塗りたての青いペンキがぴかぴか輝いている。私道を半分ほど行ったところで、サイはもう我慢できなくなり、大声を上げた。

ジムの刷毛が空中で停まった。「ええー、うそぉー！　父さん、サイが乗ってるものを見てよ。どこで手に入れたんだ？」ジムは叫んだ。「盗んだのか？」

「とんでもない」サイはペチュニアの上まで少し踏み込んだところで止まった——いささか練習不足だった。「輸送手段の貸与っていうやつだよ」サイは滑るように下りると、キックスタンドを立てた。「スウィートウォーターで仕事をもらったんだ」

「こんちきしょう」ジムは言ってしまってから、父親のことを思い出した。おかげで頭に軽くげんこつをくらった。「ごめんなさい」そう言いながら、ジムはまだ笑顔でサイを見ていた。

「畑で働くの？」

「違う。ミスター・タッカーが僕は彼の何でも屋になりなさいって言うんだ。一時間に四ドルくれるんだよ」

「嘘……本当かい？」

「神かけて。それに彼が言うには……」

「ちょっと待った。神は寛容なり」トビーは首を振った。「おまえたちは一日中、そうやって大声で話すつもりか？　ミズ・ウェイバリーに荷造りさせられちまうぞ」

「いいえ、彼女はそんなことはしないわよ」最初から面白がって見ていたキャロラインは、父と息子の間にある窓から頭を突きだした。「でも、どうやら休憩するいいタイミングみたいね。あなたの奥さんのレモネードをまた勧めてくれるのを、一日中待っていたのよ」

「どうぞ、どうぞ。ジム、おまえは下りなさい。足下に気をつけて」実を言えば、なにがどうなっているのか、トビーも知りたかったのだ。

トビーが下におりたときには、ジムはもうシュウィンを見て大騒ぎしていた。トビーが二ガロン入りのクーラーを取りにいっている間、サイは自分の冒険談を話していた。

「気を失った?」ジムはものすごく感動していた。「あそこのポーチで?」

キャロラインがスクリーンドアから出てきたときに、ちょうどその声が聞こえた。彼女は眉をひそめた。話に耳を傾けながら、トビーが酸っぱいレモネードを満たした紙コップを渡すと、ぼんやりと小声で礼を言った。タッカーがこの少年を雇ったことに、すごく驚いていた。それもあろうことか何でも屋として。タッカーが自分でやるのは面倒な雑用仕事と決めつけた。少年はやせ細り、目は落ちくぼんでいる。つい最近までの自分にそっくりだと思い、痛いほどの共感といらだちを感じた。

「あの子に仕事なんて無理だわ」キャロラインがそっと言った。

「ああ、きっと小遣いでも欲しいんでしょう」トビーがあっさりと答える。

「もっとちゃんと食べるべきみたいね」キャロラインは声をかけて、自分用の遅い昼食を彼にあげようと考えた。「彼、なんていう名前?」

「サイですよ、ミズ・ウェイバリー。サイ・ヘイティンガー」

キャロラインの血が凍った。「ヘイティンガー？」

トビーはキャロラインの仰天した目から、さっと目をそらした。「あの子は父親とは違いますよ、ミズ・ウェイバリー」昔からの習慣で、トビーは頰に走っている傷を指先でなでた。「いい子なんです。差し出がましいようですが、あの子が好きなんでね。ジムのいい友達なんですよ」

キャロラインは自分の良心と闘った。だいたいあの子はまだ子供だ。ヘイティンガーの名前をもち、ヘイティンガーの血が流れているからというだけで、出ていけなんて叫びたい衝動に駆られる権利はないのだ。

自転車のベルがちりんちりんと鳴った。サイとジムとが交互に鳴らしているのだ。親の因果。これはオースティンが引用し、威嚇した言葉だ。だがキャロラインは信じなかった。夢見る天使のように微笑んでいる、ほっそりとした顔の少年を見ていると、とても信じられなかった。

「サイ」

彼がぱっと顔を上げた。それは天使のようではなく、狼のように素早く、警戒している。

「はい？」

「ランチを作ろうとしていたところなの。あなたも食べない？」

「いいえ、けっこうです。スウィートウォーターで朝御飯をごちそうになりましたから。ミスター・タッカーがハムと卵を自分で作ってくれたんです」

「彼が……わかったわ」いや、キャロラインはまったくわかっていなかった。彼女の隣では、トビーが大笑いしていた。

「タックが料理し、おまえが食べた。それなのに、まだちゃんと立っているってわけか？　坊主、おまえの胃袋は鉄でできているらしいな」

「おいしかったよ。電子レンジも持ってるんだ。ビスキュイをそこに入れると、あっという間にほかほかになって出てきた」サイは勢いづいて、毎日ミス・デラに昼食を用意してもらえること、自転車を貸してもらったこと、ミスター・タッカーが前払いとしてすでに二ドルくれたことなどを話しつづけた。

「これは僕が好きなように使うべきだって言ってくれたんだ。最初にもらう給料には、そういう特権があるんだって。ただし、ウィスキーや女はだめだって」サイは顔を赤くし、さっとキャロラインを見た。「ただの冗談です」

キャロラインは微笑んだ。「もちろんそうでしょうね」

サイは、彼女は今まで見た中で最高にきれいな人だと思った。ずっと彼女を見ていたら、悪魔の道具がうずきだすのではないかと不安になった。だから、目を地面に落とした。「僕の父さんが窓を吹き飛ばしてしまって、本当にすみませんでした」

少年の細い肩がそんな風にこわばるのを、キャロラインは見たくなかった。「もう全部直っているのよ、サイ」

「ええ」サイはなにか言おうとした。この二ドルを弁償の一部に差し出すとか。だがそのとき車の音が聞こえた。ほかのだれもが、エンジンの速度が落ちてタイヤの下で砂利がささやく音を聞き分ける前に、サイは振り返った。「あのFBIの人だ」サイの声にはなんの感情もなかった。

マシュー・バーンズの車が走ってきて、私道の端で止まるのを、全員黙って見ていた。バーンズは大勢に出迎えられて、あまりうれしくなかった。キャロラインとふたりだけで、気楽におしゃべりをしたいと思っていたのだ。それでも愛想よい笑顔を顔に張りつけ、車から降りた。

「こんにちは、キャロライン」

「いらっしゃい、マシュー。今日はなんのご用かしら?」

「仕事ではないんです。一時間ほど暇ができたので、あなたの様子を見に寄ってみようかと思い立っただけで」

「私は元気ですわ」こう言ったが、これだけでは不足だということはわかっていた。「アイスティーでもいかがかしら?」

「それはありがたい」彼は自転車のそばで立ち止まったが、そこではサイが地面を見据えていた。「君はヘイティンガーの下の息子だ、違うか?」

「はい、そうです」サイは、バーンズがうちにやってきて、エプロンに顔を埋めて泣いている母親の頭をおかしくさせようとしたことを思い出した。「僕、もう帰ります」

「おい、ジム。仕事に戻るぞ」

「もっとゆっくり休憩してちょうだい、トビー。この暑さですもの」

「トビー？」マシューは鋭い視線を、肩幅の広い黒人へ投げた。「トビー・マーチか？」

体をこわばらせてトビーがうなずく。「そうです」

「偶然だが、君の名前は私の尋問リストに載っている。君の顔のその傷だが、それはヘイティンガーがつけたものだな？」

「マシュー」キャロラインは仰天し、じっとサイの顔を見つめていた。

「僕帰ります」サイはあわてるように、また言った。「また明日な、ジム」彼は自転車に飛び乗ると、思い切りペダルを踏んだ。

「マシュー、あの子の前でこんなことをしなければならないの？」

バーンズは両手を広げた。「こういう町のことですから、あの子だってもう知っているはずですよ。さて、ミスター・マーチ、少し時間をもらいたい」

「ジム、おまえは裏へ行って、窓枠を磨いてこい」

「でも、父さん……」

「言われたとおりにするんだ」

ジムはうなだれて肩を落とし、指示に従った。

「私に質問があるというんですね、ミスター・バーンズ」

「バーンズ捜査官だ。ああ、君の傷についてね」

「これは二十年前、オースティン・ヘイティンガーが私が盗みをしたといって襲いかかってきたときにつけられたものです」トビーは身を屈めて、まだ開けていないペンキの缶を持ち上げ、大きな手でひっくり返した。

「彼は私が盗んだと非難した」

「彼は私が彼のところからロープを盗ったと言ったんです。でも私は生まれてから一度も、自分のものでないものを盗ったことはありません」

「すると君たちの間にはそれ以後、わだかまりがあったわけだ」

トビーは缶を動かしつづけていた。キャロラインの耳に、缶の中でペンキが静かにはねる音が聞こえた。「友好的と言えるような関係ではなかったです」

バーンズはポケットから手帳を取り出した。「トゥルースデール保安官のところに、半年前、君の庭で十字架が焼かれた、という報告書がある。君の陳述によれば、オースティン・ヘイティンガーと息子のヴァーノンがやったものと信じているようだな」

トビーの目に冷たくて険しいものが光った。「証明はできませんでしたよ。ある日の夕方、ラーソンの店から出てきて、トラックのタイヤが切り裂かれていたのを見つけたときだって証明はできなかった。ヴァーノン・ヘイティンガーが通りの向かいに立って、ポケットナイフで爪を削りながら、にやついていてもね。ヴァーノンが、今回は私の顔でなくて、タイヤでよかったなと言ったときも、なにも証明できなかった。だから、私は自分の考えを言っただけだ。ヘイティンガーは自分の息子がうちの子といっしょにいるのが気に入らなかったんだ」

「その二週間後、君とオースティン・ヘイティンガーの間で口論があった。金物屋で、君の息子をサイから遠ざけないと、君の息子をひどい目に合わせると脅した。それは本当か？」

「私が釘を買っているときに、彼が入ってきて、なにか言っていた」

「その内容を覚えているか？」

トビーの顎がこわばった。「あいつは『おい、てめえの小僧をうちの息子に近づけるな。さもないと小僧の皮をはいでやるぞ』と言ったんです。だから、私の息子に指一本触れたら殺してやる、と言いました」

トビーの冷静で、感情のない口調に、キャロラインの背筋を悪寒が走った。

「ほかにもいろいろと言ってました。聖書を引用して、私ら〝黒人〟が立場を忘れているというようなたわごとを。それからハンマーを振り上げたんです。あの店の中でケンカになり、だれかが保安官を呼びにいったようです。保安官がすっ飛んできて、私らを引き離したんですから」

「そして君はヘイティンガーに捨てぜりふを……」マシューはまた手帳に目をやった。「『サイがうちのジムと釣りにいくことなんかより、おまえの娘の尻軽ぶりを心配しろ』と言ったんだな？」

「まあね」

「君が言った娘というのは、今回の被害者であるエダ・ルー・ヘイティンガーだな？」

ゆっくりとトビーがペンキ缶を置いた。「あいつはうちの家族にまで口を出した。私のジムや幼いルーシーや女房のことを大声で悪態をついたんだ。ヴァーノンが道で女房を呼び止め、ジムが腕や脚をへし折られないよう、よく気をつけろと言ってから一週間もたっていない。だれからだろうとそんなことを言われて、黙っているわけにはいかないんだ」

「だからミス・ヘイティンガーの性生活のことを口にしたわけだ」

トビーの顔が怒りで熱くなった。「私は頭にきていた。私を攻撃してきたのは彼なのに、彼の子供について言うのはよくなかったかもしれないがな」

「だが私が興味があるのは、君がどうやって被害者の性生活について知ったのか、ということだ」

「彼女に相手をしてもらうのに、たいした苦労はいらないっていうことは、だれでも知ってる」トビーの目が無言の謝罪をキャロラインに伝えた。

「そして君は個人的にその知識を得たのかね？」

トビーの目にははっきりと憤りの刃がぎらぎらしていた。怖くなったキャロラインは歩み寄って彼の腕に、警告するように手を置いた。

「私は十五年前に、ひとりの女性に誓いを立てた」トビーはこぶしを握りしめている。「彼女への誓いを破ったことは一度もない」

「だがね、ミスター・マーチ、君がイノセンス・ボーディング・ハウスのエダ・ルー・ヘイティンガーの部屋を、三、四度訪ねていると主張する証人がいるんだ」

「とんでもない嘘だ。彼女の部屋へなんか行ったことはない――彼女がいるときには」

「だが、部屋へは行ったんだね？」

トビーは首にかけられた縄がじわじわと絞められているのとよく似たものを感じはじめた。

「ミセス・クーンズにあそこでの仕事をもらった。すべての部屋の窓枠の汚れを落として、ペンキも塗った」

「エダ・ルーの部屋で仕事をしたとき、君はひとりだった？」

「そうだ」

「彼女といっしょにいたことは一度もない？」

トビーはバーンズを見ながら、ゆっくりと五つまで数えた。「彼女が入ってくると、私は出た」あっさり答えた。「そろそろ仕事を始め、息子の様子を見てきます」

トビーがポーチから去り、家の脇へと姿を消すと、キャロラインは自分が震えていることに気づいた。「すごく不愉快だわ」

「申し訳ない、キャロライン」バーンズは手帳をしまった。「容疑者への尋問というのは、なかなか難しいんでね」

「父親がひどいことをしたからって、トビーが娘を殺したなんて信じていないんでしょ」キャロラインは叫びたかったが、ぐっと抑えて静かに話した。「彼は家族を大切にする人よ。息子といっしょにいるのを見るだけで、どういう人間かわかるわ」

「キャロライン、人殺しが必ずしも人殺しらしく見えるわけじゃないんですよ。特に連続殺人犯はね。統計値や心理学的パターンを見せてあげたら、きっと驚くことでしょう」

「見せていただかなくて結構よ」キャロラインは冷ややかに答えた。

「何度も何度も事件に巻きこまれてしまっているようで、申し訳ない」バーンズは微笑んだ。「また別の日にお邪魔して、静かにおしゃべりでもしたいものですな。もちろん、できれば私のために演奏していただくよう説き伏せたいと思っていますよ」

キャロラインは三度、大きく息を吸った。たぶん彼は鈍感で、思いこみの激しい間抜けなんだわ。「ごめんなさい、マシュー。今は演奏をしないの」

「ほお」彼の表情が落胆で崩れた。「まあ、それではいずれ近いうちに。週末に時間ができないかと期待しているんですよ。これまで行なった少々の調査では、グリーンヴィルにまあまあのシーフード・レストランがあると聞きました。ぜひお連れしたいですな」

「ありがとう、マシュー。でも今はできるだけ家にいたいんです」

そっけない拒絶の言葉に、バーンズは少しこわばった。「残念です。さて、仕事は待ってくれそうもないので、戻らなくては」不快ではあっても、打ちひしがれた様子は見せずに、車へ歩き出した。「できれば、アイスティーはまたの機会に」

「そうですね。さようなら」

彼が巻き上げた埃がきれいになるとすぐ、キャロラインは家に入った。そして数日ぶりにバイオリンを手に取り、演奏しはじめた。

13

一晩中、ゆったりとしてわびしい雨がおだやかに降りつづけ、乾いた地面を潤した。昼前には、雨はゆっくりとアーカンソーへ移動し、埃だらけだったのを滑りやすいぬかるみ程度にはしたが、午後にはからからに乾かしてしまいそうだ。

口を開けた墓穴の脇には、集まった人々が立ち、黄色い陽射しに焼かれてすでに立ち上っている霧に、足首まで覆われている。数ヤード先では、オークの細い木立が雨粒をしたたらせている。心を乱すその単調な音が、昼も夜も水漏れしているバスルームのさびた蛇口をサイに思い出させた。

夜ベッドに横になって、あのぽとん、ぽとん、ぽとんという規則的な音を聞いていると、時折サイは気が狂いそうになることがあった。前に本で読んだ、中国人の水による拷問のように。サイ・ヘイティンガーは秘密諜報員で、頭頂部に水がぽとん、ぽとん、ぽとんと落ちている。だが彼は負けはしない。たとえ水が皮膚や骨を突き通し、脳にまで届こうとも。

そう、ぜったいに彼を負かすことなどできない。彼はボンド、ジェームズ・ボンドだ。彼はランボー、彼はインディ・ジョーンズなのだ。

けれども彼はかび臭い部屋にいる、ただのサイだった。起きあがって、ぼろ雑巾を水漏れの下に詰め込み、音が耐えられる程度になるようにするだけだ。

だが今は、音に耳をふさごうとはせず、その代わりに音に神経を集中して、今いる場所と今していることから気持ちをそらすために利用しようとしていた。

スレーター牧師はサイには老人に見えた。実際はまだ六十歳にもならない、いい人だ。だがサイの若い目には、日焼けした頭皮にわずかに残る白い髪、風でざらついた顔に刻まれたロードマップのようなしわ、そして骨張った顎からくぼんだ胸へとひものようにぶら下がった、喉のたるんだ皮膚しか見えなかった。

あの牧師は年寄り過ぎて、人生のことなどあまりわかるはずがない、とサイは思った。だが今日は死に関わる日だ。それならば彼は専門家に違いない。

スレーター牧師の声が高くなったり、低くなったりして、救済とか永遠の命とか、あの古くさい倫理――神の意志に関するフレーズが、旋律を奏でるようによどみなく流れてきた。今、前に出ていって、スレーター牧師の手から聖書を奪い取ったらどうなるだろう、とサイは考えた。

(失礼、と言ってやろう。でもそれは嘘っぱちだらけの本だ。エダ・ルーが切り刻まれたのは、神様とはなんの関係もない。今日姉さんを埋葬することを、どうしてその人のせいにできるんだ？　本当はナイフを握った男のせいだってみんな知っているのに、どうして神様のご意志だなんてふりをすることができる?）

悪いことをすべてそんなふうに片づけてしまうのに、サイはうんざりしていた。雹《あられ》が降って、綿の苗木をずたずたにしても、それが神のご意志だなんて。

雹がどうしてできるかは知っていた。暖かい空気が冷たい空気とぶつかり合い、雨を固くて小さな氷の粒に変えるだけのことだ。神が空の上にある黄金色の玉座に座り、オースティン・ヘイティンガーの哀れな綿畑に雹を与える頃合いだ、と決めるなんて想像できなかった。エダ・ルーを滅多切りにして、池へ放り込むことが神の意志だと想像できないのと同じように。

サイははっきりそう言いたかった。声に出したくて、言葉が舌の上で焼けこげそうなくらいだ。だが、母親はいっそう激しく泣き、うめき、動揺するだけだろう。ルースアンは彼を黙らせようとし、ひどく恥ずかしい思いをするだろう。ヴァーノンは耳がわんわんするほど強く殴るに決まってる。それ以外の人間はサイをじっと見ているだけだ。来ている人のほとんどが、黒いドレスに身を包んだレディたちだ。

ミセス・フラーとミセス・シェイズはミセス・ラーソンやミセス・クーンズと集まっている。ダーリーンもそこにいて、あんまり激しく泣き叫ぶので、ついには彼女の母親がそばに行き、彼女が抱きしめていた赤ん坊を引き取った。

ほかにも女性はいた。中にはエダ・ルーの友達もいたが、ほとんどはキリスト教徒の義務感から出席した人たちだ。だが男は少なかった。トゥルースデール保安官は奥さんの手を取り、参列していた。横手にはあのFBIが真剣な面もちで、うつむいている。だがサイは知っていた。彼の目がなにも見逃さないように、すべてを見ていることを。

「私は道であり、真実であり、そして光なのです」スレーター牧師が抑揚をつけて言うと、メイビスは激しく長男にもたれかかり、そのヴァーノンは妻のほうへ体をあずけ、あとはドミノ倒しのように弔問者の輪へ順繰りに伝えていった。全員が一瞬がたがたと揺れ動いたが、その間も牧師はなにも気づかないまま続けていた。

「私を信ずるものはだれであろうと、王国に入るのです」

サイは叫びたかった。みんなにむかって、エダ・ルーは自分自身以外は、なにも信じていなかったと叫びたかった。こんなふうに祈りや儀式をしたところで、悪いことをいっそう悪くするだけのことだ、と。だがサイは沈黙を続け、頭を下げていた。それは、サイが牧師が言うところの神よりも恐れている男が、墓地での式に参列していたからだ。

それは彼の父親だった。

オースティン・ヘイティンガーはぴかぴかの日曜日用スーツを着て、まっすぐに立っていた。両手首と足首は拘束され、両側にはむっつり顔の副保安官が立っている。

彼は神聖なる言葉を聞いていた。棺が暗くて湿った墓穴へ下ろされていくのを見ていた。そして計画を立てていた。

妻の長く吠えるような悲痛な叫びを聞いていた。彼女の顔をちらっと見て、途切れることなく流れる涙のせいで、悲惨な有様になっているのに気づいた。そして策を練っていた。湿った草から最後の霧が立ち上りだすころ、彼は頭を垂れた。主が与えてくださったのだ、と彼は考えた。そしてまばたきもせずに、娘のために掘られた穴を一心に見つめた。その結果、彼の目に涙があふれてきた。悲しみに弱気になっていると思わせておけばいい、と思った。弱々しくて、無力な男だと思わせておこう。

彼は待った。式が終わるまでひたすら待った。女たちが妻のもとへと行き、意味のない悔みの言葉をかける間もじっと待った。

みんなが自分たちの車へと歩きだすと、副保安官のひとりが彼を軽く突いた。「さあ、ヘイティンガー」

「お願いです」彼は地面の穴をじっと見つめ、声を震わせた。「どうしても……祈りたいんです。女房といっしょに祈りたいんです」

副保安官たちの足を引きずるような歩き方から、彼らが式や女たちの涙で動揺しているのがオースティンにはわかった。心にあるものをすべて覆い隠し、彼は顔を上げた。副保安官たちに見えるのは、子供を亡くしたことで、絶望の涙に目を光らせている父親の姿だった。

「お願いです」オースティンは繰り返した。「あれは俺の娘だった。かけがえのない娘だったんです。我が子を見送るっていうのは、ふつうではないでしょう？　あの子がなにをされたのかご存じでしょう？」オースティンは憎しみを見られないように、顔を下へ向けた。「女房を慰めてやらなくちゃならんのです。あれは強い女じゃないし、今度のことは死ぬほど辛いことなんです。女房を抱きしめるだけでいいですから」彼は両手を差し出した。「娘の墓のそばで女房を抱きしめる権利もないんですか？」

「気の毒だとは思うが……」

「なあ、ルー」二人目の副保安官には娘がいた。「足かせをつけられていて、どこに行けるっていうんだ？　少しぐらい女房といさせてやったって、問題ないだろう」

手錠の鍵がはずされる間、オースティンはうなだれ、心の中では歓喜に叫びながら、じっと立っていた。「だが、俺たちはおまえといっしょにいなくちゃならないんだ」ルーと呼ばれた副保安官が渋々言った。「五分間だけだぞ」

「神のご加護がありますように」目の端で、オースティンはバークがすでに車に乗って、去っていくのを見ていた。数人の女性がもっと古い墓へ、眠っている家族に敬意を表するために散っていった。オースティンが歩み出て、両腕を広げた。すぐに力無く、彼の妻が倒れ込んできた。

オースティンは妻を抱きしめ、待ち、副保安官たちが当惑するように愁嘆場から目をそらすのを見ていた。悲しんでいるものにプライバシーを与えようとするのは人間として自然なことだ。まだ墓地に残っていたわずかな人々も背を向けた。

そのときオースティンがさっと動いた。その素早さに、生まれてはじめて両親が抱き合っているのを見たサイは、濡れた草の上にひっくり返った。

オースティンが妻をひとり目の副保安官に強く押しつけると、副保安官と泣きわめく妻が墓穴に転がり落ちた。もうひとりの副保安官が武器に手を伸ばしたとき、オースティンは彼の胸に思い切りぶつかり、闇雲に突進した。銃の奪い合いは短かった。というのは、ルーは墓穴の中で、暴れ回るヒステリー女から逃れようと必死だったからだ。

オースティンは銃の横面で副保安官の頭を殴って失神させると、目を丸くしているバーディ・シェイズの首に腕を回した。

「こいつを殺すぞ」オースティンが叫び、天罰について並べ立てた。「おれの娘のようにこの女も殺してやる、わかったか？　銃と鍵をこっちへ投げろ。さもないとこいつの頭に、トラックが通れるほどの穴を開けるぞ」

バーディが笛のような声を上げ、むなしくその腕をひっかいた。数フィート離れたところでは、ルースアンが泣きだした。この新たな屈辱の中ではとても生きていけないと思ったからだ。

「どこへ行くっていうんだ？」ルーが詰問した。すすり泣いている女に背中をひっかかれながら、棺の上にはいつくばっている自分が腹立たしくてたまらなかった。同僚たちはこのことで、二十ドルの売春婦を買った党大会参加者みたいに、ルーをからかうだろう。「よく考えろ、ヘイティンガー。どこへ行くつもりだ？」

「神が導いてくださる」そうだ。オースティンの全身を激しい神の力と熱さが脈打つのが感じられた。彼の目はぎらぎらしていた。「主よ、あなたに従います！」彼は叫び、バーディの首を絞めた。「十秒たったら、こいつをやるぞ。その後は、墓穴をいっぱいにしてやる。まずはおまえだ。それでおしまいだ」

悪態をつき、激怒しながら、ルーは鍵束を放り投げた。

「腰の銃もだ」

「この野郎……」

「五秒だ」オースティンは頭をぐいっとひねり、鍵をはずすようヴァーノンに合図した。

「そいつらを殺しちまえよ、父さん」ヴァーノンはひそめた声で言いながら、鍵を回した。考えただけで頭に血が上ってくる。「キリストに背くようなそいつらを撃ち殺して、いっしょにメキシコへ行こう」

「すべてをやり終えるまでは、どこへも行かん」

ルーがぱっと顔を出した。一発撃ちたかったのだが、三八口径が二インチ先の草を飛び散らすと、また穴に潜り込んだ。

「俺の頭を吹っ飛ばせるなんて思うなよ」ルーは銃を放り投げた。

オースティンは泡を吹いているバーディを墓穴へと押し、彼女はその縁で一瞬ためらい、ひどく集中して目を大きく見開き、ダブルゲーナー（前飛び込みえび型二回宙返り）に挑戦する飛び込み選手のように、両腕を広げた。彼女は大の字になってルーの上に着地した。

みんながそれぞれ落ち着いたころには、オースティン・ヘイティンガーはバーディ・シェイズのビュイックに乗って、走り去っていた。ポリス・スペシャルを二丁と、腹一杯の憎悪を抱えて。

ジム・マーチは玄関にのんびりと立ち、音を出さずに口笛を吹き、キャロラインが下りてくるのを待っていた。ペンキを塗り終わったら、裏のポーチの支柱を直してほしいかどうかを訊きたかったのだ。

父親は足りないものを買いに町へ行き、ジムは残ることにした。彼はペンキを塗ることになっていたが、古いポーチがたわんでいることに気づき、質問することでさらに仕事が増えれば、父が喜ぶだろうと考えたのだ。

ジムがノックすると、キャロラインは中に入るよう返事をした。ジムはていねいに足をぬぐった。彼の母親は、足をぬぐい、手を洗うことにはとてもうるさかったのだ。口笛を吹きながら、ペンキの飛び散ったケッズは少しずつ廊下を進んだ。居間にバイオリンがあることは知っていた。窓から見えたからだ。ジムはそれをもっとよく見たかった。ラーソンの店のショーウィンドウで、ウィルソンの新型グローブを見つけたとき、もっとよく見たいと思ったのと同じだった。

くつろいだ感じの居間の戸口まで来ると、それはそこにあった。肩越しに階段のほうをちらっと見てから、駆け寄る。ちょっと見るだけ、それだけだ、と自分に言い聞かせた。ちらっと見たら、すぐに玄関へ戻ろう。

昨日キャロラインが弾くのを聴いてから、ジムはずっとバイオリンのことを考えていた。ああいう音楽を聴いたのは、生まれてはじめてだった。このバイオリンにはなにか特別なもの、ルパート・ジョンソンが夏の夜にときどき弾く古い楽器とは違うなにかがあるのだろうか、と思った。

脇にある留め具を不器用にはずし、ふたを持ち上げた。炭のように黒いベルベットの上に横たわっているそれは、やはり違っていた。ルパートのものと同じような形、同じような大きさに見えたが、新しい銅貨のように輝いている。そしてジムが勇気を奮い起こして触ってみると、そのつややかな表面はシルクのようになめらかだった。つまり、シルクならこうだろうと思うほどに、という意味だが。

ちょっと見るだけ、という誓いを忘れ、ジムは親指で弦をそっとなでた。

キャロラインが階段を下りきったとき、密告するような開放和音が聞こえてきた。最初に感じたのは苛立ちだった。彼女の楽器にはだれも触れたことがなかったのだ。だれも。彼女が自分で調律し、磨いた。どんなオーケストラと共演しようと、それが気晴らしになることが多かった。

ルイスは、キャロラインが自分に触れるよりも、バイオリンに触れる時間のほうが長いと、一度ならず文句を言った。それでキャロラインは気がとがめた——彼がほかの女性に特別に触れられているのに気づくまでは。

キャロラインは居間へ勢いよく歩き出した。言うべきことはもう口から出かかっていた。だが彼女は立ち止まった。ジムがバイオリンケースの脇にひざを突き、まるで赤ちゃんの頰をなでるようにやさしく、親指で弦をなでていたのだ。だがキャロラインに辛辣な言葉を思いとどまらせたのは、彼の表情だった。まるで奇跡的な秘密を発見したかのような顔をしていた。満面に笑みをたたえているが、それは浮かれたものではなく、もっと深い喜びによるものだった。そして彼の瞳はその喜びに輝いていた。

「ジム」キャロラインがそっと声をかけると、ジムは操り人形のようにぱっと立ち上がった。彼の目はものすごく大きくなり、顔のほかの部分を飲み込んでしまいそうだ、とキャロラインは思った。

「ぼ、僕、見ていただけです。ごめんなさい、ミズ・キャロライン。やっちゃいけないのは知っていたんです。父さんをクビにしないでください」

「なにも問題ないわ」キャロラインは本気でそう言っていた。黒人の少年が彼女のバイオリンをいじくっていたのに、なにも問題がないとすれば、ルイスはさぞ驚くことだろう、とキャロラインは思った。ルイスにさえ、息を吹きかける以上のことはさせなかったのだ。

「僕には手間賃もなにもいりません」ジムは畳み込むように話した。「するべきじゃないことはわかっていたんです」

「問題ないって言ったのよ、ジム」キャロラインが彼の肩に手を置くと、彼女の声に込められた穏やかな慰めがようやく彼の乱れた脳に伝わった。

「怒ってないんですか?」

「怒ってないわ。でも、見ていいかって訊いてくれたほうがよかったわね」

もちろん、前もって尋ねられたら、キャロラインは断っていただろう。そうすれば、純粋な喜びのきらめきを見逃していたことになる。昔々、彼女自身が感じたのと同じ喜びだ。

「はい、ごめんなさい。本当にごめんなさい。こんなふうに部屋に入ったりしてはいけなかったのに」ジムは自分の幸運が信じられないまま、後ずさりしはじめた。「裏のポーチの支柱も直したいのかを訊きに来たんです、そうしたら……」これ以上よけいなことは言わないほうが賢明だ、とジムは考えた。

「どうして見たいと思ったの?」

まずい、きっと父さんに言うつもりなんだ、とジムは思った。きっとただじゃ済まない。

「それはただ……昨日、あなたが弾くのを聴いたんです。僕、あなたが弾いたみたいな音楽は聴いたことがなかった。だから僕……これは特別なものなのかなって思ったんです」

「ええ、私にとってはね」思いを込めるようにしてキャロラインはバイオリンをケースから取りあげた。これまで数え切れないほどやってきた動作だ。その重さ、その形、その手触り、すべてが体にしみ込んでいる。これをどれほど愛してきたことだろう。そしてどれほど憎んできたか。「実際に持ったことはあるの?」

ジムはごくりとつばを飲み込んだ。「あの、ルパートじいさん、ジョンソン副保安官のおじいさんなんですけど、彼が自分の楽器で二曲教えてくれました。あれはあなたのみたいにきれいじゃなかったし、音だってぜんぜん違ったけど」

ルパートじいさんがストラディヴァリウスを持っているとは思えなかった。キャロラインは自分でも驚くような衝動にかられた。その衝動を抑えるようにしてきた結果、トロントの病院へ行くことになったことも思い出した。よきにつけ悪しきにつけ、感情がキャロラインをイノセンスへと導いたのだ。

「あなたのできることをやって見せてくれない？」キャロラインがバイオリンを差し出すと、ジムはさっと両手を後ろへ隠した。

「だめです。できません。そんなのよくないことです」

「私が頼むんだから、いいことだと思わない？」

少年の目がバイオリンに釘付けになり、欲望と適切だと思っているものとの葛藤が表情に現れた。ジムの両手がゆっくりと出てきて、それをつかんだ。

「すっごい」彼はささやいた。「光ってるんですね」

キャロラインは黙って弓を取り出し、樹脂を塗った。「私がはじめてこのバイオリンを弾いたのは、あなたとそう変わらない年頃だったわ」キャロラインは思い返した。両親からこれを渡された遠い昔の夜のことを。フィラデルフィア音楽学院の彼女の楽屋で、はじめてのソロ演奏の前のことだった。彼女はまだ十六歳で、隣接したバスルームでおう吐したばかりだった——できるだけ静かに、気づかれないように。

そこへ両親が入ってきた。父親は喜びと誇らしさでいっぱいだったし、母親はすべてを賭けた野心でいっぱいだった。だから気持ちが悪いくらいでふたりに背くなんてできるはずがなかった。

キャロラインはそのバイオリンがはたして贈り物なのか、餌なのか、それとも脅威なのかずっとわからなかった。だがそれに逆らうことはできなかった。

あの花とドーランの匂いの充満した楽屋で、自分は最初になにを弾いたのだろう、とキャロラインは思った。

モーツァルトだ、と思いだし、軽く微笑んだ。

「見せて」キャロラインはそう言うと、弓を渡した。

ジムはいちばんいいと思えることをすることにした。バイオリンを肩に乗せ、試すように弓を弦の上で数回動かし、それから《ソルティ・ドッグ》を始めた。

その曲が終わるころには、ジムの目から迷いは消え、顔中が笑みでほころんでいた。ジムはこれほどうまく弾けたことはないとわかっていた。音楽に夢中になり、次の《ケイシー・ジョーンズ》へと続けた。

キャロラインは椅子の袖に腰掛け、見ていた。たしかに、音は何度か間違えたし、彼の技術はまだ磨きをかける余地がある。だが彼女は感動していた。彼の小器用で、はれやかな演奏だけでなく、彼の目の表情に感動していたのだ。その表情は、少年が演奏を楽しんでいることを告げていた。

それは二十五年近くの間、彼女自身を拒んできたもの、そして彼女のほうでも拒んできたものだ。

ジムは我に返り、咳払いをした。彼の頭の中ではまだ音楽が踊り、揺れていて、彼の指も音楽に震えている。だがジムは自分が図に乗りすぎたのではないかと怖くなった。

「ルパートじいさんから教わったのはこれだけです。あなたが弾いたのとはぜんぜん違います。

あれは……神聖なものですよね」

キャロラインは微笑むしかなかった。「私たちの間で取り引きはできないかしら、ジム」

「なんですって？」

「あなたはルパートじいさんから教わったものを、私に教えて……」

ジムの目が頭から飛び出しそうになった。「今の曲の弾き方を僕に教わりたいんですか？」

「そうよ。お返しに私がほかの曲の弾き方を教えるわ」

「昨日あなたが弾いていたようなのを？」

「ええ、ああいうのをよ」

ジムは手のひらが汗ばんでいるのに気づき、バイオリンに染みをつけて、すべてを台無しにする前に彼女に返した。「父さんに聞いてみなくちゃ」

「私が言うわ」キャロラインは首を傾げた。「もしよければ」

「ぜひお願いします」

「じゃあ、ここへ来て、見ていて」キャロラインはジムに指の動きがよく見えるよう、座ったままでいた。「これは《小犬のワルツ《ミニッツ・ワルツ》》っていうの。フレデリック・ショパンの作品よ」

「ショパン」ジムはうやうやしく繰り返した。

「けれども一分間《ミニッツ》で弾くわけではないの。これはレースじゃないのただ……」

「楽しむため？」

「そう」キャロラインはバイオリンを顎にはさみ、その言葉を味わった。「楽しむため」

最初のレッスンが順調に進んでいたとき、カール・ジョンソン副保安官が車で現れ、オースティン・ヘイティンガー脱走のニュースを知らせた。

カール・ジョンソンがスウィートウォーターへニュースを伝えに去った後、キャロラインはふたつのことを決意した。まず、射撃練習を再開することだ。それから犬を飼う。荷物をまとめて、逃げ出すという気持ちは、生まれる前に消えていた。その代わりにあるのはもっと強くて、もっと深い感情だった。今ではここは我が家だった。だからキャロラインはそれを守るつもりだ。

ジムのアドバイスと指示に従って、彼女はホグ・モー・ロードを進んでフラー家へ向かった。ジムが、ハッピー・フラーの雌犬プリンセスが二カ月ほど前に子犬を生んだと教えてくれたのだ。

ハッピーは喪服を庭作業の服に着替えていて、うれしそうにキャロラインを迎えてくれた。最後に残った一匹の子犬を手放せることだけを喜んだのではなく、ビッグニュースを聞いてくれる新しい人間に会いたかったからだ。

「あんなに怖い目にあったことはなかったわ」ハッピーは話しながらキャロラインを裏庭へ案内し、陶器のガチョウの群れとホウセンカの花壇を通り過ぎた。「あたしはひとりで母の墓のそばに立っていたの。母は八十五歳で、卵巣ガンで亡くなったのよ。医者に診せなかったから母にもわからなかったし、だからガンは、グラント将軍がリッチモンドを奪ったように母の全身へ広がってしまった。あたしはね、きっちり半年ごとにドク・シェイズのところへ行って、検査してもらってるの」

「それは賢いことだわ」

「問題から身を隠したって、なんにもならないもの」ハッピーは材木を挽いている男が回るおもちゃの前で立ち止まった。空気は重苦しくよどんでいて、その男はたっぷり休んでいるようだ。

「とにかく」ハッピーは話を続けながら、百日草の中に混ざっている雑草をしゃがんで引き抜いた。「あたしは母の墓の隣にいて、騒ぎの一部始終を聞いたのよ。怒鳴ったり、叫んだり、そういうことをね。振り返ったらちょうど、グリーンヴィルの副保安官がメイビスといっしょにエダ・ルーのお墓へ転がり落ちるのが見えたわ。それからオースティンがもうひとりの、少年みたいな副保安官に思い切りぶつかっていって、ピストルを持った彼をひっくり返したの。あたしは思ったわね、まあなんてことだろう、彼はあの銃を撃つんだわってね。だけど彼はどうしたと思う？　バーディの首をつかんで、墓穴に落ちた副保安官に、足かせの鍵を投げろって言ったの。メイビスったら死人でも目を覚ますくらいに泣いたり叫んだりしていたわ。まったく、あのとんでもない騒ぎで目を覚ました死人は大勢いたでしょうね。それからかわいそうなバーディ。頭に銃を突きつけられて、シーツみたいにまっ白になっていた。あたしの心臓も止まるかと思ったわね。バーディは親友なんですもの」

「ええ、よくわかります」キャロラインはこういったいきさつはすべてカール・ジョンソンから聞いていたが、もう一度聞くのもしょうがないとあきらめた。そしてきっともう一度。

「オースティンが銃を撃ったとき、あたしはためらわず母の墓石の陰に飛び込んだわ。かなり大きいものなのよ。兄のディックと値段について言い争ったんだけどね。ディックっていうのはいつだってしみったれなんだもの。彼ならリンカーンが降参って言うまで一ペニーだって値切るでしょうよ。それからヴァーノンがね、あの子は父親と同じ卑しい目つきをしていたんだけど、彼が足かせをはずしたの。次に気づくと、オースティンはかわいそうなバーディをグリーンヴィルの副保安官とメイビスがいる墓穴の上にぐいっと落としたわ。それからはもう地獄絵図っていうところね。バーディは金切り声をあげるし、メイビスは泣き叫ぶし、例の副保安官はまるで二日間の休暇をもらって酔っぱらった水兵みたいに悪態をついていたし」

ハッピーの唇がひきつった。もしキャロラインの瞳が同じように面白がっていなかったら、ハッピーだって笑いをかみ殺していただろう。

ふたりは一瞬見つめ合い、平静でいようとした。先に負けたのはキャロラインで、短く、鼻を鳴らすように吹き出してしまい、それを咳でごまかそうとした。それからふたりは明るい午後の陽射しの中、立ったまま大笑いし、ハッピーなどはハンカチを取り出して、涙をぬぐう羽目になった。

「これだけは言えるわ、キャロライン、たとえあたしが百歳まで生きたって、あの光景は忘れないでしょうね。オースティンがバーディのビュイックで逃げちゃった後、あたし、駆け寄ったの。そうしたらもうみんなして棺の上で腕やら脚やら絡まり合っちゃってて。最初に考えたのは――神よお許しください――ポルノビデオに出てきそうな、あの不自然な性行為みたいだっていうことだったの」ハッピーの目はきらきらした。「あたしはそんなものは見たことありませんけどね」

「ええ」キャロラインの声は細かった。「もちろんそうでしょう」

「バーディのスカートは、ウェスト近くまで持ち上がってたわよ。彼女はちょっとばかりふくよかだからね、バーディのことよ、だからきっと彼女が副保安官の上に落ちたとき、彼は息ができなくなったでしょうね。彼の顔はラディッシュのように真っ赤だったわ。それからメイビス。彼女は副保安官の脚にしがみついて、神の手について叫んでいたの」

「恐ろしい」キャロラインはかろうじてそう言うと、また笑いだしてしまった。「なんて恐ろしいんでしょう」

ハッピーはハンカチに顔を埋め、こみ上げてくる笑いを封じ込めようとした。「そうしたらあの若い副保安官が目を覚ましたのよ。墓地に残っていた人間はバーディやらそれ以外の人間を引っ張り上げようとしているときにね。あのかわいそうな坊やったらよろよろしちゃって、もしサイがつかまえなかったら、きっとみんなの上に倒れ込んでいたでしょうね。まったく『ルーシー・ショー』を見るよりも面白かったわ」

キャロラインの頭の中で、リッキー・リカルドが墓穴に頭から飛び込んでいる場面が浮かんだ。「ルーーシーー、帰ったよぉー！」キャロラインはホウセンカのそばの小さな石壁に腰を下ろし、脇腹を抱えた。

ため息をつきながら、ハッピーが隣に座る。「ふぅー、思いっきり吐き出せてよかった。笑ったりしたら、バーディはぜったいに許してくれないもの」

「とても恐ろしくて、身の毛がよだちますものね」

ふたりが落ち着きを取り戻すのに、さらに五分間を要した。

「さて、と」少し息を詰まらせながら、ハッピーはハンカチをしまった。「あのバカ犬を呼びましょう。あなたがあの子を見ている間、なにか冷たいものでも持ってくるわ。プリンセス！プリンセス、チビといっしょにこっちへいらっしゃい。一匹しか残っていないのよね」ハッピーは会話をするように話した。「あの子を好きにしてちょうだい。父親についてはなにも言えないのよ。プリンセスはあまりえり好みしないほうだから。今度は不妊手術をさせるつもりなの。前にもそう思っていたんだけど」

キャロラインは大きくて、毛が黄色く、ずんぐりとして、疲れた表情をした犬が、庭を横切ってくるのを見ていた。その回りを走っているのは同じ色をした、かなり大きめの子犬だ。数秒ごとに子犬はくたっとした乳首を求めて母親の下へ潜り込んでいる。だがプリンセスは明らかに母親業にうんざりしているらしく、さっと身をかわしてしまう。

「ほら、こっちよ」ハッピーが手をたたいた。その音に子犬は母親の乳をあきらめ、楽しそうに跳んできた。「おまえは役に立たない、厄介者なのよね？」

子犬はそうだと言わんばかりにきゃんきゃんと吠えた。しっぽをあんまり勢いよく振ったので、後ろの端が鼻に触れそうになる。

「仲良しになっていて」ハッピーが立ち上がった。「あたしはアイスティーを持ってくるわ」

キャロラインは子犬を見て、大いに疑問を感じた。もちろんかわいいし、大きな前足を膝にぽんと乗せてくるようすはじつに楽しい。だがキャロラインが欲しいのは番犬で、ペットではない。二カ月ほどで別れなければならない動物に、愛情を抱くわけにはいかないのだ。

それに子犬はすでにけっこうな大きさだが、伸び切った長い耳にだらりと舌を垂らしていて、およそどう猛とは言えない。母犬が立っているとキャロラインのウェストに届くほどだ。息子が同じくらいの大きさに成長するのに、どのぐらいかかるのだろう。

これは間違いだ、とキャロラインは判断した。最寄りの収容所の場所を尋ねて、裏口につないでおける、牙を見せるようなドーベルマンをもらいうけるべきだった。

だが子犬の毛はやわらかくて、温かかった。キャロラインが彼を見て眉をひそめている間も、子犬のほうは彼女の手をなめ、しっぽを激しく振り、ひっくり返っては、しっぽを追いかけだした。

一度、それを嚙んでしまうと、彼はぎゃんと悲鳴をあげ、キャロラインのところへ駆け戻ってきた。その大きな茶色い目は、犬らしいくやしさでいっぱいだった。

「バカねぇ」キャロラインはつぶやくと、抱き上げてなでてやった。そして彼がキャロラインの胸や首をよだれだらけにすると、まったくもう、と思った。

ハッピーがアイスティーを持って戻ってきたときには、キャロラインはすでにユースレス役立《たず》と名前をつけていた。赤い首輪をつけてやったら、きりっとして見えるだろう。

キャロラインはラーソンの店でそれを買い、さらに十ポンド入りの子犬用ドッグフード、引きひも、プラスティックの皿一枚とボウルをふたつ、ベッド代わりになりそうな花模様のクッションを購入した。

キャロラインが店にいる間、彼は車の中でずっと吠えていた。一度様子を見に顔を出すと、ダッシュボードに前足を乗せ、非難と恐怖に満ちた、大きな茶色の瞳で彼女を見つめた。そしてキャロラインが車に戻るとすぐ、膝の上によじ登ってきた。

一瞬迷ったが、キャロラインは家へ帰るまで、そこで体を丸くさせておくことにした。

「おまえはちっとも役に立ってくれそうもないわね」キャロラインが言うと、子犬が満足げに震えながら息を吐いた。「それはもうわかっているわ。なにが問題なのかも知っている。私はね、小さい頃ずっと子犬がほしかったの。だけど飼うことはできなかった。犬は居間に毛を落としたり、じゅうたんにおしっこをしたりするものね。それに八歳になるころには、もう私は夏の間ツアーに出ていた。だから、ペットなんて問題外だったのよ」

キャロラインは運転しながら彼をなで、膝の上の温かい感触を楽しんだ。「問題はね、私はここにあと一カ月か二カ月程度しかいないっていうことなの。だから、私たちが深く関わり合うのはあまりよくないのよ。だからって、友達になれないわけじゃないけどね」ユースレスが頭を彼女の肘に乗せ、熱い視線で見上げてくると、キャロラインは話し続けた。「つまり、続けられる間は、ちょっとした愛情をもったり、尊敬したり、お互いに楽しむのはぜんぜんかまわないの。ただし、お互いに承知していなければならな……」彼が彼女の胸に寄り添い、顎をなめた。

「もう」

我が家への小道へとハンドルを切るころには、キャロラインはすでにその犬と恋に落ち、そのことで自分を叱りつけていた。

正面ポーチのステップに腰掛けて、ワインのボトルを脇に、膝の上に黄色いバラの花束を置いているタッカーを目にしても、その気持ちは止まらなかった。

14

「あなたは働かないの？」キャロラインは尋ね、身をくねらせて逃げようとする子犬とハンドバッグと買ったものを抱え上げようとした。

「どうしようもないとき以外はね」タッカーはバラを脇に置いて、物憂げに立ち上がった。「なにを抱えているんだ、キャロ？」

「私は犬って呼んでるわ」

タッカーはくすくす笑いながら、ボートぐらいの大きさのオールズモビルの隣に、キャロラインがなんとか自分の車を止めたところへぶらぶら近づいていった。「かわいいチビじゃないか」子犬の毛をくしゃくしゃにし、それからBMWの後部席をのぞき込んだ。「手伝いが必要かい？」

キャロラインは目にかかった髪を振り払った。「いったいなにを考えているの？」

「君は僕に会ってうれしいだろうって考えているよ」タッカーは彼女の両手が荷物でふさがっているのに乗じて、キスした。「だが君はうれしくなければいいのに、と思っている。さあ、荷物を運ぼう。残りは僕が持っていくよ」

たしかにうれしかったが、それは主として、タッカーの両手が、女性の血圧を上げる以外にもできることがあるのを見たからだった。キャロラインはステップに腰を下ろし、じっとしていない子犬の首に新しい首輪をつけた。

「必要なものはすべて買ったようだな」タッカーは言って、ドッグフードの袋を肩に背負った。筋肉がかすかに、興味深く波打つのにキャロラインは気づいた。それから彼は鮮やかな花柄のクッションを抱えた。「これは？」

「この子はなにかの上で眠らなくてはならないでしょ」

君のベッドだよ、とタッカーはにやりとしながら思った。「すると……」荷物をポーチに下ろし、彼女の隣に座った。「こいつはフラーの子犬の一匹かい？」

「ええ」子犬は彼女から離れ、タッカーの手に鼻をすりつけた。子犬は内気には見えなかった。気づいたが、そんなものにうっとりしたり、それについて尋ねたり、見ることもしない、と心に決めた。

「よお、坊主」タッカーが子犬をちょっと掻いてやると、ユースレスは歯を見せ、後ろ足でリズミカルにステップをたたいた。「なかなかいい犬だ。とてもいい犬だ。名前は？」

「ユースレス」キャロラインはつぶやいた。子犬——私の子犬よ、とキャロラインは思っていた——はタッカーの膝の上で敬愛するように伸びをしている。「名前のとおりだってもう見極めちゃったの、番犬としてはね」

タッカーがさっと眉を寄せた。「番犬ねえ」タッカーは子犬をくすぐってひっくり返した。「おい坊主、歯を見せてみろ」ユースレスは協力的にタッカーのこぶしを噛んだ。「ああ、じきに成長するよ。ほかの部分と同じようにね。二カ月もすれば、大きくなって何フィートかになるだろうよ」

「二カ月後には、私は……ヨーロッパだわ」キャロラインは最後まで言った。「実際にはそれより早いかもしれない。契約を守らなくてはならないから、九月にはワシントンＤＣへ行くし、八月には準備をしなくては」

「守らなくてはならない？」

キャロラインは特別な意味で言ったわけではなかった。「契約なの」ほかの部分は省いた。「でも出発する前に引き取ってくれる家を見つけられると思うわ」

彼女を見上げるタッカーの黄金色の瞳は穏やかで、少し険しかった。彼は時々そういう目つきをする、とキャロラインは思った。虚飾をすべてはぎ取り、真実を見抜くような目を。「君が望めば連れていけると思うよ」彼の声は静かで、熱くよどんだ空気をかすかに波立たせる程度だった。「君はその世界じゃ大物なんだろ？」

キャロラインは目をそらさずにいられないことが、嫌でたまらなかった。自分自身にもまだ隠していることを、タッカーに見透かされる前に目をそらさなくてはならないのだ。「ツアーっていうのは面倒なのよ」これだけで話を片づけようとした。

だがタッカーがそうはさせない。

「君は好きなのかい？」

「それが仕事の一部なの」キャロラインが子犬をつかまえようとすると、彼はタッカーの膝から転がりおりて、探索へ出かけた。「ぶらつかせておいてもいいわね」

「この辺のにおいを嗅ぎまわるだけさ。君は質問に答えていないよ、キャロライン。君はそれが好きなの？」

「好きとか嫌いとかっていう問題じゃないのよ。演奏するっていうことは、旅をするっていうことなの」空港から空港、町から町、ホテルからホテル、リハーサルからリハーサルへ。キャロラインは胃のあたりが緊張し、結び目がひきつるような感じを覚えた。気持ちを楽にしないと、古き友であるミスター潰瘍《かいよう》を招くことになる、という兆候だ。

タッカーはめったに緊張することはなかったが、その兆候には気づいた。気楽な感じでキャロラインのうなじに手を置き、もみほぐしてやる。「自分が好きでもないことを習慣にする人間がいるっていうのが、僕にはどうも理解できないんだ」

「私は好きじゃないなんて言っては……」

「言ったのと同じだ。『あら、まあ、タック、そんなことないわ。ロンドンへ飛んでいき、パリへ急行し、ウィーンからヴェニスへと足を伸ばすんですもの』とは言わなかったからな。僕だって昔からそういう場所を見てみたいとは思っていた。だが君はそうすることで楽しみを積み重ねてきたようには見えない」

見る？　とキャロラインは思った。インタビューとリハーサルと演奏と荷造りの合間に、いったいなにを見ただろう。「世の中には人生の目標が楽しむことでない人だっているのよ」キャロラインは自分の声が取り澄ましているように思い、不快さから口をとがらせた。

「それは残念だ」タッカーは後ろにもたれて、タバコに火をつけた。「あそこの子犬を見てごらん。彼はにおいを嗅ぎまわっていて、ハエで腹一杯にしたカエルみたいに幸せだ。面白そうだと思えば、君の芝生でおしっこをし、自分のしっぽを追いかけ、後は落ち着いてぐっすり眠る。常々思っていたんだが、犬ってやつは最高の生き方を知ってるんじゃないのかな」

キャロラインの口元がゆるんだ。「あなたがうちの芝生でおしっこをしたくなったら知らせて」

だがタッカーは笑い返さなかった。一瞬、光っているタバコの先端を見つめ、それからあの穏やかで、研ぎ澄まされた目で彼女を見た。「ドク・シェイズに君からもらった薬のことを聞いたんだ。ペルコダンだっけ？　強力な薬だって言ってたよ。どうしてあんなものが必要なんだろうと思ったね」

キャロラインは気持ちを引き締めた。彼女の息の吸い方はタッカーに、身を丸めて、面白がってつつこうとする相手にはとげを出すヤマアラシを思い出させた。「あなたには関係ないわ」

タッカーは彼女の頬に手を添えた。「キャロライン、君のことが気がかりなんだ」

キャロラインは――彼らふたりとも――タッカーがこのセリフを大勢の女性に言ってきたことを、はっきり知っていた。そして今回は、それとは違うことも、ふたりともわかっていて、落ち着かなかった。

「頭痛持ちなの」キャロラインは自分の声が意地悪く、言い訳っぽく聞こえるのが悔しかった。

「いつも?」

「これはどういうこと? テスト? 頭痛持ちの人なら大勢いるのよ。一日中ポーチの揺り椅子に座っている以外のことをする人ならなおさらね」

「僕はハンモックのほうが好きだ」タッカーは落ち着いている。「だが今は君の話をしている」

キャロラインの目はすげなくて、冷ややかだった。「口を出さないで、タック」

ふだんなら、タッカーは言われたとおりにしていただろう。人を怒らせてまで詮索するような人間ではなかった。「君が苦しんでいると思うと、じっとしていられないんだ」

「私は苦しんでなんかいないわ」だが頭痛は高速貨物列車のように執拗に現れた。

「あるいは悩んでいるか」

「悩む」キャロラインはオウム返しに答えてから、膝の間に頭を落として、笑った。その声にはヒステリックな響きがあり、足下で子犬は仰向けになってくんくん言い出した。「まあ、なにを悩むっていうの? 頭のおかしい人が女性を切り裂いて、うちの池に投げ捨てたから? オースティン・ヘイティンガーがまた自由になったからって、どうして私が悩まなくてはならないの? 彼が戻ってきて、うちの窓をぶっ飛ばすかもしれないから? 彼はあなたにいくつか風穴を開けようとするでしょうけど、私はもちろんくよくよなんかしないわ」

「僕は今以上に風穴は欲しくないよ」タッカーは彼女の背筋を上下になでた。「僕たちロングストリートの人間は一番になるこつを知っているんでね」

「ああ、それならよくわかるわ。目の回りを黒くあざにしたり、頭をぶつけたりするのを見ればね」

タッカーは軽く眉をひそめた。自分の目ならずっとよくなったと考えていたのだ。「来週までには傷は消えるし、オースティンは拘置所に戻っているだろう。ロングストリートの運がそういうふうに動いているんだ、ダーリン。いとこのジェレマイアがいい例だ」

キャロラインがうめいたが、タッカーは無視した。

「彼はデイビー・クロケットの親友だったんだ。知ってるだろ、ケンタッキーの英雄を?」彼の声は自然に物語を語るように変化した。「彼らは独立戦争でともに戦った。もちろんジェレマイアはまだほんの子供だったんだけど、本当に戦いが好きだったんだ。戦後、彼はあちこちで暴れ回った。自分をどうしていいかわからなかったんだ。一カ所に落ち着くことはなかった。自分で目標を見つけられなかったんだろうな。ともかく彼はテキサスでの騒動について聞きつけ、旧友のデイビーに会いに行ってみようと考えた。メキシコ人を何人か撃つのもいいと思ったのかもしれない。彼の馬がウサギの穴に落ちてしまったとき、彼はまだルイジアナのこちら側にいた。ジェレマイアは投げ落とされ、馬もジェレマイアも脚を骨折した。彼は辛い思いをしながらも、馬を射殺した。八年間もいっしょに過ごしてきた相棒だったんだ。

「そこへたまたま農民が現れ、ジェレマイアを馬車で自分の家へと運んでくれた。農民には、ちゃんとした農民ならみんなそうだったように、娘がいた。父と娘は彼の脚を固定した――ひどい骨折で、ジェレマイアはあやうく命を落とすところだった。だが二週間後、彼は松葉杖を使ってなんとか動けるようになった」

「そして彼はその農夫の娘と恋に落ち、すばらしい子供たちをもうけ、その子たちはルイジアナに綿だかなんだかを育てて、金持ちになったのね」

「そのとおり。だが僕が言いたいのはそういうことじゃないんだ。要は、ジェレマイアは愛馬を失い、生涯脚を引きずって歩いたっていうことだ。だがけっしてそこを出て、テキサスにいるデイビーと合流はしなかった。アラモ砦ではね」

キャロラインは首を回して、頰を膝に乗せ、おそらくはでっち上げの話をタッカーが語り終えるのを見ていた。不思議なことに、頭痛は、警告するような胃のひきつりとともに薄れていた。

「つまり、話のポイントは」とキャロラインが言う。「ロングストリート家の人間は、致命的なことを避けるために、脚を折るくらい幸運だっていうことね」

「まあそんなところだ。ねえハニー、君の犬と、なんでも必要なものをまとめて、しばらくの間スウィートウォーターで過ごさないか？」即座に彼女の目に浮かんだ警戒するような光に、タッカーはにっこりした。「うちには一ダース以上の寝室があるから、僕の部屋に泊まる必要はないよ」彼女の鼻を指でさっとはじいた。「遅かれ早かれ、あそこに来ることになるって君が認める用意ができたなら話は別だけど」

「寛大なるお申し出には感謝しますけど、お断りしなくてはなりませんわ」

タッカーの目にかすかに苛立ちが見えた。「キャロライン、お目付役ならいくらでもいるし、どの寝室のドアにもしっかりした鍵がある。僕が君のベッドにもぐりこもうとするんじゃないかって考えているなら心配ないよ」

「もちろん、あなたならやるでしょうね」キャロラインは言ったが、声には笑いがあった。

「自分であなたをかわせないかもしれないから、怖がっているとでも思っているの？　思い上がらないでよ。私はここにいなければならないの」

「完全に引っ越してこいって言ってるわけじゃないんだ」だが、意外にもタッカーはそれもそう悪くないと思った。「ちょっと泊まりにくるだけだよ、オースティンがいるべき場所に戻るまでね」

「私はここにいなければならないの」キャロラインはもう一度言った。「タッカー、二カ月ほど前まで、私はどんなことに対しても自分の考えをはっきり示したことはなかった。生まれてからずっと、言われたことをして、指示された場所へ行き、期待されるように振る舞ってきた」

「続けて」

「いえ、今はだめ」キャロラインは大きく息を吐いた。「たぶん、そのうちにね。だけど、ここは私の家、私の居場所なの。だから動かないわ。祖母は大人になってからずっとここで暮らした。母は、口にすることを嫌がったけれど、ここで生まれた。ひと夏過ごすぐらいのマクネアの血は、私の中にもあると思いたいのよ」キャロラインは深刻な気分を振り払い、にっこりした。「その花は私にくれるの、それともステップでしおれさせちゃう？」

タッカーは効果のありそうな反論をしてみようかと考えたが、やめておくことにした。人は、自分の足で生きることが許されないと、屈服するよりは壊れてしまうほうが多いだろう。「これ？」無邪気を装い、タッカーはバラを持ち上げた。茎のそれぞれにつけられた、水の入った小さなプラスティックのニップルのおかげで、花は新鮮なままだ。「これが欲しかったの？」

キャロラインは肩をすくめた。「無駄にしたくないだけ」

「僕もだ。これを手に入れるために、はるばるローズデールまで車を走らせたんだからね。あそこでワインも買った。そのためにはデラの車を借りなければならなかったし」そう言い足すと、タッカーは花の香りを吸い込んだ。「デラが相手だと、ただのものはひとつもないんだ。彼女に渡された雑用のリストを見せたいね。クリーニング屋へ行き、買い物をする。彼女はウールワースの一ドルセールのちらしに夢中になっていたからね。あそこのものもみんな買ってこなければならなかったんだよ。彼女の妹のサラの娘のためにネグリジェを選ぶのは勘弁してもらった。婚約をしていて、来週に式を挙げるんだそうだけどね。男は自分の基準をもたなくてはいけない。僕はかなり親しい関係でない限り、女性のためにしゃれた肌着を買うことはしないんだ」

「あなたは資産家ですもの、タッカー」

「主義の問題だよ」タッカーが彼女の膝にバラを置くと、その小さなつぼみが太陽の小さな光のように輝いた。「黄色いバラが君にはいちばん合うと思った」

「とてもきれいだわ」キャロラインはその甘くて強い香りを吸い込んだ。「花束と、それからこれを手に入れるためにいろいろと大変なことをしたことに対して、お礼をしなくてはならないわね」

「かわりにキスでもいいよ。どちらかと言えば、そのほうがうれしいね」キャロラインが眉をひそめると、タッカーは微笑み、それから指先で自分の顎を持ち上げた。「頭で考えたりしないで、とにかくやってごらん、キャロライン。頭痛を直すには、薬よりずっと効果があるよ」

バラをはさむようにして、キャロラインは身を屈め、唇で彼の唇に触れた。その味は漂っている香りのように甘く、強く、さらには慰めも感じられた。少しうっとりするような目をして、キャロラインが身を引こうとすると、タッカーが彼女のうなじを押さえた。

「君たちヤンキーは」と彼がささやく。「いつだって急ぎすぎる」そう言って彼女の唇を自分のほうへ引き寄せた。

タッカーは楽しんでいる。頭が感情でかすみそうになっていても、キャロラインにはそれがわかった。ただ身をゆだねてしまえば、キスがどんなにゆるやかで、どんなに深くなれるものかも知った。小さく息を吐き、キャロラインは身をゆだねた。

自分に触れているタッカーの指に力が入ったときも、キャロラインは心配しなかった。彼の胸に押しあてた彼女の手のひらの下で、タッカーの胸の鼓動は早くて、激しかった。だがそのリズムは、キャロラインに緊張感よりも喜びをもたらした。

その間もずっとタッカーの唇はキャロラインの唇を旅して回り、口づけはまるで陽射しでまだら模様になった、冷たくて青い湖をすべっていくようだった。

自ら体を離したのはタッカーだった。彼女の首筋で力を込めていった指以外には、彼女に触れていなかった。触れようとしなかったのだ。もし触れたら、止められなくなることを知っていたからだ。

今聞こえているのは、タッカーが聞き慣れた音楽ではなかった。難しくても止めなければならない。よく考えたほうがいい、とタッカーにはわかっていたのだ。

「中に入るようにって、誘ってくれてないよね」

「ええ」キャロラインは深々と息を吐いた。「まだ誘ってないわ」

「じゃあ、帰ったほうがよさそうだ」留まるか去るかで一瞬迷ってから、タッカーは立ち上がった。「ルルおばさんとパーチージをする約束をしたんだ。彼女はずるをするんだけどね」にやりと笑う。「だけど、僕もやるし、僕のほうが素早い」

「お花をありがとう、ワインも」

タッカーはステップの前でいびきをかいている子犬をまたいだ。デラのオールズとBMWの間は三インチもなかったので、タッカーは助手席から体を滑り込ませなくてはならなかった。エンジンをかけてから、窓を開けた。

「ワインを冷やしておいてくれ、シュガー。また来るからね」

彼の車がバックで去っていくのを見ながら、あの短くて、うぬぼれたようなセリフが脅迫のように聞こえたのはどうしてだろう、とキャロラインは思った。

ジョージーとクリスタルは〈チャット・アンド・チュウ〉のお気に入りのブースに座っていた。表向きはディナーということになっていたが、ふたりともずっとダイエットをしていたから、本当の目的はゴシップだった。

ジョージーはたいして興味もなさそうに、チキンサラダをつついていた。本当に食べたいのは分厚いステーキと油のこってりした付け合せのフライドポテトだった。だが自分の体のことが気がかりだ。三十歳を過ぎた今では、たるみやしぼみ、あるいは腰回りに注意を怠ることはできない。

母親はバラの中で倒れて死ぬ日まで、無駄のないすらりとした体型を保っていた。ジョージーもそうするつもりだ。

母親と父親が違うことに気づいたその日から、ジョージーはひそかに、そして絶えることなく競争をしてきた。時折そのことに罪の意識を覚えたが、それでも美しさで母に追いつき、そして追い越したいという要求を抑えることはできなかった。そして男性からもてるという点でも追いつき、追い越したかった。

ジョージーは母親のもっていた静かな気品というものをどうしても身につけることができず、最初の結婚でそれを真似ようとしてみごとに失敗してからは、その代わりに父親の大胆で、みだらな口調を真似ることにした。それが自分に合ってると感じていた――啞然とさせるほど妖艶な美貌と現実的な性格を持ち合わせた自分に。子供の頃、彼女は自分自身の断片をひとつにまとめていた。そして今、ジョージー・ロングストリートというパズルは完全にできあがっていた。

ジョージーがチキンサラダをいじくっている間、クリスタルはトマトのツナ詰めをあっさり片づけていた。ツナを口へ運びながら、クリスタルはずっとしゃべり続けた。生まれてからずっとそうだったように、ジョージーは音をオンにしたりオフにしたりしていた。

ジョージーはクリスタルが好きだったし、それは一年生のとき、親友になろうと厳粛な決意をしたときから変わったことはない。当時はふたりの恵まれた少女が、まったく違った道を歩くことになるとは、想像もしていなかった。ジョージーが進んだのは、社交界へデビューする舞踏会、そして最初の、しかるべき結婚だった。いっぽうクリスタルの道は、弁護士だった父が秘書とどこかへ蒸発してから変わってしまった。自分で働かなくてはならなくなり、間違った相手と結婚し、二度の流産の後、破局を迎えた。

だがふたりは今も友達だった。ジョージーはイノセンスに戻ってくるといつも、クリスタルといっしょに過ごした。大人になっても幼友達が必要だという、センチメンタルなところがジョージーにはあったのだ。それに互いが対照的なところも気に入っていた。クリスタルは小柄でふくよかだが、ジョージーは長身でスリムだ。クリスタルはそばかすだらけの白い肌で、市販されているすべてのそばかすリムーバーを買い込んで一財産費やしたが、とうとうこれを個性として受け入れるようになった。ラモントにあるマダム・アレクサンドラの美容学校で肌の手入れ法を学び、クラスで三番の成績でそこを卒業し、それを証明する免状を手に入れた。

結果として、クリスタルは若々しい乳搾り女のような肌つやを手に入れ、これはジョージーの浅黒いジプシー風の外観をみごとに引き立てた。自分の技術を宣伝する歩く広告塔として、二カ月ごとに変わるクリスタルの髪は、今はクレイロールのスパークリング・シェリーを使っていて、変形したビーハイブスタイルをおびただしい量のラッカーで固めている。クリスタルはこのへアスタイルが復活すると言い張っているのだ。

「それでね、ビーがナンシー・クーンズの爪の手入れをしているときに、あのジャスティンがウィルから聞いた話をしだしたの。FBIがエダ・ルーやほかの人たちを殺した犯人は黒人だと考えているっていうことをね。どうしてわかったかっていうと、その殺され方からで、陰毛だかなんだかが発見されたらしいの」クリスタルはトマトにかぶりつき、小指を使ってツナを几帳面にフォークに乗せた。「それが正しいかどうかは知らないけど、ビーにネイルをやってもらいながらああいうことを話すなんて、どうかしてると思うの。ビーはスペードのエースみたいに黒いんですもの。私、とってもばつが悪かったわ、ジョージー。でもビーはね、爪の補強剤も塗りますかってナンシーに聞いて、そのまま仕事を続けたのよ」

ジョージーはストローをくわえた。「ジャスティンはウィルに夢中なのよ。もし彼がカエルの糞は金でできているって言ったら、彼女はリトル・ホープ・クリークをさらってでも探すでしょうね」

「そんなの言い訳にならないわ」クリスタルはもっともらしく言った。「つまりね、やったのが有色人種かもしれないってことはみんな知ってるけど、だからってビーの前で言うことはないと思うの。ビーはうちの一番の従業員なのよ。だから私、ジャスティンの髪をぐいっと引っ張って、彼女が悲鳴をあげると、あなたが喜ぶぐらいていねいに言ってやったわ。『まあ、痛かったですか？　本当にごめんなさいねぇ。殺人とかそういうお話になんだか神経がぴりぴりしてしまって。カットしている間に耳たぶを切らなくてよかったですわ。耳たぶを切り落としてしまうと、串刺しにされたブタより出血がひどいですもの』ってね」クリスタルはにっこりした。「彼女黙っちゃったわ」

「今夜、ウィルにうちへ送ってもらおうかしら」ジョージーはたてがみのように長い髪を後ろへ払った。「そうしたらジャスティンは悲鳴をあげるでしょうね」

クリスタルは小鳥のような笑い声を短くもらした。「ああ、ジョージー。あなたのこと本当に大好きよ」食堂のドアが開き、クリスタルの目が動いた。そして口をとがらしながら、ジョージーのほうへ顔を寄せた。「ダーリーン・タルボットが赤ん坊を連れてきたわ」鼻をすすり、コーラを飲んだ。「どっちを向いてもクズばっかり、まったく」

ダーリーンが通り過ぎ、ブースに落ち着くと、ジョージーの視線がちらっと動いた。「ビリー・T・ボニー、だっけ？」

「クズって言えばね」クリスタルは話したくてたまらなかった。「前にも言ったけど、ジュニアが玄関から出て十分もたたないうちに、ビリー・Tがダーリーンの裏口からぶらっと入っていくのを見ちゃったの。彼女のほうはちっちゃなピンクのベビードール姿だったわ。スージー・トゥルースデールの家のキッチンの窓から、はっきりとふたりが見えたのよ。あそこのシンクでスージーの髪をすすいでいたの。それにしても、スージーったらキッチンを染みひとつないようにきれいにしているのよ。あんなに子供がいるのに、たいしたもんだわ。もし末っ子がお腹を壊していなかったら、彼女のほうが店へ来て、いつものようにシャンプーして、形を整えていたでしょうから、私だってあんなところを目撃することもなかったでしょうね」

「スージーはなんて？」

「彼女はシンクに頭をつっこんでいたもの。でも私、ブローをしながら、その話を気楽な雰囲気で話したの。彼女の表情からすると、知っていたってわかったわ。もっとも、隣の家でなにが起ころうと、ぜんぜん気にしないって言ってたけど」

「つまりダーリーンはビリー・Tといっしょに、ジュニアを裏切っているわけね」ストローをくわえたジョージーの口角が上がった。彼女の瞳は深く夢見るような光をたたえ、なにかが起ころうとしているとクリスタルに伝えていた。

「なにを考えているの、ジョージー？」

「ちょっと思いついたの、クリスタル。ジュニアは少々にぶいかもしれないけど、けっこうかわいい顔をしているなって。それに私は彼のことが本当に好きだって」

「ふふん」クリスタルは残っているトマトをつついた。「私の知る限り、この町にいる二十歳から五十歳の男性で、あなたが振り返らないのは彼だけだわ」

「別に彼とあれをしたくなくたって、好きになることはできるのよ」ジョージーはストローを見つめた。先端が口紅で汚れている。「彼が留守のときに、彼の家でなにが起こっているかを、だれかが少しほのめかしてやるべきだわね」

「それはどうかしら」

「私にはわかっている、それで充分だわ」ジョージーはバッグからメモ帳とペンを取りだした。「いいこと。私が簡単なメモを書くから、あなたが渡すの」

「私が？」クリスタルが甲高い声をあげ、こそこそと回りを見渡した。「どうして私がやらなくちゃならないの？」

「だって、あなたが家へ帰る途中で、ミルキー・ウェイを買うために毎日スタンドに寄ることはみんなが知っているわ」

「それはそうだけど、でも……」

「だから、あなたは店に入り」とジョージーは続け、手早く書き留めた。「あなたはジュニアがレジを開けている間に、ちょっと彼の気をそらせるだけでいいの。あとはこれをそっと入れて、さっさと帰るだけ。簡単でしょ」

「私が緊張すると必ず脇の下にじんましんができるのを知ってるでしょ」クリスタルはすでに肌がちくちくしてきた感じがした。

「二秒ですべて完了よ」クリスタルがためらっていると、ジョージーは奥の手を出した。「前に話したわよね、ダーリーンはあなたが彼女にやってあげたヘアカラーは安っぽくって、自分でミス・クレイロールを使うことで節約できると話していたって？　だれでも五ドルの箱を買って、自分で染めるだけで済むのに、カラーリングに十七ドル五十セントもふっかけるなんて犯罪行為だって言ってたのよ」

「うちの客にあんなふうに話す権利はあの女にはないわ」すでにクリスタルは興奮していた。

「だいたい彼女の髪はブリロのスチールたわしみたいなのよ。もし彼女に言ってやれるなら、何千回でも言ってやるけど、プロに手入れしてもらわないと、あの髪は抜け落ちていくでしょうね」クリスタルは鼻で笑った。「それも悪くないけど」

ジョージーはにっこりし、クリスタルの鼻先でメモをぴらぴらさせた。にらみつけながら、クリスタルがそれをひったくった。

「彼女を見てよ」クリスタルが続ける。「赤ん坊がアイスクリームで顔じゅうべとべとにしているっていうのに、自分はのんびりと口紅を直しているわ」

何気ない感じでジョージーは首を回した。ダーリーンは自分をもっとよく見せようと、小さなチェリー・バニラを塗っていた。その金色の口紅ケースでジョージーの目が留まる。

「おかしいわね」ジョージーがつぶやく。

「え？」

「いえ、いいの。ちょっと待ってて、クリスタル」ジョージーは立ち上がり、ブースの背を指でなでながら、ダーリーンに近づいた。「ハイ、ダーリーン。坊や、ずいぶんと大きくなったわね」

「もう八カ月なの」ジョージーが現れたことに驚きながらもうれしくなり、ダーリーンは口紅を置いて、スクーターの顔を紙ナプキンで拭いたが、無駄だった。邪魔されたことに腹を立て、スクーターはわめき声をあげた。ダーリーンと赤ん坊が騒いでいる間、ジョージーは口紅のケースを見つめた。

間違いない、とジョージーは思った。確かだ。ジョージーはそれをジャクソンにあるエリザベス・アーデンのカウンターで購入した。その金色のケースと、独特の赤い色が目に留まったのだ。

ジョージーはそれをなくしていた。それは……パーマーの葬儀屋の遺体安置所でテディ・ルーベンスタインと、いろいろな意味で、骨折って押し進んだ夜以来、見ていない。家に帰ると、車を降りたところでバッグを落としたことを思い出した。中身が全部飛び散った。

そしてその翌日、だれかが車の管に穴を開けたせいで、タッカーの車がめちゃめちゃになった。

「その口紅、とてもすてきね、ダーリーン。あなたによく似合うわ」

ジョージーの目は険しく、追求するように鋭かったが、ダーリーンは誉め言葉しか聞いていなかった。「赤い口紅ってセクシーだわ。男は女の口紅が近づいてくるのを見るのが好きなのよ」

「私もレッドが好きだけど、こんな色合いは見たことがないわ。どこで買ったの？」

「あら」ダーリーンは少し顔を赤らめたが、うれしくなってケースを持ち上げ、光にかざして見た。「プレゼントなの」

ジョージーは、とても愉快そうに笑った。「まあ、私、プレゼントって大好きよ。あなたは?」

ジョージーは返事を待たずに背を向け、困惑しているクリスタルの前を通り過ぎた。

十五分後、パーチージの激しい戦いを三回終えて休息していたタッカーは、ジョージーに揺り起こされ、話を聞かされて、眠りを妨げられた。

傾いた最後の陽射しに目をすがめ、タッカーはにぶい頭を機能させようとした。

「もっとゆっくり頼むよ、ジョージー。まだ目が覚めてもいないんだ」

「じゃあ、さっさと起きなさいよ」ジョージーがぐいっと押すと、タッカーはハンモックから転げ落ちそうになった。「あなたの車に細工したのは、ビリー・T・ボニーだって言っているの。それであなたがこれからどうするかを知りたいの」

「僕の車の油圧装置とブレーキ管に穴を開けるのに、彼が口紅を使ったって言うのか?」

「違うわよ、バカ」ジョージーは一息つくと、もう一度はじめから話をした。

「ハニー、ダーリーンが君と同じ色の口紅を持っていたからって……」

「タッカー」辛抱強さはジョージーの長所の中にはなく、彼女は兄を思いきりたたいた。「女はね、自分の口紅は見ればわかるの」

タッカーは腕をさすり、その点は認めることにした。「君が口紅を落とした場所なんて、いくらだってあり得るじゃないか」

「いくらだってなんてあり得ないわ。私は玄関前のあそこで落としたの。テディと出かけたあの夜に使ったし、翌朝にはなかったのよ。それを言うなら、真珠層でできた折り畳み式の鏡もね」彼女の瞳は怒りに燃えていた。「それもあの女が持っているんだわ」

ため息をついて、タッカーは起きあがった。どうやらもう昼寝には戻れそうもなかった。タッカーはまだ腹を立てていなかった。すべてがまだこじつけに思えたからだ。

「どこへ行くの？」

「このことをバークに伝えてくる」

ジョージーは両手を腰に当てた。「父さんならライフルの銃身をビリー・Tのケツにぶち込んでるわ」

振り返ったタッカーの顔はまだ穏やかだったが、目だけは違った。「僕は父さんじゃないんだ、ジョージー」

ジョージーはすぐに後悔し、駆け寄ってタッカーに抱きついた。「ハニー、私、すごく怖かったの。そんなつもりで言ったんじゃないのよ。ただすごく頭にきた、それだけなの」

「わかってるよ」タッカーは彼女を抱きしめた。「このことは僕にまかせてくれ」タッカーは体を引いて、ジョージーにキスした。「今度ジャクソンに行ったら、新しい口紅を買ってあげるからね」

「ルースレス・レッド《冷酷な赤》がいいわ」

「さあ、もう中に入って、少し休むといいよ。君の車を使わせてもらうよ」

「いいわ。ねえ、タック？」彼が振り返ると、ジョージーはまた微笑んでいた。「たぶんジュニアがあいつの股間を銃で吹き飛ばしてくれるわ」

15

タッカーはまず保安官事務所へ行ったが、そこにいたのは、隅っこにある小さな机に向かい、パートタイムで郵便係をしているバーブ・ホプキンスと、ふたつある留置所の房のひとつで囚人ごっこをしている、六歳になる彼女の息子マークだけだった。

「あら、タック」タッカーといっしょにジェファーソン・デイビス・ハイスクールを卒業してから約五十ポンド増えたバーブは、ベルトを直し、読んでいたペーパーバックを置いた。彼女の丸くて陽気な顔が、くしゃっと微笑んだ。「最近この町も刺激的になったと思わない？」

「そのようだな」タッカーは昔からずっとバーブが好きだった。彼女は十九歳でルー・ホプキンスと結婚し、二年ごとに男の子を産み続け、マークが生まれた時点でルーに彼のペニスをちょんぎるか、ソファベッドに寝るように宣言したのだ。「ほかの子供たちはどこだい、バーブ？」

「ああ、あの子たちなら大騒ぎをして、町を走り回ってるわ」

タッカーは留置所の前で立ち止まり、顔が埃に汚れ、髪がくしゃくしゃのマークの様子を見た。「では、なんでぶちこまれたのかな、坊や？」

「僕がやつらを殺したんだ」マークは意地悪そうににやりとし、鉄格子を揺さぶった。「僕がみんな殺したんだ。だけど留置所だって僕をつかまえておくことはできないぞ」

「だろうな。ここに危険な犯罪者がいるようだぞ、バーブ」

「そうなのよ。今朝、下の部屋におりてきたら、その子が水槽のヒーターを強くしていて、そこにいたグッピーを全部黒こげにしちゃったの。うちには異常な魚殺しがいたってわけ」バーブは机の上にあるチーズボールの袋に手を突っ込み、むしゃむしゃ食べた。「ところでなんのご用、タック？」

「バークを探しているんだ」

「若者を何人か副保安官に任命してから、カールもいっしょにオースティン・ヘイティンガーの捜索へ出かけたわ。郡の保安官もヘリコプターでやってきたの。あなたに向かって何発か発砲して、キャロライン・ウェイバリーの家の窓をぶっ放したくらいなら、たいしたことはなかったのにね」バーブは悦に入っていた。「だけど、郡の副保安官の頭をかち割って、もうひとりのほうをすごく困った立場に追い込んじゃったわ。今やオースティンは逃亡した重罪犯だもの。厄介なことになったわね」

「ＦＢＩは？」

「ああ、あのスーツにネクタイの特別捜査官のこと？　彼はこの事件を地元の人間にまかせているわ。形式上いっしょに出かけたけど、本当は尋問のほうに興味があるのよ」バーブはまたチーズボールをつかんだ。「偶然、彼のリストにある名前を見ちゃったの。どうやらヴァーノン・ヘイティンガー、トビー・マーチ、ダーリーン・タルボット、ナンシー・クーンズと話をしたがってるみたい」バーブは指についた塩をなめた。「あなたもよ、タック」

「ああ、彼がまた僕に接近してくるとは思っていたよ。そいつでバークを呼び出せないか？」タッカーは無線機を指さした。「彼の居場所と、僕のためにちょっと時間を割いてもらえるかどうかを聞いてほしい」

「もちろんいいわよ。彼らはトランシーバーを持ってるの」バーブはオレンジ色のマニキュアを塗った指を丁寧にぬぐい、ダイアルを回し、咳払いをしてから、マイクをオンにした。「本部からユニットワン。本部からユニットワン。どうぞ」バーブはマイクを手で押さえ、タックに笑いかけた。「ジェド・ラーソンがシルバー・フォックスとかビッグ・ベアみたいなコードネームを使うべきだって言ったの。バカみたいでしょ？」首を振りながら、バーブはまたマイクに向かった。「本部からユニットワン。バーク、聞こえる？」

「こちらユニットワン。バーブ、悪いが今手が放せないんだ。どうぞ」

「事務所にタッカーが来ているのよ、バーク。あなたと話があるって」

「じゃあ、彼を出してくれ」

タッカーがマイクに口を近づけた。「バーク、おまえに伝えておきたいことがあるんだ。そっちへ行ったらまずいか？」

鋭いハウリングの音がして、不満げな悪態とひっかくような雑音が聞こえた。「今は手一杯なんだ、タック、こっちへ来るならいいぞ。ドッグ・ストリート・ロードがローン・ツリーに向かって延びるところだ。どうぞ」

「すぐ行く」タッカーはとまどうようにマイクを見た。「ええっと、以上交信終わり」

バーブがにやりとした。「私だったら、ショットガンを肌身離さず持っているわ。オースティン・ヘイティンガーは今朝、ポリススペシャルを二丁手に入れたんですもの」

「そうだな、ありがとう、バーブ」

タッカーが出ていくとき、マークが檻をがたがたいわせながら、うれしそうに叫んだ。「僕が殺した。僕がみんな殺したんだ！」

タッカーは身震いした。彼の頭にあるのは魚のことではなかった。


町から出る途中で、二機のヘリコプターが旋回しているのに気づいた。三人組の男たちが昔のストーキーの畑で、長いV字型に広がっている。別のグループはチャーリー・オハラのナマズの養殖場を捜索している。そして全員が武装していた。

これらを見て、タッカーはフランシーを捜索したときのことを思いだし、暗い気持ちになった。止めることができないうちに、彼女の白い死に顔が脳裏に浮かんできた。タッカーは悪態をつきながら、カセットテープを手で探った。幸いなことに、タミー・ウィネットやロレッタ・リン——ジョージーのお気に入り——ではなく、ロイ・オービソンをセットしていた。《クライング》の哀愁に満ちて、さえた調べがタッカーの気持ちを鎮めた。彼らは遺体を探しているのではない、と自分に言い聞かせる。大バカ野郎を追跡し、捕らえようとしているのだ。二丁の三八口径を持った大バカ野郎を。

まっすぐ延びた道路の五マイル先に、検問所が見えた。もしオースティンがバーディのビュイックでこの道を走ってきたら、彼も同じように早くから警戒できるだろう、とタッカーは考えた。木製の障害物は鮮やかなオレンジ色に塗られ、穏やかな陽射しの中で輝いている。その後ろには、郡のパトカー二台が鼻先をつき合わせて止めてあり、まるで二頭の白黒の大きな犬が互いに匂いをかぎあっているみたいだ。

路肩に沿って、ジェド・ラーソンの新しいぴかぴかのドッジ・ピックアップ——ジェドは店とナマズとをみごとにこなしていた——と、ソニー・タルボットの、黄色い目みたいな大きな丸いライトを屋根に取りつけたトラック、バークのパトカー、そしてルー・ホプキンスのシボレーのバンが止めてあった。

ルーのバンは老犬のように埃まみれで、後ろの窓の埃の上にだれかが〝私を洗って!〟といたずら書きをしていた。

タッカーが速度を落とすと、郡の役人がふたり近づいてきた。ライフルには油がさしてあり、準備万端だ。彼らがまず撃って、それから質問するとは思わなかったが、バークがふたりを追い払ってくれたときにはほっとした。

「ここでは本物の作戦行動を起こしているようだな?」タッカーが車を降りながら言った。

「郡保安官がカリカリしてるんだ」バークが小声で言った。「今回の失態をFBIに見られたのが気に入らないらしい。今頃はもうオースティンがメキシコへまで半分も行ってると思っているのに、そうは言いたくないんだな」

タッカーはタバコを取り出し、一本をバークに勧めてから、自分のに火をつけた。「君はどう思うんだ？」

バークはゆっくりと煙を吐き出した。イヤになるほど長い一日だったから、タッカーと話すことができてほっとしていた。

「ここらの湿地や川のことを知っている人間なら、じっと身を潜めていることができると思うね。そうするだけの理由がある場合は特に」彼はタッカーを見つめた。「スウィートウォーターに制服警官を二名、配置することにする」

「やめてくれよ」

「必要なんだ、タック。よく考えてみろ」バークはタッカーの肩に手を置いた。「あそこには女性がいるんだぞ」

タッカーは長く続く平地、平地から林、林から湿地へと目をやった。「うんざりだな」

「そうだな」

バークの声の調子に、タッカーは彼の顔を見た。「ほかになにを考えている？」

「まだ充分じゃないのか？」

「君とは長いつきあいだからな」

バークは後ろをちらっと見てから、郡の副保安官からさらに数フィート離れた。「ゆうべボビー・リーがうちへ来た」

「ほお、それはニュースだな」

バークは悲しそうにタッカーを見た。「マーヴェラと結婚したがっているんだ。あいつは勇気を出して、俺とふたりきりで話をしたいと言った。だから裏のポーチへ出た。くそ、タック、俺は血の気が失せるほど怖かったんだ。あいつが娘を妊娠させたと言うんじゃないかって。もしそうだったら俺はやつを殺すかどうかしていただろうな」タッカーがにやにやしているのを見て、情けない調子で続けた。「ああ、わかってる、わかってるよ。自分の娘となると別なんだ。とにかく……」バークは煙を吸い込み、満足そうに吐き出した。「妊娠させてはいなかった。予防策なんかについては、今の子のほうが賢明なようだ。俺がスージーとつき合っているころ、ゴムを買いにグリーンヴィルまで車を走らせたのを覚えているよ」彼の笑みが少しはっきりしてきた。「それからうちのおやじのシボレーの後部座席に乗り込んだとき、ポケットに入れたまんまにしちまったんだ」バークの笑みは薄れた。「もちろん俺がちゃんと覚えていたら、マーヴェラはいなかったわけだ」

「で、彼になんて言ったんだ、バーク？」

「くそ、なにが言える？」彼は無意識に、銃の台じりに手を置いていた。「あの子は俺が育てた。だがあの子が求めているのは彼だ。そういうことさ。彼はタルボットのところでちゃんと働いているし、いい青年だ。そしてマーヴェラに夢中ときている。やつなら間違ったことはしないと思ったね。それでも、胸は張り裂けそうだ」

「スージーはどう言ってる？」

「わああ泣いたよ」バークはため息をつき、タバコを捨てると、それを踏みつぶした。「マーヴェラがジャクソンへ引っ越すことを考えているなんて話し出したら、もうスージーの涙でうちが浸水するかと思ったね。それからしばらくスージーとマーヴェラはいっしょに泣いていた。だが、泣きやむと、花嫁の付き添いのドレスの話なんか始めた。そこで俺は出てきたんだ」

「しっぽを巻いて出てきたのか？」

「まさにそのとおり」そう言いながらも、胸の思いを吐き出したことで、バークは少し気が楽になっていた。「まだしばらくはおまえの胸に納めておいてくれ。今夜、フラー家へ話しに行くらしいんだ」

「君の頭には、ほかのことが入る余地はあるか？」

「しばらくでも娘のことを追いやれるなら、大歓迎だ」

タッカーはジョージーの車のフードにもたれて、口紅と不倫の話を告げた。

「ダーリーンとビリー・Tが？」バークは眉をひそめて考え込んだ。「噂も聞いたことがないぞ」

「スージーに聞いてみろよ」

バークはため息をついて、うなずいた。「彼女は秘密を守れる人間だからな。まったくトミーができたときなんか、三カ月も黙っていたんだ。食うや食わずだったから、俺が困るんじゃないかと心配したからだ。ともかく、マーヴェラがダーリーンの弟とつき合っていることを考えれば、スージーが黙っているのもわかるな」バークは鍵をジャラジャラさせながら考えた。「それはともかく、タッカー、ダーリーンがジョージーと同じ種類の口紅を使っているというだけでは、すべてをビリー・Tのせいにすることはできないよ」

「君が手一杯だということはわかっている、バーク。伝えておいたほうがいいと思っただけだ」

バークが同意を示すうめきをもらした。じきに暗くなるというのに、オースティンがどこに隠れてしまったのかはだれにもわからなかった。「今夜、スージーに話してみるよ。ビリー・Tがダーリーンとこっそり会っていることがわかったら、暇を作って彼に探りを入れてみよう」

「悪いな」自分の義務を果たした今、タッカーは自分自身の気持ちに探りを入れてみようと思った。

翌朝、かろうじて五時間の睡眠から目覚めたバークは、コーンフレークをスプーンですくい、自分の町にいる武装した逃亡犯について考えていた――コットンシード・ロードに乗り捨ててあったビュイックを発見して、オースティンがメキシコにいるとはだれも考えていなかった。それよりもバークを悩ませていたのは、娘を嫁にやるためにタキシードを借りなければならないかどうか、という問題だった。

スージーはもうハッピー・フラーと電話をしていて、ふたりはウェディングプランを、大軍事作戦を始めるような熱意と狡猾さで練っていた。

バークが、郡保安官はいつまでいるつもりだろう、と考えていたとき、悲鳴とすさまじい音が隣から聞こえ、バークはぱっと立ち上がった。

なんてことだ、とバークは思った。どうしてタルボット家のことを忘れたりできたのだろう。

スージーが飛び込んできたときには、バークはもう隣の庭と隔てるフェンスを乗り越えていた。

「あんたが彼を殺した！　あんたが殺したんだ！」ダーリーンが叫んだ。彼女は狭くてちらかったキッチンの隅っこに張りついて、自分の髪を引っ張っていた。短いネグリジェの伸縮するボディスは引き下げられ、白く揺れる乳房が片方こぼれ出ていた。

バークはそれから目をそらし、ひっくり返ったテーブル、飛び散った食べ残しのシリアル、そして下を向いたビリー・T・ボニーを見た。彼はゴミの山の中でうつぶせに倒れていた。

バークは首を振り、鉄製のフライパンを持って、ビリー・Tのそばに立っているジュニア・タルボットを見た。

「おまえが殺したんでないことを願うよ、ジュニア」

「殺したとは思わないな」ジュニアは冷静にフライパンを置いた。「一発殴っただけだ」

「じゃあ、見てみようか」バークはしゃがんだ。ダーリーンはまだ叫んだり、髪をかきむしったりしている。ベビーサークルの中では、スクーターが天井を持ち上げている。「完全にのびてるな」バークはそう言い、ビリー・Tの後頭部で膨れ始めた立派なこぶに気づいた。「一応、ドクのところへ連れていくべきだろうがね」

「車へ運ぶのを手伝うよ」

まだしゃがんだまま、バークは顔を上げた。「ここでなにがあったのか話してくれないか、ジュニア？」

「それは……」ジュニアが椅子をまっすぐにした。「ダーリーンに言い忘れたことがあってうちへ戻ってきたら、ビリー・Tがキッチンにこそこそと入って、女房に無理強いしようとしていた」ジュニアがダーリーンに視線を向けると、スイッチを切ったみたいに彼女の悲鳴が止まった。「そうだな、ダーリーン？」

「わ、私……」ダーリーンは鼻をすすり、バークからビリー・Tへ目を向け、そしてジュニアを見た。「ええ、そのとおりよ。私、いえ彼があっと言う間に襲いかかってきたんで、どうしていいかわからなかったの。そこへジュニアが戻ってきて、それから……」

「君は向こうへ行って、子供を見てきなさい」ジュニアが静かに言った。それから同じような冷静さで手を伸ばし、ピンク色のネグリジェを胸に引き上げた。「もうビリー・Tのことは心配ない。二度と君を困らせたりしないから」

ダーリーンは生唾を飲み込み、頭を二度、上下に動かした。「ええ、ジュニア」

彼女は駆けだしていき、すぐに赤ん坊の叫び声はしゃくり上げるすすり泣きに変わった。ジュニアがビリー・Tに目を戻した。少し動き始めている。

「男は自分のものを守らなくてはならない、だろ、保安官？」

バークはビリー・Tの体を抱きかかえた。「だろうな。さあ、こいつをおれの車へ運ぼう」

サイは幸せだった。姉が埋葬されたばかりで、町中が父親のことを噂しているというのに幸せでいるのは、少し良心がとがめた。それでも気持ちを抑えることはできなかった。

家を出るだけでも充分なくらいだった。うちでは、母親が寝そべり、なんの薬だかわからないがドクからもらった薬でうつろな目をして、テレビの『トゥデイ』を見ていた。

だが今は家から出かけられることよりも、父親が家に戻ろうとするかもしれないと庭で見張っている警察の車から離れられるだけよりも、ずっといい気分だった。サイは仕事に行く。しかも肩書きがあるのだ。

サイの靴が砂埃をあげ、唇がメロディーをかなでる。十マイルを徒歩と自転車で行くのは、全然気にならなかった。彼はサイ・ヘイティンガー自由基金を始めたのだ。十八回目の誕生日にイノセンスから出ていくための基金だ。

四年間というのはうんざりするほど長いが、何でも屋になる以前のように絶望的ではない。

サイはこの肩書きが気に入っていた。そしてこの四月にヴィックスバーグから来た聖書のセールスマンが母親に渡したみたいな名刺を想像してみた。それにはこんなふうに書いてある。

何でも屋　サイラス・ヘイティンガー
仕事の大小は問いません

そう、彼は歩き出したのだ。十八歳になるまでには、ジャクソンまでのチケットを買えるぐらい貯めているだろう。ニューオリンズまでだって。ちきしょう！　その気になればカリフォルニアにだって行けるんだ。

『カリフォルニアにやって来た』をハミングしながら、ハンドルを右に切り、トビー・マーチの東の畑の端を横切った。ジムはミス・ウェイバリーのところのペンキ塗りは終わっただろうか、ちょっと寄って、挨拶をする時間はあるだろうか、と考えた。

一年のこの時期にはちょろちょろ流れる小便程度でしかないリトル・ホープを横切り、川沿いに暗渠へと進んだ。

丸いコンクリートにクレヨンでジムといっしょに自分たちの名前を書き殴ったことを思い出した。もっと最近では、サイが兄のＡＪのマットレスの下からくすねた《プレイボーイ》を一ページずつふたりで穴が空くほど見つめたことも。

あの写真はすごかった、と思い出した。裸の女性を見たことがなかったサイにとって、畏怖の念を起こさせるほどの経験だった。彼のペニスは岩のように固くなった。そしてその夜、悪魔の道具は彼のはじめての、魅惑的な夢の中で解き放たれた。

母に代わって洗濯をしたとき、どんなに驚かれたことか。

思い出に少しにやつき――そしてそれからすぐにまた体験するだろうかと考え――ながら、リトル・ホープのなだらかな岸を滑り降り、暗渠へ向かった。

突然口を手で抑えられ、陽気な口笛を止められた。サイは悲鳴をあげようとも、身をよじろうともしなかった。その手を知っていたのだ。その形、肌触り、匂いさえも知っていた。恐怖があまりに深くて、あまりに絶望的だったから、悲鳴すらあげられなかったのだ。

「おまえの小さな穴を見つけたぞ」オースティンがささやいた。「汚らわしい本と、黒人の書いたもののある罪深い洞穴をだ。おまえたちはここへ来て、お互いにこすりあったのか？」

サイは首を振るしかできなかった。オースティンに、暗渠の固くて丸い壁に体を押しつけられると、うめき声がもれた。ベルトが飛んでくるのを覚悟したが、踏ん張ってみると、父がベルトをつけていないのが見えた。

拘置所に入れられるとき、ベルトはとられるんだ、とサイは思い出した。首つりができないように、ベルトを奪われるのだ。

サイはつばを飲み込んだ。父親がうずくまっているのは暗渠が低すぎて、立つことができないからだ。だがそんな姿勢でも彼を小さくは見せない。それどころかかえってより大きく、より強く感じさせた。背中を丸め、両脚を曲げて広げ、顔と手を泥で黒くしていると、襲いかかろうと待ちかまえている、恐ろしいもののようだ。

サイはまたつばを飲み、喉が鳴った。「みんなが父さんを探しているよ」

「俺を探していることは知っている。だが見つけられない、だろ？」

「はい、そうです」

「なぜだかわかるか、坊主？　俺には神がついているからだ。あんな罰当たりな連中には俺を見つけることはできない。これは聖戦なんだ」オースティンが微笑み、サイは腹がすぅーっと冷たくなるのを感じた。「やつらは俺をブタ箱へ入れ、あの人殺しで売女の息子を自由なままにしている。あの女は売女、バビロンの売女だった」彼はやさしく言った。「俺のものだったのに、自分を売り払ったんだ」

サイには父がなにを言っているのかわからなかったが、とにかくうなずいた。「はい、父さん」

「あいつらは罰を受ける。『彼らはその罰を負う』（エゼキエル書第十四章十）」オースティンはゆっくりと手を握ったり、開いたりしだした。「みんなだ。最後の世代にいたるまで」彼の目は澄みきっており、またサイに焦点を合わせた。「この自転車はどうしたんだ、坊主？」

サイはジムの自転車だと言おうとしたが、自分に向けられた父の目を見て、嘘をつくと舌が燃え尽きてしまうかもしれない、と怖くなった。「それは借り物なんです、それだけです」サイは震えはじめた。どうしようもないとわかっていたのだ。「仕事をもらったんです。スウィートウォーターで働いています」

オースティンの目がうつろになり、彼は足を引きずりながら前に歩み出た。大きくて、黒い手が開いたり、閉じたりしている。「おまえがあそこへ行った？　あのマムシの巣へ？」

サイはベルトよりひどいものがあるのを知っていた。それはこぶしだ。サイの目に涙がこみ上げてきた。「もう行きません、父さん。誓います。僕はただ……」片手で首を絞められ、言葉も呼吸も止められた。

「自分の息子にまで裏切られるのか。血を分け、肉を分けた我が子にまで」オースティンはサイを、ぐにゃぐにゃの靴下みたいに脇へ放り投げた。少年の肘がコンクリートにひどくぶつかったが、悲鳴は上げなかった。しばらくの間、聞こえるのは呼吸音だけだった。

「おまえはまた行くんだ」ようやくオースティンが言った。「あそこへ行って監視するんだ。あいつがなにをして、どの部屋で眠るのかを俺に教えろ。おまえが見聞きしたことすべてを、俺に言うんだ」

サイは目をぬぐった。「はい、父さん」

「それから食べ物を持ってこい。食料と水だ。ここへ毎朝、毎晩、運んでこい」息子のそばにまたしゃがみこんだとき、オースティンは微笑んでいた。彼の息は墓穴のように臭くて、むかついた。暗渠の開口部から漏れてくる光が虹彩に当たり、ほとんど白く見えた。「母さんには言うな、ヴァーノンにも言うな、だれにも言うな」

「はい、父さん」サイは力強く頭を上下させた。「だけど、ヴァーノンは父さんを助けてくれるよ。トラックを持ってこられるし……」

オースティンがサイの口をひっぱたいた。「だれにもと言ったんだ。やつらはヴァーノンを見張っている。俺の味方だと知っているから、昼も夜も見張っているんだ。だがおまえは――おまえのことはだれも気にかけていない。だが忘れるな。俺はおまえを見ているぞ。ここにいて、待っていることもある。いないこともある。だがいつもおまえを見張っている。わかったか？　いつでもおまえの様子を見て、聞いているんだ。神が俺に見させ、聞かせてくれる。もしなにかへまをしたら、神の憤りがおまえを懲らしめ、一撃でふたつに引き裂くぞ」

「ちゃんと運んできます」返事をしながら、サイの歯がかたかた鳴った。「約束します。持ってきます」

オースティンは乱暴な両手を、息子の肩に置いた。「俺と会ったことをだれかに言ったら、神もおまえを救いはしないぞ」


スウィートウォーターまで自転車を走らせるのに、一時間近くかかった。四分の一ぐらいのところで、止まって朝食を戻すはめになった。胃袋がからになると、リトル・ホープのささやかな水でべとつく顔を洗い流した。脚が震えていたので、ゆっくり走らないと転んでしまいそうだった。数分おきに不安げに、肩越しに後ろを見た。父がにんまりと笑顔を浮かべ、郡の拘置所で取りあげられたベルトを鳴らしながら、後ろから見ているに違いないと思ったのだ。

スウィートウォーターに着くと、タッカーが横手のテラスで朝の郵便の仕訳をしているのが見えた。サイは時間をかけて自転車を止めた。

「おはよう、サイ」

「ミスター・タッカー」サイの声がかすれ、咳払いをした。「遅くなってごめんなさい。僕……」

「サイ、君は自分の都合で働いていいんだよ」タッカーはぼんやりと株式報告を見て、脇へやった。「ここにはタイムカードなんかないし」

「はい。なにから始めればいいかを言ってくれれば、すぐに始めます」

「そんなにせかすなよ」タッカーは愛想よく言い、ベーコンの切れ端をいつも物欲しげなバスターに投げた。「朝食は済んだか？」

サイは道の脇に吐き出したもののことを思い出した。胃袋が意地悪くよじれた。「はい」

「じゃあ、僕が食べ終わるまで、ここにいてくれ。それからなにをするかを考えよう」

しぶしぶサイは、テラスへ続くカーブを描いたステップを三段上った。バスターが顔を上げ、反射的に一度、しっぽをぱたんとさせ、それからげっぷをした。

「こいつも仲間ができて興奮しているんだ」タッカーがさりげなく言った。ジョージーのカタログを横手へ投げて、サイに微笑みかけた。「君は途方もなく……いったいなにをしでかしたんだ？」

「え？」サイの声はパニックに震えた。「僕、なにもしてません」

「おいおい、肘が傷だらけじゃないか」タッカーはサイの腕をとって、ひっくり返した。まだ少し出血していて、傷口にはやっかいな砂粒が飛び散っていた。

「ちょっと転んだだけです」

タッカーが目を細めた。「ヴァーノンがやったのか？」タッカーも何度かヴァーノンとやり合ったことがあって、彼がためらいもなく弟に手をかけるだろうということぐらいは知っていた。

あの父にして、あの子あり。

「本当にヴァーノンにはなにもされてません。兄さんは時々腹を立てるけど、兄さんがそのことを忘れちゃうまで隠れていることができるんです。父さんとは違って……」サイは言葉を飲み、悔しそうに顔を赤くした。「ヴァーノンじゃありません。ただ転んだだけです」

「違います」少なくとも嘘をつかなくてすんで、サイはほっとした。

サイが喋り続けている間、タッカーは眉を釣り上げた。少年に無理強いしたり、あるいは父親と兄にサンドバッグにされていたことを認めさせて、これ以上辱めたところで、なんにもならない。「まあ、落ち着けよ。とにかく中に入って、デラにきれいにしてもらえ」

「そんな必要は……」

「サイ」タッカーは後ろにもたれた。「雇い主の特権のひとつは、命令を出すことなんだ。中に入ってきれいにしてもらい、冷蔵庫からコーラを持ってきなさい。ここへ戻ってきたら、今日はどうやって君が稼ぐことになるかを指示するから」

「はい」激しい罪の意識を感じながら、サイは立ち上がった。そして重苦しい気分で家に入った。

サイの背中に向かって、タッカーは顔をしかめた。少年はひどく苦しんでいるようで、それは事実だ。だれが彼を責められる？　タッカーはまたベーコンを犬に投げて、サイの気持ちを落ち着かせられるぐらい忙しくさせてやろうと考えた。

太陽が最高に燃えさかるころには、タッカーはサイの頭をトラクター式芝刈り機でいっぱいにさせていた。タルボット家の事件に関する噂はすでに町を駆け抜け、デラとアーリーンのホットラインのおかげで、ビリー・Tの包帯がまだ新しいうちに、スウィートウォーターにも届いていた。

手ですくい上げるおいしいアイスクリームのように、話にはさまざまな種類があり、風味を添えて楽しまれた。だが、ダーリーンとビリー・Tの関係が確認されたことで、タッカーはひとつの話にしか関心がなかった。

ジュニアは妻がビリー・T・ボニーとキッチンのテーブルの上で抱き合っているのを見つけた。ビリー・Tは後頭部に大きなこぶを作る羽目になったが、どちらも告訴はされなかった。これを押しのけるほどのことが起きるまでは、イノセンスはこの話でもちきりになるだろう。

この日の午後、タッカーはこの騒ぎについてじっくり考え、デラのバナナクリームパイを一切れ食べ、さらにまた考えた。結局のところ、信条の問題だ。男はいろいろなものから逃げることができるが、自分の信条からは逃げられないのだ。

タッカーは、デラに新しいイヤリングとガソリンを満タンにする約束をすることで、彼女の車を貸してもらうことにした。キャロラインの家への小道を通り過ぎながら、今夜映画に誘い出すことができるだろうか、と思った。半マイルほど行って、オールド・サイプレス・ロードとロングストリートが交差するところで、車を停めた。

町から家、あるいは家から町へ移動する場合、ビリー・Tはこの場所を通過しなければならないはずだ。そしてタッカーが知る限り、ビリー・Tはビリヤードのキューを握ることのできるマクグリーディ家での夕べに欠席したことはなかった。

タッカーはタバコを取り出し、じっくり待つことにした。デラの車のフードに腰掛け、二本目に火をつけようかと考えているとき、赤いひもに子犬をつないだキャロラインがやってくるのが見えた。

キャロラインは止まりかけ、子犬にも指示に従うことを教えようとしたが、無駄な試みだった。一瞬、タッカーの目が迷惑そうに光ったような気がしたのだ。

それからタッカーがにっこりした。「ハニー」と呼びかける。「犬にどこへ連れて行かれるんだい？」

「私たちは散歩をしているの」車の前に来たころには、キャロラインは少し息が切れていた。しっぽを振りながら、ユースレスがタッカーの足首にかみつこうと跳ねた。

「ここは都会とは違うんだよ」タッカーが身を屈めて犬の頭を掻いてやると、ユースレスは後ろ足で跳ねた。「ここいらでは、ただ庭で勝手に走らせておけばいいんだ」

「この子にひもの指示に従うことを教えようとしているの」

その成果を見せるために、ユースレスは旋回し、ひもにしゃぶりついた。

「ひものことがとても気に入っているらしい」タッカーが微笑む。「なんだか疲れているようだね、キャロ。ゆうべは眠れなかったのかい？」

「ええ、この子がうるさくって」そしてユースレスが落ち着いてからも、オースティン・ヘイティンガーがドアを破って入ってくるかもしれないと思うと、なかなか眠れなかったのだ。

「段ボールの箱とゼンマイ式の目覚まし時計」

「なんですって？」

「この子はママが恋しかったのさ。箱に入れて、君が買ったクッションと、目覚まし時計をいっしょに入れてやるんだ。鼓動に似ているからね。たぶん寝ついてくれるよ」

「そう」キャロラインはその案についてよく考えてみて、タッカーがいっしょに寄り添ってくれたら、落ち着いて寝つけるだろう、とは言うまいと決めた。「やってみるわ。あなたは道ばたに立って、なにをしているの？」

「僕は座ってるよ」とタッカーが訂正した。「暇つぶしさ」

「暇つぶしをするには変な場所だわ。ヘイティンガーはまだつかまってないんでしょ？」

「まだつかまったとは聞いてないな」

「タッカー、さっきスージーが来て、ヴァーノン・ヘイティンガーのことを話していったわ。彼は父親と同じくらい怒りっぽいって」

タッカーはなんとなく指を鳴らして、ユースレスを楽しませた。「自分からあおっていると言ったほうが近いと思うね」

「いつもケンカをふっかけようとしていて……」

「僕も何度かふっかけられたよ」タッカーは口をはさみ、思い出していた。「僕の尻を蹴ったんだ。失礼。するとドゥウェインがやつのケツを蹴った」タッカーはにやりとした。酒浸りになる前のドゥウェインがどんなふうだったかを思い出したのだ。「少年のころ僕はちっとも筋肉がつかないみたいだった。畑仕事をしていても、腕は棒っきれみたいだったからね。だがドゥウェインはすごく大きかった。あの腕でフットボールチームのクォーターバックをつとめ、女生徒全員をうっとりさせたもんだ。ヴァーノンが僕の顔に正義をたたきつけようとした後、ドゥウェインがやつに罪をたたきつけてやったのさ」タッカーは満足そうに大きく息を吐いた。

「あの日は罪のほうが勝利を収めた」

「たしかに男の絆に関する感動的な話ね。でも私が言いたいのは、あなたはオースティンだけでなく、ヴァーノンのことも心配すべきだっていうことなの」

「どっちのこともそんなに心配することはないさ」

「どうして？」キャロラインが叫んだ。「お兄さまが彼らをぶっ飛ばしてくれるから？」

「彼は最近、自分をいじめることに忙しい」タッカーがオールド・サイプレス・ロードへ視線を向けると、もくもくとした砂埃と、ビリー・Tのパワーアップしたサンダーバードの姿がちらっと見えた。「君はうちへ戻って、このことは忘れたほうがいい。たぶん、ペンキの塗り具合を見に、後で寄るから」

「どういうことなの？」キャロラインは彼の目つきに見覚えがあった。窓ガラスが割られている間、彼女の体の上に覆い被さっていたときだ。彼女に銃を持っているか、と尋ねたときだ。この人は闘いのときには、兄だろうとほかのだれだろうと、助けは必要ない。ビリー・Tのサンダーバードの轟音が聞こえ、キャロラインが振り返った。「なんなの、タッカー？」

「君が心配することはなにもないよ。うちへ帰るんだ、キャロライン」タッカーがフードから滑り降り、ビリー・Tが急ブレーキで止まった。

　キャロラインは子犬を抱き上げ、その場にじっと立っていた。

「よお、ファッカー……いや、タッカーか」ビリー・Tは爪楊枝をくわえたまま、自分のしゃれににやりとした。彼は陽気な気分ではなかった。頭はまだ痛むし、プライドは頭蓋骨以上にひどく傷ついていて、とても攻撃的な気分だった。

「ビリー・T」タッカーは両手をポケットに押し込み、ぶらぶらと道路を横切った。「今朝、事故にあったって聞いたよ」

　ビリー・Tが目を細めた。「それがおまえになんの関係があるっていうんだ?」

「ただのおしゃべりさ。偶然だが、ここに座って、君が来るのを待っていたんでね」

「ほお?」

「ああ」タッカーの目の端にキャロラインも横切ってくるのが見えた。彼女は数フィート下がったところにいるが、それでも煩わしかった。「ちょっとはっきりさせたいことがあるんだ。君に時間があれば、なんだが」

　ビリー・Tが気づく前に、タッカーは車の中に手を伸ばし、イグニッションから鍵を抜き取った。彼が素早く動けることを、人は忘れがちだ。

「時間がなくても、だけど」タッカーは悦に入って言い足した。

「この野郎」ビリー・Tがドアを押し開けた。「どうやらまた目の回りを黒くしたいらしいな」

「それについて話があるんだ。キャロライン、君があと一歩でも近づいたら、君に対してとても失礼なことをしてしまうよ」

ビリー・Tは横目でキャロラインをにらみ、彼女の脚から腹、胸へと視線を滑りあげた。「彼女のことは放っておけ、タック。たぶん俺がおまえを道にはいつくばらせた後、彼女は本物の男といっしょにビールを飲みたがるだろうからな」

それを聞いて彼女が顎を突き出した。「今私に見えるのは、無愛想なふたりの坊やだけだわ。タッカー、あなたがなにを考えているのか知らないけど、うちへ車で送ってほしいの。今すぐに」

ビリー・Tはにやりとして、爪楊枝をはじき飛ばした。「もう尻に敷かれてるのか？　おまえの女にしたのかい、タック？」

憤激したキャロラインは前に出たが、すぐにタッカーが伸ばした腕に止められた。

「それはレディに対して言うことじゃないが、それについてはじきに片を付けよう。まずは僕の車について話をすべきだ」

「おまえの車なら、ジャクソンに運ばれて、しわにアイロンをかけてもらってるって聞いたぞ」

「ああ、そうだ。君と僕とは仲がよかったことはない。これからもそうなることはないと思う。だが、君が僕の車にしたことを見過ごすことはできないんだ」

ビリー・Tは鼻を鳴らし、つばを吐いた。「俺が聞いたところじゃ、おまえが車をぶつけたっていうじゃないか」

「ああ、君がイタチみたいにスウィートウォーターに潜り込んで、細工をした後でな」タッカーはビリー・Tの頭の回転が早くないことを知っていたから、巧みに嘘をついた。「君がブレーキラインなんかに穴を開けたことを、ダーリーンが認めたんだ。ジョージーの口紅をあげたっていうのに、君に忠実ではなかったようだな」

「あの女は尻軽の嘘つきだ」

「たぶんな。だが、これについては真実を言っていると思う」

ビリー・Tは額にかかった髪を後ろへ払った。「だったらどうだっていうんだ？　証明はできないはずだ」彼は歯をむき出しにして笑った。「今この場で、俺がやったって言ってやれるよ。おまえのところのお上品な小道を歩いていって、おまえのお上品な車に穴を開けてやったよ。おまえがエダ・ルーの心を引き裂いたことで、ダーリーンが鬱《ふさ》いでいたんだ。だから、彼女を喜ばせることにした。それにおまえのことは心底憎らしかったしな。だがおまえにそれを証明することはできないんだ」

検討しているみたいに、タッカーはタバコを取り出した。「君の言うとおりだろうな。だが、だからって君が無傷でいられるっていうわけじゃないんだ」タッカーはタバコの先端をちぎって、火をつけた。キャロラインは後ろへ一歩下がった。彼の口調、その表情に覚えがあったからだ。「もしかしたらあの朝、うちの家族のだれかが、僕の車に乗っていたかもしれないってことに気づいた。僕ほど運転がうまくないだれかがね。わかるか、ビリー・T、そう考えたらすごく腹が立ったんだ」

「だから、なにかやりたいっていうのか？」

タッカーはタバコの先端を見つめた。「そのようだ。顔をまた殴られるのは気にしないと言っておくよ」

「おまえは昔っから臆病者だった」ビリー・Tはにやつきながら、両腕を広げた。「やれよ、思いっきりやってみろ」

「そうか、君がそう言うなら」タッカーは彼の股間をまともに蹴り上げた。

ビリー・Tは体をふたつに折った。圧力鍋から蒸気が出るみたいな音が漏れてきた。そして自分を抱きかかえたまま、道ばたに倒れた。タッカーがしゃがんで、彼の傷ついた股間をぐいっとつかむと、ビリー・Tは白目をむいた。

「のびるのはまだだ。僕が言うべきことを言い終えるまではな。喉元まで上がった金玉が元に戻ったら、また考え出すかもしれないが、今のことをよく思い出してほしいんだ。聞いてるか?」

「ああ」ビリー・Tはこれしか声に出せなかった。

「よし。君の家族の土地に関する契約証書をだれが握っているか知ってるな? 続けて三カ月も支払いが遅れている。抵当流れにしなければならないのは実に残念だ。それから君がときどき暇を見つけては、週に二時間ほど動かしている綿繰り機は? 偶然だが、あれもたまたま僕が所有している。さて、君が僕に復讐したいと思ったら、僕には止められない。だが君は土地も、仕事も失うことになり、誓って言うが、僕が生きている限り、君をソプラノに変えるよう全力を注ぐつもりだ」タッカーははっきりと伝えるために、指に力を入れた。ビリー・Tにできるのはうめいて、体を丸くするだけだった。「僕はあの車がとっても気に入ってた」タッカーはため息混じりに言った。「それからはっきりわかったんだが、君が今侮辱したこのレディのことを、僕はとても気に入っている。だから、二度と邪魔するなよ、ビリー・T。僕はもう十歳のやせっぽちじゃないんだ」

「その手を離せ」ビリー・Tがかろうじて言った。「どこかが壊れた。俺の体をだめにしたんだ」

「心配するな、跳ね返ってくるよ。だからボールって呼ばれるんだから」立ち上がったタッカーは、キャロラインが子犬を落としていて、その犬がビリー・Tの靴の上で用を足しているのに気づいた。にやつきながら、ユースレスを抱き上げた。「さて、これで傷害に侮辱が加わったな」

タッカーが振り返ると、キャロラインが道ばたに立ちつくし、口をぽかんと開け、目を丸くしていた。タッカーは子犬を脇の下に抱き寄せた。「おいで、シュガー。家へ送っていくよ」

「彼をあのまま放っておくの？」タッカーが彼女をオールズモビルへ引っ張っていくと、キャロラインが首をひねった。

「そのとおり。ねえ、今夜いっしょに映画に出かけられないかなって考えていたんだ」

「映画」キャロラインぼんやりと言った。「タッカー、私そこに立って、あなたが蹴るのを見ていたのよ、彼の……」

「上品な仲間うちでは、プライベートな部分って言うんだ。さあ、乗って。それとも運転したい？」

額をこすりながら、キャロラインが言った。「だけど、あれって汚いやり方じゃないの？」

「ケンカなんてみんな汚いものだよ、キャロライン。だから僕はできるだけ避けようとしているんだ」タッカーは体を寄せてさっと彼女にキスし、エンジンをかけた。気にもとめずにビリー・Tの鍵を道の向こうへ放り投げた。「で、映画は？」

キャロラインは大きくため息をついた。「なにがかかっているの？」

（上巻終わり）

⊙訳者紹介　小林令子（こばやし　れいこ）
上智大学理工学部卒業。翻訳家。スピンドラー『レッド』(MIRA文庫)、ニコルソン『ウェルカム・トゥ・サラエボ』(青山出版社)、ヤロップ『盗まれたワールドカップ』(アーティストハウス) 他、訳書多数。

心ひらく故郷（上）

発行日　2002年3月30日第1刷

著　者　ノーラ・ロバーツ
訳　者　小林令子

発行者　中村　守
発行所　株式会社 扶桑社
東京都港区海岸1-15-1 〒105-8070
TEL.(03)5403-8859(販売)　TEL.(03)5403-8869(編集)
http://www.fusosha.co.jp/

印刷・製本　株式会社 廣済堂
万一、乱丁落丁の場合はお取り替えいたします。

ISBN4-594-03440-3　C0197
Printed in Japan（検印省略）
定価はカバーに表示してあります。

扶桑社海外文庫

野に生きる花たち
旅立ちの花園
V・C・アンドリュース　井野上悦子／訳　本体価格857円

肉親よりも堅い絆で結ばれたセラピー仲間の四人の少女。その中の一人キャットが窮地に立たされ、仲間の少女たちは意外な行動に……。シリーズ完結編！

愛と真実の薔薇（上・下）
アイリーン・グージ　吉浦澄子／訳　本体価格各705円

産院で取りちがえられ、本来とは異なる環境で育てられたふたりの女性。時は流れ、それぞれの人生に大きな転機が訪れる――ドラマティック・ロマンスの名作。

本末転倒の男たち
ジェリー・レイン　常田景子／訳　本体価格667円

父親の急死で、急遽イギリスに帰国したフランキー。その死因が暴行によるものだと発覚し、彼は復讐のため真犯人を追い求めるが……新ノワール小説の注目作。

タラ通りの大きな家（上・下）
メイヴ・ビンチー　安次嶺佳子／訳　本体価格各800円

ダブリンとコネティカット。心に傷を負った女性二人が偶然、電話で知り合い、一夏の間、住んでいる家を交換するが……。英国No.1の人気作家が贈る大長編。

＊この価格に消費税が入ります。

扶桑社海外文庫

湖畔に消えた婚約者
エド・マクベイン　塩川 優／訳　本体価格667円

婚約者と旅に出たフィル。だが深夜、彼女が消え、関係者は、フィルは女性など連れていなかったと証言する——強烈な謎とサスペンス！　巨匠、若き日の傑作。

幻のヴァイオリン
アン・ライス　浅羽莢子／訳　本体価格819円

謎めいた美青年と彼の奏でるヴァイオリンに強く惹かれ、わたしは時を超える旅へと誘われた……アン・ライスの描く幻想的な異色音楽小説。〈解説・柿沼瑛子〉

故郷への苦き想い
デヴィッド・ウィルツ　汀 一弘／訳　本体価格838円

辞職した捜査官、ビリー・ツリーが帰郷したネブラスカの町は、もはや平穏な田舎町ではなかった。麻薬売買の調査にかかわったビリーは苦い真実を知る……。

ワインカラーの季節（上・下）
バーバラ・デリンスキー　清水寛子／訳　本体価格各705円

夫を失った葡萄園主の老婦人が突然、元使用人との再婚を発表。子供たちの猛反対にあった彼女は子供たちに真意を説明するため回想録の執筆に着手した……。

＊この価格に消費税が入ります。